페트라르카
서간문 선집

페트라르카 서간문 선집

© 김효신, 2020

1판 1쇄 인쇄__2020년 09월 20일
1판 1쇄 발행__2020년 09월 30일

옮긴이__김효신
펴낸이__홍정표

펴낸곳__작가와비평
　　　　등록__제2018-000059호
　　　　이메일__edit@gcbook.co.kr

공급처__(주)글로벌콘텐츠출판그룹
　　　　주소__서울특별시 강동구 풍성로 87-6(성내동)
　　　　전화__02) 488-3280　팩스__02) 488-3281
　　　　홈페이지__http://www.gcbook.co.kr

값 13,800원
ISBN 979-11-5592-260-6 03880

PETRARCA SELECTED LETTERS

페트라르카 서간문 선집

프란체스코 페트라르카 지음 / 김효신 옮김

OI CHASCOLTA
TE INRIME SPAR
SE IL SVONO
DI QVEI SOSPI
RI ONDIO NV
TRIVA IL CORE
SVL MIO PRIMO GIO
VENIL ERRORE
QVANDO ERA IN PARTE AL
TROHVOMDA QVEL che sono
DEL VARIO STILE IN CHIO
PIANGO ET RAGGIONO
FRALE VANE SPERANZE
EL VAN DOLORE
OVE SIA CHI PER PROVA
INTENDA AMORE
SPERO TROVAR PIETA NON
CHE PERDONO,
MA BEN VENGIO HOR SI CO
ME AL POPOL TVTTO
FAVOLA FVI GRAN TEMPO
ONDE SOVENTE
DI ME MEDESMO MECO MI
VERGOGNO,
EL MIO VANEGGIAR VER

작가와비평

옮긴이의 일러두기

1. 이 책은 페트라르카의 다섯 묶음으로 된 방대한 라틴어 서간집 중에서 가장 중요한 골격을 이루는 『친근서간집 Familiarium Rerum Libri』과 『운문서간집 Epistolae Metricae』, 『노년서간집 Senilium Rerum Libri』을 중심으로 하되, 『잡문서간집(雜文書簡集)』, 『무명서간집(無名書簡集)』에서도 1편씩의 서간문들을 선별하여 우리말로 옮긴 것이다.
2. 원본으로 한 텍스트는 책의 끝 부분의 해설에 나열하고 있다.
3. 출처가 다른 서간문들이지만, 주제별로 묶어서 정리하였다.
4. 서간집 이름이나 원래 출처에서의 서간 번호는 각 서간의 끝에 적었다.
5. 작은 글씨 ( )내에 표시한 인용한 서적과 [ ]안의 보충 내용은 옮긴이에 의한 것이다. 덧붙여 원래의 의미를 알기 쉽게, 또는 정확하게 전달하기 위해 부가 설명하였다.
6. 단락 나누기는 원본 그대로는 아니다. 읽기 쉽도록 원본보다 많이 단락을 나누었다.
7. 고유명사의 표기는 가능하면 원음에 가깝게 함을 원칙으로 하였지만 한국인에게 친숙한 표기를 씀에도 유의했다.

목차

1

페트라르카 자신에 대한 서간문들

〈서간문 1〉

자신의 번뇌에 대해서

성 아우구스티노회 수사이며 신학 교수인
디오니지 다 보르고 산 세폴크로에게

　이 근방 가장 높은 산은 적절하게도 방투산(바람의 산)이라고 하는데, 나는 오늘 여기에 올랐습니다. 다만 유명한 고산 정상을 보고 싶다는 소망에 사로잡힌 것입니다. 나는 오랜 세월 이 여행을 남몰래 생각하고 있었습니다. 아시다시피 인간의 일을 조종하는 운명의 손에 이끌려 나는 어릴 적부터 이 지방으로 흘러 들어와 살고 있었고, 게다가 이 산은 어디서에서도 바라볼 수 있어 거의 언제나 보고 있었기 때문입니다.

　마침내 나는 평소의 계획을 실현하고 싶다는 충동에 사로잡혔습니다. 그것은 특히 지난날 리비우스의 로마사를 다시 읽고, 우연히 다음과 같은 이야기를 접하고 난 후의 일입니다. 즉, 마케도니아왕

필리포스, 로마인과 싸운 그 필리포스입니다만, 이 왕은 테살리아의 하이모스 산꼭대기에서 두개의 바다, 아드리아 해와 흑해가 보인다는 소문을 믿고 이에 올랐다는 것입니다(『로마사』 제40권 2장). 이 소문의 진위에 대해서는, 저는 확실한 것은 아무것도 알지 못합니다. 그 산은 여기에서 멀리 떨어져 있으며 이 소문을 둘러싼 저작가들의 견해의 불일치도 문제를 애매하게 하고 있습니다. 그 모든 것을 소개하는 것은 보류하겠지만, 지리학자 폼포니우스 멜라는 맞다고 단언했고, 리비우스는 이 소문은 거짓이라고 생각하고 있습니다. 만약 그 산으로 등반을 시도하는 것도 방투산의 경우와 같을 정도로 용이했다면 나는 곧바로 그것의 진위를 확인했을 것입니다.

그 산의 일은 차치하고 이 방투산으로 이야기를 돌리면, 늙은 왕이 행하여서 비난받지 않았던 일이라면 나와 같은 젊은 일반 사람에게도 허락이 된다면 좋겠다고 생각했습니다. 그런데 막상 동행자를 생각하는 단계가 되면, 이상하게도 어디에서 보나 이 사람이라면 안성맞춤이라고 생각되는 사람을 친구 중에서도 거의 찾아볼 수 없다는 것입니다. 친한 사람들 사이에서조차 소망도 성격도 모두 딱 일치하는 것은 드문 일입니다. 어떤 사람은 둔감하고 어떤 사람은 너무 민감합니다. 어떤 사람은 너무 둔하고 어떤 사람은 민첩합니다. 어떤 사람은 너무 음울하고 어떤 사람은 너무 쾌활합니다. 어떤 사람은 너무 성급하고 어떤 사람은 내가 원하는 것 이상으로 신중합니다.

어떤 사람은 과묵하고, 어떤 사람은 다변(多辯)입니다. 어떤 사람은 비만체격으로 몸이 무겁고 어떤 사람은 몸이 야위고 허약해서 모두 나를 망설이게 했고, 어떤 사람의 냉담한 무관심, 어떤 사람의 열정적 성격도 나를 지치게 했습니다. 이러한 단점이 비록 아무리 심한 것이라도, 우리 집에서는 참을 수 있습니다. 가까이 있는 사람에 대한 사랑은 모든 것을 견뎌내고 우애는 어떠한 부담도 싫어하지 않기 때문입니다. 그러나 여행에 있어서는, 같은 단점이 한층 더 무거운 짐이 되는 법입니다.

거기서 나는, 내 자신이 느끼기 쉬운 마음, 게다가 건전한 기쁨을 구하는 마음 때문에 주의 깊게 주위를 둘러보며, 우정은 조금도 손상되지 않도록 하면서 하나하나 신중히 고려해 나갔습니다. 그리고, 계획한 여행에 부담이 될 것 같은 것은 모두 몰래 제외

시켜 나갔습니다. 그러면 어떨까요? 마침내 나는 우리 집에서 도움을 청했고, 당신도 잘 알고 있는 단한 명의 동생에게 계획을 털어놓게 된 것입니다. 이말을 듣고서 동생은 몹시 좋아했고 우리의 형제로서친구의 역할을 할 수 있다는 것에 기뻐했습니다.

우리는 제 날짜에 집을 떠나 저녁 무렵 말로세느에 도착했습니다. 그곳은 산 북쪽 기슭에 있습니다. 우리는 그곳에서 하루를 보내고, 드디어 오늘 각자한 명씩 하인을 데리고 산에 올랐지만 큰 고생을 했습니다. 바위투성이의 산은 험해서 거의 접근하기 어려울 정도입니다.

그러나 시인은 의미있게 노래하고 있습니다.

불굴의 노력은 모든 것을 이겨낸다.

(베르길리우스 『농사시집(農事詩集)』 제1권 145)

해는 길고 대기는 상쾌하며 그리고 활기찬 정신, 강건하고 민첩한 몸, 그 밖에 모든 것이 이렇게 우리들의 등산에 도움을 주었습니다. 걸림돌이 된 것은 단지 지세(地勢)뿐입니다.

마침 산골짜기에서 노인들을 만났는데, 그는 입

에 침을 튀기며 우리 등산을 말리려 했습니다. 그리고 말하기를 그도 또한 오십년 전 같은 청춘의 열정에 사로잡혀서 정상까지 올라갔는데, 거기에서 가지고 돌아온 것이라고는 단지 후회와 피로, 고달픔, 바위 모서리와 가시덤불에 갈기갈기 찢어진 몸과 옷밖에 없었다는 것이었습니다. 게다가, 누군가가 거기서 같은 모험을 계획했다고 하는 이야기를, 나중에도 들어 본 적이 없다고 하는 것입니다.

이러한 일을 노인은 목청을 높여 말했습니다만, 젊은이의 마음이라는 것은 충고하는 사람의 말에는 귀를 기울이기를 싫어하는 것으로, 우리의 소망은 제지당해서 점점 더 커져갔습니다. 거기에서 노인은 자신의 노력이 헛되다는 것을 알고는, 절벽 사이를 조금 나아가서 험난한 오솔길을 가리켜 주었습니다.

그리고 많은 충고를 해주고, 우리가 벌써 멀리 떨어져 버린 후에도 등 뒤에서 충고를 되풀이 했습니다. 우리는 옷가지와 그 밖에 방해가 될 것 같은 물건들은 모두 노인 곁에 남겨두고 홀가분해져, 그저 오르는데 필요한 만큼 몸차림을 하고 성급하게 오르기 시작했습니다.

흔히 있는 일이지만, 너무 힘을 써서 금방 피로가

몰려 왔습니다. 거기서 우리는 별로 나아가지도 못하고 어떤 벼랑 위에서 멈춰 섰습니다. 그리고 거기서 다시 출발했는데, 전보다 천천히 나아갔습니다. 특히 나는 더 느린 걸음으로 느릿느릿 산길을 따라 갔습니다. 동생은 지름길로 능선을 타고 척척 높은 곳을 향해 올라갔습니다. 나는 게으르게도 낮은 곳으로 내려갔습니다. 동생이 나를 불러 바른 길을 가리키자 그에게 대답했습니다. 저쪽에 더 쉬운 오르막길을 찾을 수 있을 것 같고, 멀리 돌아가도 좋으니 더 편하게 가고 싶다고.

이렇게 나는 태만한 변명을 하고 있었습니다. 그리고 다른 사람들은 이미 높은 곳에 이르렀는데 나는 아직도 골짜기를 헤매고 있었습니다. 사실, 더 편한 오르막길이란 어디에도 열려 있지 않고 거리는 길어지며 쓸데없이 헛수고가 늘어나기만 하는 것입니다.

그러는 사이에, 나는 이런 걷잡을 수 없는 방황에 지쳐 후회하고 똑바로 높은 곳으로 가기로 결심했습니다. 그리고 숨을 헐떡이며 동생을 따라 잡았는데, 동생은 나를 기다리면서 몸을 누이고 푹 쉬면서 완전히 원기를 되찾고 있었습니다. 그리고 한동안 우리는 같은 보조로 나아갔습니다.

그런데 봉우리를 넘자마자 나는 아까의 우회 길의 사건을 잊어버리고 다시 낮은 곳으로 내려갔습니다. 그리고 다시 골짜기를 방황하면서, 길어도 편안한 길을 찾으려 하다가 긴 어려움에 빠지는 것입니다. 이렇게 해서 나는 물론 오르는 수고를 미루고 있었습니다만, 사물의 본성이란 인간의 지혜 따위로 바꿀 수 있는 것은 아니고, 어떠한 물체도 내려감으로써 높은 곳에 도달할 수는 없습니다. 요컨대 이런 일이 단시간에 세 번이나, 그 이상 내게 일어난 것입니다. 남동생은 웃고, 나는 화를 냈습니다.

이렇게 자주 기대에 어긋나서 나는 어떤 골짜기에 주저앉아 버렸습니다. 그리고 거기서, 생각의 날개를 펼쳐 비상하면서 유형세계로부터 무형의 세계로 파고 들어가 다음과 같이 스스로에게 자성의 말을 걸었습니다.

"너는 오늘 이 산을 오르면서 이렇게 자주 경험한 것이, 맑고도 조촐한 행복의 삶에 가까워질 때 너에게도 다른 많은 사람의 몸에도 생길 것을 알아야 한다. 그러나 이 일을 생각하는 것은 그리 쉬운 일이 아니다. 육체의 운동은 드러나지만 영혼의 운동은 눈에 보이지 않기 때문이다.

실로, 맑고도 조촐한 행복의 삶은 우뚝 솟은 높이에 위치하고 있어 주지하고 있는 것처럼 거기에 이르는 길은 좁다. 게다가 그 사이에는 많은 봉우리가 가로놓여 있다. 우리는 덕에서 덕으로 발걸음을 옮겨 다녀야 한다. 최고봉에는 궁극적인 목적이 있으며, 우리가 편력하면서 걷는 길의 종착점이 있다. 누구나 그곳에 도달하고 싶어 하지만 오비디우스도 말하듯,

바라기만 하면 모자란다. 열망해야만 목적은 달성된다.

(「흑해소식」 제13권 1.35)

너는 확실히 - 네가 다른 많은 일에 있어서 마찬가지로 이 일에서도 스스로를 속이고 있는 것이 아닌 한 - 원하고 있을 뿐 아니라 또 열망하고 있다. 그러면 도대체 무엇이 너를 붙잡고 만류하는 것인가. 분명히, 다른 것도 아닌 저급한 세속적 쾌락을 통해 뻗어가는 길이다.

그것은 보다 평탄하고 일견, 보다 편한 길이다. 하지만 네가 이 길을 더듬어 오래 방황할 경우에는 네가 할 일은 둘 중 하나다. 쓸데없이 미뤄온 노고의

무거운 짐 아래 헐떡이면서 맑고 조촐한 행복의 삶으로 올라갈 것인지 아니면 네 죄의 골짜기에 힘이 빠져 쓰러질 것인가이다. 그리고 만약 – 상상만 해도 전율을 느끼지만 – 암흑과 죽음의 그림자가 너를 거기서 찾아낸다면 너는 끊임없이 심한 괴로움 속에 영원한 밤을 보내야 한다."

이런 반성이 아직 남은 여정을 향해 나의 심신 모두에 얼마나 큰 힘을 북돋아 주었는지 이루 말할 수 없습니다. 마침내 내가 여러가지 어려움을 극복하고 이 다리로 멋진 여행을 해내었듯이, 내가 밤낮으로 동경하는 그 여행도 영혼에 의해 해결하고 싶습니다. 게다가 편안하고 죽지않는 영혼으로 아무런 공간적 이동도 없이 순식간에 이루어질 수 있는 여행이, 죽음이 정해진 덧없는 육체의 동의를 얻어 사지의 무거운 짐 아래에서 긴 시간을 들여야 하는 여행보다 훨씬 쉽지 않겠습니까.

이 산괴(山塊)의 가장 높은 봉우리는 평지 사람들이 '애송이'라고 부르는 것입니다. 제게는 그 이유가 이해가 되지 않습니다.

단지 때때로 그러하듯이, 반어(反語)로 그렇게 말하

는 것이 아닌가 생각해 볼 뿐입니다. 실제로 그것은 근처의 모든 산들의 아버지처럼 보입니다. 그 정상에는 작은 평지가 있는데 피곤한 우리는 거기서 휴식을 취했습니다. 그런데 당신은 이 등산 중에 어떤 생각이 내 가슴속에 떠올랐는지 물어봐 주셨으니 부디 그 밖의 것에 대해서도 물어봐 주십시오. 그리고 시간을 잠시 내주셔서 부디 나의 이날 하루의 일을 봐 주십시오. 처음 특별히 상쾌한 대기, 활짝 트인 조망에 감동하여 나는 망연자실해서 내내 서 있었습니다. 뒤돌아보면 발밑에는 구름이 있습니다. 아토스나 올림포스의 산들에 대해서 듣고 읽고 있었던 것을, 그다지 유명하지 않은 이 산에서 눈앞에서 보니 지금은 그것도 믿고 싶을 정도입니다. 그리고 어느 곳보다 마음이 끌리는 이탈리아 쪽으로 시선을 돌리면 눈에 덮인 준엄한 알프스의 연봉이 실제로는 먼 거리인데도 가까이 보이는 것입니다. 참혹한 로마의 적 한니발이 식초를 이용해 바위를 깨면서 넘어갔다고 전해지는 그 연봉이 말입니다.

고백하자면 나의 육안이라기보다 오히려 마음에 이탈리아의 하늘이 나타나 나는 그것을 그리워했습니다.

그리고 친구들과 조국을 다시 만나고 싶다는 열망에 휩싸였습니다. 그러나 동시에 다시, 이 두 가지 소망 속에서 유약함을 깨닫고 이것을 책망했습니다. 물론 어느 경우에도, 위대한 증인들을 원용(援用)해서 변명을 할 수도 없는 것은 아닙니다만.

그리고 나서, 새로운 자성이 나의 마음을 사로잡아 생각은 공간에서 시간으로 옮겨갔습니다. 이렇게 해서 나는 내 자신에게 말을 건 것입니다.

"네가 청년기의 면학을 그만두고 볼로냐를 떠난 뒤 이날로 꼭 십년이 된다. 오, 영원한 주님, 변함없는 지혜여. 이 동안에 너의 삶은 정말 크게 여러 가지로 변했구나! 셀 수 없을 정도이지만, 지금은 말하지 않을 것이다. 나는 아직 항구에 들어가지 않았기 때문에 지나간 폭풍을 편안한 마음으로 회상할 수 없다. 그 날은 필시 찾아오겠지만 그 때야말로 나는 모든 것을 발생한 그대로 순서있게 말하고 경애하는 아우구스티누스의 말을 서문으로 할 것이다.

나의 과거의 더러움과 영혼의 육체적 부패를 떠

올리고 싶습니다. 그것들을 사랑하기 때문이 아니라, 내 하느님, 당신을 사랑하기 위함입니다."

(『고백록』제2권 1장)

하지만, 나에게는 아직도 불확실하고 성가신 문제가 많이 남아 있다. 예전에 사랑했던 것을 나는 이제는 사랑하지 않는다. 아니, 거짓말이다. 나는 그것을 사랑하지만 예전만큼은 아니다. 이렇게 말해도 역시 거짓말이 된다. 나는 그것을 사랑하지만, 부끄럽고 슬퍼하면서 사랑하고 있다. 마침내 나는 진실을 말했다. 즉, 이런 것이다. 나는 사랑하고 있지만 사랑하고 싶지는 않은 것, 오히려 미워하고 싶은 것을 사랑하고 있는 것이다. 그래도 역시 나는 사랑하고 있는 것이다. 뜻에 반하여, 강요당하고 슬픔을 한탄하면서. 이렇게 해서 나는 불행하게도 내 자신 속에서 그 유명한 시구의 의미를 경험하고 있는 것이다.

할 수 있다면 미워하고 싶다.

할 수 없다면 싫어하면서도 사랑하자.

(아플레이우스[1]의 『변신』중에서)

---

1) Lucius, 아플레이우스(기원전 125?): 로마의 철학자·풍자 작가.

나를 완전히 소유하여 반대자 없는 채로 내 마음 속을 혼자 제 것인 양 지배하던 그 사악한 의지가, 반역적이고 복종하지 않는 다른 의지를 만나기 시작한지 아직 삼년도 지나지 않았다. 이 두 개의 의지 사이에는 이미 오래, 그리고 아직도 내 사상의 전쟁터에서 내 마음 속의 두 사람의 지배를 둘러싸고 언제 끝날지도 모르는 괴로운 싸움이 뒤섞여 있는 것이다.

이렇게 해서 나는 지난 십년간의 일에 대하여 곰곰이 생각했습니다. 그리고 또 장래의 일도 생각하며 스스로에게 물어본 것입니다.

"너의 이 덧없는 인생이 뜻밖에도 십년간 늘어났다고 치자. 그리고 지난 2년간 네가 예전의 의지에 대한 새로운 의지의 싸움에 의해서 예전의 어둠에서 멀어진 것과 같은 비율로 그 십년간은 덕에 가까워진다면 어떨까. 그렇게 하면 너는 설령 확신을 갖지는 않더라도 적어도 희망 속에 마흔 살에 죽음을 받아들이는 일이 가능하고, 노쇠로 향하는 인생의 나머지를 조용하게 무시할 수 있지 않을까."

이런 생각이 잇달아 내 가슴속을 오갔습니다. 나는 나의 진보를 기뻐했지만, 다시 나의 불완전함을 한탄하며 인간의 행동에 공통인 변하기 쉬움을 슬퍼했습니다. 이렇게 나는 내가 지금 어디 있는지 무엇 때문에 왔는지조차 잊어버린 것 같았습니다. 그러나 마침내는 다른 장소에서나 어울리는 이런 생각을 끊어버리고, 내가 보려고 해서 오게 된 그것에 관심과 시선을 돌리려고 했습니다.

태양은 이미 서쪽으로 기울었고 산그림자는 길게 늘어나 벌써 떠나야 할 시간이 다 되었다는 것을 알게 되어, 나는 정신이 든 듯 뒤돌아 서쪽을 바라보았습니다. 프랑스와 스페인의 경계를 이루는 피레네 산맥은 거기서 알아볼 수 없습니다. 그 사이에는 단지 인간의 시력이 약한 것만이 문제일 뿐입니다. 그러나 오른쪽에는 리옹 지방의 산들, 왼쪽에는 마르세이유의 바다와 에그모르트(Aigues-Mortes)의 해안에 밀려오는 흰 파도가, 걸으면 며칠이나 걸리는 거리인데도 분명히 보입니다. 그리고 론(Rhone)강의 흐름은 눈 아래에 있습니다.

이것들 하나하나에 감탄하면서 혹은 지상의 것을 찬탄하고 혹은 몸을 따라 마음도 높은 세계에서 놀고 있는 동안, 나는 아우구스티누스의 『고백록』을 읽고 싶어졌습니다. 당신의 우정의 선물인 이 책을 나는 그 저자와 선물을 주신 분과의 기념으로 소중히 간직하고 한시라도 손에서 놓지 않고 휴대하고 있었던 것입니다. 그것은 손바닥 안에 들어갈 정도의 작은 책으로, 아주 작은 책이지만 무한한 감미로움을 간직하고 있습니다. 나는 어디든 눈에 띄는 것을 읽을 생각으로 그 책을 펼쳤습니다. 사실, 어디를 펼쳐도 경건함, 깊은 신심 이외의 무엇을 찾을 수 있을까요. 하지만 우연히 내 눈에 들어온 것은 이 책의 제10권이었습니다.

동생은 내 입에서 아우구스티누스의 말을 들으려 꼼짝 않고 귀를 기울이고 있었습니다. 주님이 증인이고, 그곳에 있던 동생도 증인입니다만, 내가 우선 눈을 멈춘 곳에는 이렇게 쓰여 있었습니다.

> 사람들은 밖으로 나가서 높은 산봉우리, 망망 바다의 물결, 광대한 강의 흐름, 끝없는 대양, 별 자리의 운행 등에 찬탄하지만, 정작 자신들에 대해서는 까맣게 잊어버리는 것입니다.
>
> (『고백록』 제10권 8장)

정말 깜짝 놀랐습니다. 그리고 열심히 더 듣고 싶어 하는 동생에게 가만히 있어 달라고 부탁하고 책을 덮었습니다. 영혼 말고는 전혀 감탄할 만한 것이 없고 영혼의 위대함에 비하면 아무것도 위대하지 않다는 것, 이것을 나는 이교(異敎)의 철학자들로부터 진작 제대로 배워 두었어야 했는데, 아직도 지상의 것에 감탄하고 있는 그런 내 자신에게 화가 났던 것입니다.

이제 나는 산을 보는 것에 질려, 마음의 눈을 내 자신에게 돌렸습니다. 그때부터 우리가 산을 내려와 산기슭에 도착할 때까지 나는 한마디도 하지 않았습니다. 그 아우구스티누스의 말에 완전히 사로잡혀 침묵의 반성에 빠졌습니다.

나는 그 말과의 만남이 우연이었다고 생각할 수 없었습니다.

그때 내가 읽었던 것은 다른 누구도 아닌 여기 나에게 말하는 것이라고 생각했습니다. 그리고 아우구스티누스도 과거에 자기자신에 대해 같은 생각을 가졌다는 것이 뇌리에 떠올랐습니다. 그것은 그가 사도 바오로의 글을 읽고 있었을 때의 일로, 그 자신도 말했듯이 먼저 눈에 들어온 것은 다음의 말이었습니다.

(『고백록』 제8권 12장)

"주연(酒宴)과 명정(酩酊), 음란과 호색, 싸움과 시샘을 버려라. 주 예수, 그리스도를 입어라. 육욕을 채우는 데 마음을 두지 말라."

(『로마서』13)[2]

이런 일은 이미 그 이전에 성 안토니우스도 경험하고 있었습니다. 그것은 그가 복음서의 낭독을 들었을 때의 일로서 거기에는 이렇게 쓰여 있었던 것입니다.

"만약 완전하고 싶다면, 가서 소지품을 모두 팔아치워 가난한 사람에게 베풀어라. 그리고 와서 나를 따르라. 그러면 하늘에서 보물을 얻을 것이다."

(『마태오 복음』19)[3]

그리고 그 전기 작가 아타나시우스에 의하면, 안토니우스는 이 성경의 말이 자신을 위해서 낭독된

---

2) 대낮에 행동하듯이, 품위 있게 살아갑시다. 흥청대는 술잔치와 만취, 음탕과 방탕, 다툼과 시기 속에 살지 맙시다 (『로마서』13장). 그 대신에 주 예수 그리스도를 입으십시오. 그리고 욕망을 채우려고 육신을 돌보는 일을 하지 마십시오 (『로마서』14장)

3) 예수님께서 그에게 이르셨다. "네가 완전한 사람이 되려거든, 가서 너의 재산을 팔아 가난한 이들에게 주어라. 그러면 네가 하늘에서 보물을 차지하게 될 것이다. 그리고 와서 나를 따라라."(『마태오 복음』19장 21절)

것처럼 주님이 명하시는 바에 따랐습니다.

안토니우스가 이 말을 들으면 그 이상을 듣지 않았고 아우구스티누스가 그 말을 읽으면 그 이상은 읽지 않았던 것처럼, 그렇게 나 역시 앞서 말한 몇 마디 말만으로 독서는 모두 끝났던 것입니다.

나는 긴 침묵 속에 내성(內省)에 빠졌습니다. 인간은 어리석게도, 스스로의 가장 고귀한 부분을 소홀히 하여 여러가지 일에 신경을 쓰고, 헛된 생각에 넋을 잃어 내부에서나 찾아낼 수 있는 것을 밖에서 구하고 있다고. 동시에 나에게는 찬탄하는 마음도 솟아올랐습니다. 우리의 영혼이 만약 스스로 타락해 자신의 본모습을 저버리고, 신이 명예롭게 내려주신 것을 바꾸어 오욕스러운 짓을 하지 않는다면 그 고귀함은 오죽할까라고.

이날 돌아오는 길에 나는 몇 번이나 고개를 돌려 산꼭대기를 바라보았던 것일까요!

인간의 명상이 만약 지상의 추악한 진흙 속에 빠질 일이 없다면, 그 명상의 높이에 비교하여 저 산의 높이는 내 팔의 길이만큼도 되지 않을 것 같았습니다. 그리고 내가 걷는 한걸음마다 다음과 같은 생각도 떠올랐습니다.

"몸을 조금이라도 하늘에 가까이 하기 위해서조차 이 정도의 땀과 노고를 마다하지 않았는데, 커져 가는 오만의 꼭대기를 짓밟고 죽게 되어있는 인간의 운명을 아래로 내려다보며 주님에게 다가가려고 하는 영혼에게 있어서야 어떤 십자가나 감옥이나 고문이 두렵겠는가?"

게다가 이런 생각도 떠올랐습니다.

"고난을 두려워 하여 건전치 못한 쾌락을 바라며 이 좁은 길에서 이탈할 것 같지 않은 사람이 도대체 얼마나 될까? 만약 어딘가에 있다면 참으로 행복한 사람이다. 생각건대, 바로 그런 사람을 염두에 두고 시인은 노래하고 있었던 것이다.

행복한 일이다. 만사의 궁극을 판별할 수 있게 되어. 온갖 공포 비정한 운명 탐욕스런 저승의 아비규환을 자신의 발 밑에 깔아 놓는 사람!

(베르길리우스 『농사시집』 제2권 490~492)

오오, 우리가 열심히 노력해야 할 것은 지상의 높

은 곳을 발밑에 두는 것이 아니라, 지상적인 것에 부추겨 부풀어 오른 욕망을 발밑에 짓밟는 것이 아 닌가!"

물결치는 가슴에 이런 갖가지 생각이 오간 채 나 는 길이 험하다는 것을 깨닫지 못하고 밤이 깊어서 야 새벽녘에 떠났던 그 작은 시골 여관으로 돌아왔 습니다. 고맙게도 달이 밤새 우리 걸음을 도와주었 습니다. 숙소로 돌아오자 하인들은 저녁을 준비하 느라 정신이 없었고, 그 동안 나는 혼자 집 한 구석에 틀어 박혀 서둘러 그 자리에서 당신 앞으로 이 편지 를 썼습니다.

글쓰기를 미루면 장소가 바뀌면서 기분도 변하고 쓰고 싶은 마음도 식어 버릴까봐 걱정스러웠습니다.

그러니 친애하는 신부님, 내 안에 있는 것은 무엇 하나 당신의 눈에는 숨기지 않으려는 진정성을 헤아 려 주십시오. 나는 당신에게 나의 전 생활뿐 아니라 생각의 하나하나도 자상하게 털어놓을 것입니다. 부디 이러한 생각을 위해서 기도해 주십시오. 그것 들은 이렇게 오랫동안 뿌리 없는 풀처럼 떠돌아다니 며, 쓸데없이 많은 것들의 사이를 헤매고 있었지만,

언젠가 확실히 뿌리를 내려 하나의 것으로 향하도록. 올바르고 진실하며 확실히 흔들리지 않는 하나의 것으로. 안녕히 계십시오.

4월 26일 말로세느(Malaucène)에서

(『친근서간집』 제4권 1)

　페트라르카 관심의 중심에는 인간과 그 삶이 있었다. 그 중에서도 자기 자신과 그 삶을 그는 집요하게 계속 문제삼았다. 그러나 자연과 그 아름다움에 대해서도 관심이 깊고, 풍부한 감수성을 지니고 있었다. 이런 면을 대표하는 작품 중 하나가 방투 등반기다. 방투산(Mont Ventoux)은 아비뇽의 북동쪽에 우뚝 솟은 해발 2천 미터에 가까운 산이다. 등반이 이뤄진 것은 1336년 4월 26일이다.

　「방투산 등반기」는 아우구스티노 수도회 수사 디오니지 다 보르고 산 세폴크로(Dionigi da Borgo San Sepolcro, 보르고 산 세폴크로의 디오니지)에게 보내어진 것이다. 디오니지는 뛰어난 신학자로 파리대학에서 배우고 거기서 신학과 철학을 가르쳤다. 이윽고 아비뇽과 이탈리아에서 활동하고 1338년경에는 로베르토 왕에의 청으로 나폴리로 가서 왕의 고문이 된다. 디오니지는 1342년에 죽지만 출생년도는 명확하지 않다.

　그런데 1326년 봄, 페트라르카는 아버지의 부고를 접하면서 볼로냐 유학을 그만두고 아비뇽에 돌아간다. 그리고 한동안은 아버지의 유산으로 생활하면서 문학 연구에 몰두하고, 자신이 말한 '허영'의 생활에 빠져든다. 그리고 다음 1327년 4월에는 젊은 유부녀 라우라와 만나고 보답 받지 못한 사랑의 포로가 된다. 그러나 이 사랑으로 인해 페트라르카의 시 정신은 한층 고양되고, 잇따라 아름다운 연애시가 만들어진다. 이들 시는 '허영'의 삶의 최고 표현이나 다름없었다. 그 와중에 시인은 생활의 방편으로 직업을 얻을 수밖에 없었는데, 그가 택한 생활의 방편이 세속의 생활을 접고 사제의 길을 걷는 것이었다. 그리하여 마침내 그는 26살 되던 1330년에 정식으로 사제가 된다. 그러나 그 후에도 그는 여전히 고전문학 연구와 속어시(俗語詩)의 창작에 열중하고 있었다. 하지만 그의 마음속에서는 연애나 세속 문학열이나 명성욕에 지배된 '허영'의 생활에 대한 의심도 점차 고개를 들고 있었다고 볼 수 있다. 그가 성직자의 길을 택한 것도 그 계기가 되었겠지만, 무엇보다도 타고난 무상감(無常感)이 반영되어 있었던 것은 아닐까. 바로 그럴 때 그는 디오니지를 알게 되어 아우구스티누스의 『고백록』이라는 소책자를 받는다. 이 책은 시인에게 깊은 감명을 주고 이때부터 그의 내면에서는 '허영'의 삶을 지향하는 '도착(倒

錯)되고 사악(邪惡)한 의지'에 대해 새로운 다른 의지
가 반역(反逆)하기 시작한다. 적어도 이 시기를 전후
로 그와 같은 페트라르카의 내면적인 변화가 분명하
게 느껴지는 것이다. 이렇게 시인의 내면에서는 신
구(新舊) 두 개의 의지 사이에서 '언제 끝날지 모르는
힘겨운 싸움'이 벌어지게 된다.

볼로냐 유학 이후, 페트라르카에게 생긴 현저한
'삶의 태도'의 변화는 신구(新舊) 두 가지 의지의 싸움
바로 그것이다.

그리고 바로 이것이 이 서간의 주제이다. 그것은
서간의 제목 그 자체로도 잘 알려져 있다. 그러나
페트라르카 등반의 동기가 '단지 유명한 고산 정상
을 보고 싶다는 소망에 사로잡혀서'라는 것도 무시
할 수 없다. 아무런 실용적 동기가 없기 때문에 그것
은 최초의 근대적 등산이라고 해도 좋다. 하지만 굳
이 등산 동기를 묻는다면 그것은 순수하고 지적·심
미적인 것이었다고 할 수 있다. 페트라르카는 산꼭
대기에서 바라보는 조망에 상상력을 북돋워 이 등산
을 떠올리게 된 것이다.

자연으로 펼쳐진 이 미적 감성이나 지적 관심은,
그러나 페트라르카에게 있어서는 자신의 내면으로

열린 눈길과 별 다를 바 없다. 그러므로 최초의 근대적 등산의 기록인 이 등반기는 실제로 반성이나 자기 분석의 기록이기도 했던 것이다. 사실, 거기에서는 자연에 대한 눈길과 내면에 대한 그것이 교대하여 서로 자극하거나 혹은 양자가 연결된다. 굳이 일반화해서 말하자면 자연의 재발견과 인간으로서의 재발견이라는 것은 근저에 있어서는 하나로 연결되어 있던 것이다.

그런데, 이 서간에 의하면 이것이 쓰인 것은 등정날, 밤이 되어 돌아온 산기슭의 시골 여관에서였다. 그런데 이 서간은 후년의 작품이고 거의 확실하게 1352년이나 1353년경의 것이다. 추정하건대 먼저, 이러한 긴 서간, 게다가 잘 가다듬어 우아하고 단정한 문장을 하인들이 저녁 준비를 하고 있던 짧은 시간에 피곤한 몸으로 쓸 수 없었을 것이다.

그렇다면, 이 등반기의 내용은 과연 지어낸 이야기일 뿐일까? 이 서한에 대해서는 지금까지 다양한 해석이 이루어져 왔다. 그러나 잊으면 안되는 것은 페트라르카가 방투산 정상으로부터의 조망에 상상력을 북돋워 실제로 등반했다는 사실이다. 이 사실은 중요하다. 그러니까 이 서간 역시 자전적 요소를 담고 있다고 봐야 할 것이다. 게다가, 이 서간이 후년의 창작이라고 해도 많든 적든 등산의 실상을 떠올리면서 쓴 것은 아닌가 하는 추측을 부정할 근거도 없다. 괴테는 그 자서전을 『시와 진실』이라고 이름 붙였다. 즉 그것은 '가짜와 진짜', '거짓과 진실'과 다름없는 것이다. 그리고 무릇 자서전은 아무리 성실한 (객관적) 서술을 목표로 해도, 실제로는 그렇게밖에 할 수 없을 것이다. 하지만, '가짜'이자 창작인 것은 결코 '진실'을 전달하는 것을 막는 것은 아니다.

「방투산 등반기」도 역시 틀림없이 페트라르카의 '시와 진실'이다. 거기에 깃든 '진실', '시'와 일체의 '진실'을 언급하는 것이야말로 이것에 궁금증을 갖고 있는 우리 모두에게는 무엇보다도 소중할 것이다.

이 '진실'의 앞에서는, 페트라르카의 등산이 실제로 1336년 4월 26일에 이뤄졌는지 아닌지의 문제도 몹시 빛이 바랜 것이 될 것이다. 어쨌든 등정이 이뤄진 것이 이 날이 아닌 다른 날이라는 증거도 없는 것이다.

또한 등반에 동행한 동생 게라르도는 페트라르카와는 세 살 차이다. 형 프랑체스코와 함께 몽펠리에와 볼로냐에서 공부했다. 아버지의 죽음 후, 형과 함께 아비뇽으로 돌아가서 역시 문학 연구와 시작(詩作)에 종사하고 진실한 사랑도 한다. 요컨대, 형과 똑같이 '허영'의 생활에 젖었었던 것이다. 그러나 애인의 사망을 계기로, 1334년에는 카르투지오수도회 수사가 되어 수도원 생활에 들어갔다. 이렇게 해서 그는 형이 열망하면서 끝내 도달하지 못한 평안의 '항구'에 들어갈 수 있었던 것이다.

게라르도의 회심(回心)에 페트라르카는 강한 충격을 받는다. 아직 '폭풍'의 바다에 떠도는 자신의 삶과 '항구'에서 쉬고 있는 동생과의 삶과 대비는 1348년 게라르도에게 보낸 편지에서 상세히 알 수 있다. (『친근서간집』 제10권 3)

등반기에 보이는 형제의 등산 모습의 대조도 동생의 수도원 입회와 그 후 두 사람의 생활을 생각하고 서술한 것일 것이다. 또한, 서간 중에 "테살리아의 하이모스산"이라고 한 것은 페트라르카의 오해이다.

하이모스산은 발칸반도의 동부일원에 있는 트라키아에 있다.

자코모·콜론나에게

나의 생활과 근황은 어떤지, 나는 어떻게 지내고 있는지,

당신은 그것을 듣고 싶다고 한다. 나도 진상을 숨기지 않고,

당신에게는 거짓말을 하지 않을거야. 나 자신에게 말하는 것과 같으니까.

나는 헛된 명예를 외면하고, 아무것도 바라지 않고, 있는 것만으로 만족한다.

우선 이 일로 나는 황금의 청빈과 굳은 서약으로 맺어져 있다.

불쾌도 걱정도 가져오지 않는 이 청아한 손님과.

바라건대 운명이여, 이 약간의 땅과 작은 집과 감미로운 책은 나를 위해 남겨주길 바란다.

그 외는 당신이 가져도 좋다. 뭣하면 몽땅 가져가도 돼.

나는 바둥바둥하지 않아. 본디 당신의 것이다.

땅도 자산도 나는 필요없다. 높은 곳을 지향하는 자에게는 그것은 무거운 짐이다.

그것은 정신을 묶는 견고한 쇠사슬, 온갖 악(惡)이 좋아하는 양식.

그러나 학예의 재산과 보물만큼은 손대지 않았으면 좋겠다.

나는 아무것도 부러워하지 않는다. 그리고 자기 자신 외에는

누구를 더 미워하지도, 멸시하지도 않는다.

지금까지는 사람이라는 사람을 멸시했지. 자신을 별의 저편까지 들어 올리고 있었으면서.

이렇듯 사람의 마음은 변하기 쉽지만, 자신이 어떤 사람인지에 대해서는

나는 이미 많은 증거를 가지고 있다. 몽상에 속아 있는 것이 아니라면.

실로 학예의 샘에 잠시 갈증을 푼들 무엇하랴.

더 큰 또다른 갈증이 나를 애태우고

내 마음에 언제까지나 그 맹위를 떨친다면.

종종 헬리콘 산 높은 곳에서 몸을 뉘어

아득히 어리석은 자들의 걱정과 수고를 내려다본

들 무엇하리.

내 몸도 다른 번뇌에 시달려 아무 휴식도 얻을

수 없다면.

외모의 아름다움도 무슨 소용있나. 마음이 추악

하고 더럽다면.

주님의 선물에 어울리는 찬송을 주님에게 바치려

해도

내 혀가 이것을 할 수 있을지 나는 불안하다.

나는 행복해질 수 있는 은혜를 입었는데도,

이 가슴은 비참하게도 고뇌의 병에 시달려 멈추

지 않는다.

벌써 당신의 뺨이 가련한 눈물에 젖은 것이 눈에

보이는 것 같아.

게다가 오랜 친분으로 당신의 마음은 손에 잡힐

듯 알 수 있다.

하지만 마치 아버지를 닮아 나를 모두 알고 싶어

해서,

그 사랑에 내 펜도 움직여져, 나는 그 뜻에 거스르

지 않는다.

자, 난 말할거야. 그리고 당신은 유익한 조언을
해주리라.

깊은 탄식을 토로하며 마음의 시름을 풀어주는
것은 나에게도 좋은 일.

일찍이 나는 한 사람의 훌륭한 부인을 사모했다.

미덕과 유서 깊은 집안 때문에 그 부인은 이름이
알려지고,

나의 시에 의해 칭송되어 멀리 세상 사람의 입에
올랐다.

하지만 그녀는 내 앞에 돌아와 조롱하듯 갖은 두
려움으로 나를 채운다.

그리고 아직도 지배의 손길을 늦추는 기미도 보
이지 않는다.

일찍이 그녀는 어떤 재주도 없이 나를 사로잡았다.

그 꾸밈없는 인품과 함부로 할 수 없는 아름다움
으로.

이미 십년이나 무거운 사슬을 나는 지친 목덜미
에 매달았다.

이 정도의 세월을 여성의 굴레에 묶여 보낸 것에

심한 혐오감을 느끼면서.

이제는 감춰진 병에 초췌해져 나는 다른 사람처럼 되어 있었다.

매혹의 불꽃을 태우며 불은 이미 뼛속 구석구석까지 번져 있었던 것이다.

나는 죽음을 바라며 초췌한 내 몸을 힘겹게 질질 끌고 있었다.

그때 비참한 이 가슴에 자유를 향한 사랑이 타오르고,

새로운 다른 생각이 나의 마음을 비추기 시작했다.

나는 일어서서 속박을 떨쳐내려고 사력을 다한다.

십 년 동안 내 안에 살아오면서 지배하는 여주인을 몰아내고

쇠약해진 힘을 가지고 강적에 맞서는 것은 어려운 일.

그러나 나는 공격하여, 고생 끝에 하느님의 도움으로

오랜 속박에서 이 목을 풀어 버렸다.

그토록 가혹한 싸움에 마침내 승자가 된 것이다.

그녀는 상처받고도, 종이 도망치는 것을 막으려고 비통한 마음으로 바싹 뒤따른다. 그리고 달콤한

빛을 가득 담은 눈동자에

은밀히 불꽃을 태우고 고혹스런 창끝을 가다듬
는다.

아, 나는 몇 번인가 새로운 길을 찾으려다가 도중
에 비틀거리며 쓰러졌던가!

그럼 이번에는 어떻게 해야 하나. 어떤 방법으로
대처해야 하나.

그녀는 또 한 번 더 지독한 포승줄을 준비하고
있었던 것이다.

나는 도망쳐, 널리 세계를 떠돌아 다녔다.

아드리아와 티레니아의 폭풍의 바다에도 굳이 출
항하며

비틀거리는 조각배에 속박에서 벗어난 목을 내맡
기고 주저하지 않는다.

실로 고통에 질려 살기를 싫어하는 나에게는

젊어 죽는 것이 어찌 재앙이라 할 수 있는가.

나는 서쪽으로 길을 가고 피레네 산맥이 높은 곳
에서 내려다보는 근처

햇살도 넉넉히 내리쬐는 푸른 그늘에 몸을 숨겼다.

다시 대서양 부근으로 걸으면 운행에 지친 태양이 작열하는 임금의 수레를 에스파니아의 넓은 바다에서 씻는다.

그리고 거대한 석상 같은 아틀라스의 산덩어리를 비추며

우뚝 솟은 절벽에서 긴 그림자를 던져

산기슭의 백성을 매우 빨리도 밤의 장막으로 감싼다.

거기에서 나는 북쪽을 향해, 낯선 언어를 찾아

외따로 낯선 땅으로 떠돌아다니면

브리타니아 바다의 탁한 물결이 거세게 밀려와 해안을 깨문다.

넓고 아득한 얼어붙은 대지는 쟁기질에 어울리지 않고

언덕은 포도나 곡식을 마다하며

열매도 없이 쓸모없는 나무들이 쓸쓸히 서 있을 뿐.

게다가 아직 나는 무엇을 해냈을까.

햇빛 내리쬐는 무더위를 바라고 뱀 떼가 사는 너른 땅에 발을 디딜 것인가.

멀리 적도지대로 에티오피아의 원주민을 찾아가

뜨겁게 타오르는 사자의 앉는 자리 아래에서 검

은 등을 드러내고 걷는 것을 바라보는 것인가.

또는 예로부터 탐색되면서도 분명하지 않은 나일 강이 시작되는 곳을

자연이 신비로운 대지의 품에 감춘 부근으로 헤치고 들어가는 것일까.

이렇게 그녀로부터 멀리 떨어져서, 겨우 마음의 물결도

고뇌와 분노와 공포도 가라앉기 시작했다.

이윽고 평온한 잠도 가끔은 눈물에 젖은 눈을 가리고,

웃음도 때론 내 얼굴 위에 빛나기 시작했다.

멀리 남겨두고 온 여성의 모습도 이제는 예전만큼 자주 강렬하게 나타나는 일도 없어졌다.

아아, 하지만 아까 그것을 말하는 것은 곤란한데도 당신은 강요하고 있다.

미칠 듯한 내 사랑의 상처로부터도 유혹으로부터도 겨우 벗어났다고 생각했는데, 간신히 마음의 상처가 아물고 전에 없던 고통도 물러나서 속았던 것이다.

나는 다시 일어나 발길을 돌리며, 죽음에 이르는

확실한 길을 더듬어 가기 시작한다.

운명은 이토록 무자비하게 거친 위세를 떨치고,

나는 갈피를 잡지 못하고 마음은 이처럼 괴로워
진다.

그리운 마을에 돌아가자. 그곳의 울타리 안에 머
무르자,

고뇌로부터 풀린지 얼마 안된 가슴은 금세 낡은
사랑의 무거운 짐에 허덕이며, 끔찍하고 가혹한 병
에 시달린 것이다.

아아, 비참하게도 두 번째 눈물을 어디서부터 말
해야 할까.

도대체 누가 믿어 줄까 고민한 나머지 죽음을 몇
번이나 기도했던 것인지,

더 과감한 조치마저 몇번이나 마음에 그렸던 것
인지,

다시 자유를 찾아서는 어떤 괴로움을 참았던 것
인지,

이것을 소리 높여 노래할 만한 시를 짓는 재주가
있을 수 있을까.

그래서 오히려 침묵하고 싶다.

아아, 하지만 마침내 마지막 굴레가 내 목에 끼워

지면서

　희망은 모두 나를 내버려둔채 달아났다.

　뱃사람이 어두운 밤 암초에 겁을 먹는 것보다 더

　이제 나는 두렵다. 그녀의 얼굴, 그리움을 자아내

는 달콤한 말,

　금발이 흐르는 머리, 목걸이가 달린 눈같이 흰 피부,

　나긋나긋한 어깨, 죽음도 마다하지 않는 매혹의

눈동자.

　아아, 나는 끝내 몇번이나

　분노한 하느님께 헛된 맹세를 하고 그 성전에,

　부서진 노를 또는 너덜너덜하게 젖은 옷을

　걸어야 한다는 것인가.

　그리고 무릎을 꿇고 기도하는 모습의 자기 자신

의 밀랍인형을 상아로 장식한 대들보 아래에 설치해

야 하는 것일까.

　이러한 번뇌에 마음이 답답하여 이것저것 생각하

고 있는 사이에

　나는 멀리 쓸쓸한 바닷가에서 이 암벽을 발견했다.

　난파선에 있는 나에게 어울리는 안전한 곳이라고

생각했다.

　나는 곧바로 돛을 달아 이곳을 향해, 지금 이 산속

에 몸을 숨기고,

지나온 길을 다시 생각하며 혼자 눈물로 지새운다.

하지만 그녀는 다시 나를 따라다니며 지배를 늦추지 않는다.

눈을 뜨고 있어도 내 눈에는 뚜렷이 그 모습이 나타나

밤 잠자리에서는 위협적인 표정으로 나의 불안한 잠을 여러 가지 공포로 휘저어 어지럽힌다.

종종, 말하기도 이상하게,

한밤중에 꼭 닫힌 집문에서부터 침실에까지 들이닥쳐

버젓이 자신의 하인을 빼앗으려고 한다.

나는 온몸이 얼어붙고 피는 갑자기 혈관의 전부에서 역류하여 심장의 방어를 굳게 하려고 한다.

때마침 누군가 등불을 켜고 방을 들여다보면 반드시 깨달을 것이다.

공포에 창백해져서 누워있는 나의 얼굴,

겁에 질린 영혼의 심상치 않은 징후 여러가지를.

나는 떨면서 눈을 뜨고 눈물에 가득차 침상에서 뛰어내린다.

그리고 신부의상도 맑은 새벽의 여신이 조용히

밝아오는 지평에서 모습을 드러내는 것을 기다리
지 않고

으스스한 방구석에서 빠져나간다.

산과 숲을 생각하면서 방심없이 사방으로 눈을
돌려본다.

내 휴식을 흐트러뜨리러 온 그 부인이 아직도 덮
쳐오지 않을까,

갑자기 모습을 드러내서 내 걸음을 저지하지 않
을까하고.

도저히 믿어서는 안 되는 것일까? 나는 간절히,
이런 덫으로부터 구원받고 싶다.

나는 자주 마을에서 떨어진 숲을 헤매면서

혼자가 되었다고 생각하고 있자니 어린잎의 수풀
이나

저쪽 떡갈나무 줄기에 두려워하던 얼굴이 나타
난다.

맑은 샘물 속에서 그 얼굴이 떠오르는 것이 보인다.

혹은 구름과 대기 속에 반짝이며 나와서는 나를
맞이한다.

혹은 단단한 바위 표면에서 살아있는 것처럼 뛰

어 나온다.

깜짝놀라서 쭈볏쭈볏 걸음을 멈춘다.

이런 덫은 사랑의 신이 설치해서 이제 한조각의
희망도 없다.

오직 전능하신 하느님의 뜻에 따를 뿐. 고달픈 내
가 그 손에 의해

이런 심한 폭풍에서 구해지고 적의 이빨로부터
떼어져서

적어도 이 은신처에 안전하게 있을 수 있도록!

고뇌에 대해서는 이것으로 그만두자. 하지만 당
신의 소망에 부응하여,

일상 생활의 다른 면도 간단히 말하겠다.

나의 저녁은 검소하지만, 그날 하루의

일의 피로와 배고픔이 무엇보다 좋은 반찬.

하인의 역할은 소작인. 내 동료는 나 자신과 한
마리의 충실한 개.

그 외에는 아무도 이 장소가 두려워 얼씬도 못한다.

애욕으로 무장한 열락(悅樂)도 여기를 내버려둔 채
풍요로운 도시들을 찾아 이주한다.

학예의 여신들은 그러나 망명에서 되돌아 와서

이 촌스런 은신처에 나와 함께 살고 있다.

극히 드문 손님의 방문도 단지 근처 유명한 샘물의 진기한 경치 때문.

내가 여기에 정착해서 벌써 일년이 되었다고 하는데도

이 계곡에서 그리운 친구의 모임을 해 본 것은 한 번인가 두 번인가.

우정도 이곳에서는 실패했지만 글은 자주 찾아온다.

그리고 겨울의 긴 시간에는 난로 앞에 혼자 앉아 있는 나와 이야기를 나누고,

그리고 여름에는 시원한 나무 그늘에 홀로 몸을 의지하여 나와 이야기한다.

밤낮없이 나에 대한 이야기가 입소문에 오르는데.

본인들의 방문은 없다. 수풀이나 눈(雪)이나 나의 식탁을 두려워하는 것이다.

이미 도회풍에 물들어 연약함이 습성이 된 것이다.

내가 이 어려운 생활에 대한 결의를 말하면,

친한 친구들도 충실한 하인들도 나를 버렸다.

누군가 우정에 이끌려 찾아와도 감옥에 갇힌 사람처럼 나를 보았고,

위로의 말 한마디 대충하고는 부랴부랴 떠난다.

내가 열락에 등을 돌리고 있는 것을 보고 마을 사람들은 놀란다.

그들의 마음에는 열락이야말로 최고의 선이라고 믿고 있는 것이다.

나의 기쁨이나 이질적인 즐거움을 알지 못하고, 비밀의 동료도 눈치채지 못한다.

모든 시대가 전 세계에서 나에게 데려다주는 비밀의 동료.

언어나 지능이 빼어나거나 혹은 용맹이나 정치에 뛰어났던 사람들.

전연 가리지 않고 검소한 나의 집 한구석에서 만족하여

내가 시키는 대로 행동하고 거부할 줄을 모른다.

항상 내곁에 있고 조금이라도 방해가 되지 않아.

나의 신호 하나로 물러났다가 불려지면 바로 되돌아온다.

이사람 저사람에게 나는 말을 걸었고, 그들은 교대로 대답해 준다.

아낌없이 많이 노래하고, 많은 것을 말해준다.

혹은 자연의 비밀을 밝히거나, 혹은 삶과 죽음에

대해 깊은 생각을 털어놓고, 혹은 옛사람의 위업이
나 자신의 업적을 말하고,

지난 시대의 일들을 불러 되돌아오게 해 준다.

혹은 명랑한 말투로 시름을 풀고, 장난치며 미소
를 데려다 준다.

혹은 다시 가르쳐 준다. 모든 것을 견뎌내고,
아무것도 바라지 않고, 자기 자신을 알기를.

이들은 저마다 뛰어난 지도자. 위정자에 전략가들,
농경의 스승에 변론가, 또 바닷길의 선구자와 많
은 인재들.

역경에 의기소침해지면 격려해주고 잘 나갈 때에
오만해지면 충고해준다. 모든 것에 끝이 있다는 것
을 명심하라고 나에게 말하고,

세월의 흐름의 빠름, 인생의 무상함을 잊지 말라
고 훈계한다.

나에게 주는 후의에 대한 보수로 그들이 요구하
는 것은 극히 적다.

자유롭게 우리 집을 드나들며 나와 함께 사는 것뿐.

불행하게도, 그들은 이 세상에 의지할 곳 없이 친
구라고 해도 이처럼 냉담한 것이다. 허락을 받고 어
느 한쪽 구석에 몸을 숨기고서는 아름다운 궁전에

있다고 생각하며 불안에 떨면서 애타게 기다리고
있는 것이다.

얼어붙은 구름이 지나가고, 학예(學藝)하기에 좋은
시대가 돌아오기를.

그들은 벽면을 싸는 견직물의 장식도 필요없고,
냄새도 달콤하게 김이 모락모락 올라가는 따뜻한
음식도 필요 없다.

풍성한 식탁에 모여있는 귀한 손님 접대에 부지
런한

하인들의 소란에 넓은 방이 채워질 필요도 없다.
이 검소한 한 무리는 자족(自足)하고 이곳에 모여
나와 가진 것을 나눈다.

그리고 지친 나를 그 장밋빛 침상에서 위로해주고,
굶주리고 목마른 나를 그 식탁에 앉혀 놓고는 생
명의 양식과

감미로운 마실 것으로 생기를 더한다.

단지 우리 집에서 친구일 뿐만 아니라, 내가 가는
숲그늘 냇물도 맑은 초원으로도, 어디에도 따라
와준다.

그리고 수다스러운 세상 사람들이나 시끄러운 마
을들을 싫어한다.

종종 종일토록 사람들을 피해 함께 숨어 다닌다.

나의 오른손에는 펜이 있고 왼손으로는 종이쪽지
를 쥔다.

그러자 마음은 여러 가지 상념으로 가득 찬다.

함께 걸어가면 몇번이나 갑자기 짐승들이 사는
곳을 보았던가.

몇 번이고 작은 새의 지저귐에 마음은 깊은 명상에
서 벗어나 무심한 새의 행방을 찾아보았던 것인가.

어슴푸레한 숲길을 따라가면서 생각에 잠겨

이것저것 중요한 일에 궁리하고 있을 때,

느닷없이 사람이 나타나서 작은 목소리로 말을
걸어오는 것은 성가신 일.

넓은 숲의 정적을 호흡하는 것은 기쁘고, 들리는
모든 소리는 싫다.

그러나 깨끗한 시냇물이 자갈과 장난치고

산들바람이 종이쪽지를 건드리며, 내 시도 경쾌
하게

속삭임을 연주하는 것은 기분좋다. 그리고 종종

길게 뻗은 자신의 그림자가 시간이 늦었다는 것
을 알려주고

집으로 가는 길로 되돌리라는 경고를 한다.

때로는 완전히 내린 밤의 장막이 귀가를 강요한다.

그리고 초저녁의 샛별이, 혹은 일몰과 함께 모습을 드러내는 달이

날카로운 가시나무 수풀 사이로 오솔길을 가리켜 준다.

이것이 나의 있는 그대로, 나의 생활. 깊은 번뇌가 가라앉기만 하면

나는 행복하게도 근사한 행운의 별 아래에 태어났다고 할 수 있다.

『운문 서간집』 제1권 6)

1337년 여름, 페트라르카는 로마에서 아비뇽으로
돌아와서 간직해 둔 책을 지니고 보클뤼즈라는 한적
한 아름다운 골짜기에 틀어박힌다. 그곳은 아비뇽
의 동쪽으로 약 24km, 론 강의 지류 소르그강이 출
발하는 곳이다. 소르그의 본 줄기는 거대한 샘이 있
고 큰 암벽 아래에서 많은 물이 솟아나고 있다. 그
물은 맑은 물줄기가 되어 보클뤼즈의 녹음을 뚫고
내려간다. 그 물가의 근처, 샘물에서 그리 멀지 않은
곳에 페트라르카는 집과 토지를 매입하였던 것이다.
소르그 샘은 기이한 광경으로 알려져 있었다. 페트
라르카도 어렸을 때 아버지의 손에 이끌려 한 번
보클뤼즈를 찾았고 그 곳이 무척이나 마음에 들었던
것이다. 페트라르카의 갑작스러운 '은둔'에 친구들
도 놀라서 의아해 했다. 페트라르카는 왜 보클뤼즈
에 끌렸을까? 아비뇽에 대해서 그는 심한 혐오감을
느꼈고 보클뤼즈가 무척 마음에 들었기 때문이다.

페트라르카에게 아비뇽은 혼잡·떠들썩함·퇴폐(退
廢)·모략·번거로움·바쁨 등을 의미했다. 아비뇽에서
는 자신의 '허영(虛榮)'이나 '악(惡)'을 더 부추기기도

한다. 그의 연정을 북돋우는 연인 라우라도 그곳에 살고 그의 육욕을 자극하는 애인도 있다. 그리고 바로 '은둔'의 해, 그의 사생아 조반니가 탄생했던 것이다. 이에 반해 보클뤼즈는 아름다운 자연·정적·평화·소박·건전·한가를 의미하며 무엇보다 자유를 의미했다. 아비뇽의 모든 악으로부터의 자유, 연구·저작 활동에 전념하는 자유이다. 이렇게 해서 보클뤼즈는 페트라르카에게 있어서 이 세상에서 가장 사랑해야 할 장소가 되었다.

이처럼 페트라르카의 '은둔'의 적극적 동기는 다양한 세속적 번잡을 피해 한가로움과 자유를 누리면서 연구와 저작에 몰두하는 것이었다. 이런 생활을 그는 '고독한 삶'이라고 불렀다. 그것은 이후, 그가 일생을 통해서 계속 추구한 삶의 형태가 된다.

'고독한 삶'은 그러나 세상과의 동떨어짐을 의미하는 것은 아니다. '고독한 삶' 속에서 연구나 저작에 전념함으로써 페트라르카는 보다 높은 차원에서 세상 사람들에게 도움이 되기를 바랐으며, 열망하는 문학적 영광의 획득도 의도하고 있었다. 그렇기에 그는 '은둔'과 함께 역사서 『저명인전(著名人傳)』을 로마 위인전으로 구상하고 이에 착수한다. 이어 다음

해 1338년에는 제2차 포에니 전쟁의 영웅 스키피오·대(大)아프리카누스를 주인공으로 하는 서사시 『아프리카』에 착수한다. 이 야심적인 양대 장편으로 그는 '시인의 영광'을 얻고자 했던 것이다. 서사시 『아프리카』 중에도 그의 계관에의 열망과 미래의 명예에 대한 소망이 노래되고 있다. (『아프리카』 제9권)

보클뤼즈의 '고독한 삶'을 페트라르카는 각별히 사랑하여, 운문과 산문으로 자주 칭송한다. 그러나 '고독한 삶'의 현실은 반드시 목가적인 것은 아니었다. 그는 아직 아비뇽과의 인연을 끊지 못했고, 특히 주인 콜론나 추기경을 위한 용무에 묶여 있었다. 물론 내면의 고민에서도 완전히 벗어나지는 못했다. 아니, 연인 라우라의 모습은 시인을 계속 추적해 괴롭혔다. 뿐만 아니라 거기에는 생활의 어려움도 있어 황량한 면도 있었다고 생각된다. 여기에 번역하는 운문서간에도 그것이 엿보인다. 그런 만큼 '은둔'에 건 페트라르카의 결심이 어느 정도인지 알 수 있다.

이 운문 편지가 쓰인 것은 1338년 '고독한 삶'의 2년째이다.

자기 자신에게

아아, 왜 이 괴로움인가. 운명의 사나운 위세는 나를 어디로 밀어내는 것인가. 내 눈에 세계는 이제 종말에 접어들어,

'시간'이 무서운 기세로 도망쳐 달아난다.

그리고 내 주위에는 죽어가는 노인과 젊은이들의 엄청난 무리.

세계 어디에도 내 몸을 의지할 안전한 항구는 찾을 수 없다.

구원의 간절한 바람에도 결코 희망은 오지 않는다.

겁에 질린 내 눈을 어디로 향하더라도

장례 행렬에 이은 장례 행렬에 나는 주춤거린다.

사원은 죽은 사람의 관으로 붐비고 비탄의 울음으로 가득 찬다.

시체는 불쌍하게도 귀천의 구별 없이 한쪽에 흩

어진다.

나는 마음속으로 나의 죽음을 생각하며 내 몸의 불행을 떠올린다.

아아, 내 마음에 되살아나는, 이미 죽은 수많은 친구. 그리운 말씨.

그러다 갑자기, 그 감미로운 얼굴들이 사라져가고,

매장에 이은 매장으로 이미 묘지도 너무 좁다.

이토록 엄청난 죽음으로 인해 초라한 이탈리아 백성들은 울고,

사람 그림자도 없이 병에 쇠약해진 프랑스는 이를 애도한다.

어느 별 아래 다른 국민도 이를 슬퍼한다.

모든 것은 하느님의 노여움 때문인가. 우리들 죄의 당연한 대가인가.

아니면 그저 자연의 이변에서 비롯된 천체(天體)의 영향인가.

이 전염병의 때는 인류에게 무겁게 다가오고,

비참한 파멸을 들이대고 위협한다.

대기는 이상하게 막혀 죽음의 기세를 조장한다.

유피테르는 노하여, 더럽혀진 하늘 높은 곳에서 아랫 세상을 내려다보고,

그곳으로부터 지상에 역병과 처참한 죽음을 내리게 하고 있는 것이다.

운명의 여신은 비정하게도 인간의 생명줄을 모조리

단번에 끊고 싶다고 서두르는 것이다.

그 소원이 하늘에 받아들여진 것이 아닌가, 나는 두려워한다.

실로 처참히도 암흑의 명계 속으로 빠져들며 서두르는 창백한 얼굴의 무리들은 이리도 엄청난 것이다.

이러한 생각에 나는 부들부들 떨며, 아주 가까이 죽음의 음모를 예감한다.

도대체 어디로 피해야 자신의 몸을 숨길 수 있는지,

바다도 땅도 암벽의 어두운 동굴도 아무것도 보여주지 않는 것이다.

실로 죽음의 힘은 모든 것을 이겨낸다. 그리고 어떤 은신처에도 죽음은 맹렬히 덤벼드는 것이다.

예를 들어 뱃사람이 갑자기 위험한 폭풍에 휩쓸려, 그 눈앞에서

동료의 작은 배가 잇달아 흉포한 거친 바다에 삼켜져 갈 때,

나의 무르고 작은 배도 옆구리가 삐걱거리고

노도 암초에 부딪혀 깨어져 부서지는 것을 들었
을 때

키도 멀리 성난 파도에 휩쓸려 가는 것을 보듯이,

그렇게 나도 확실한 위험을 앞에 두고 속수무책
이다.

혹은 또, 격렬한 화염이 은밀하게 낡은 대들보
에 타올라,

탐욕스러운 세찬 불이 두꺼운 지붕판을 핥기 시
작하면,

갑작스런 굉음에 한 가족은 깜짝 놀라 일제히 일
어나,

아버지는 그 누구보다 먼저 지붕 위로 올라가 주
위를 살피고,

그리고 겁에 질린 내 새끼를 끌어안고,

무서운 위험으로부터 맨 먼저 멀리할 것을
생각하며,

아이를 안고 덮쳐오는 불길 속을 떠나려 한다.

그렇게 나도 가끔, 걱정과 두려움 때문에 나의 나
약한 영혼을 끌어안고,

어떻게든 정념의 불꽃을 뚫고 영혼을 데려가고,

육욕의 불꽃이 넘치는 눈물로 불길을 잠재우려

이리저리 생각한다.

그러나 이 세상은 나를 사로잡고 쾌락은 강렬하게 끌어당긴다.

그리고 흉악하게도 습관은 재앙의 굴레로 나를 묶어, 풀어주지 않는 것이다.

나는 이런 상태에 있다. 이렇게 깊은 어둠이 얼음 같은 전율로 나를 감쌌다. 나는 늘 죽음에 대한 성찰을 게을리 하지 않고

죽음의 모진 고통에도 평정하게 마주할 수 있다.

이렇게 생각하는 것은 잘못이다. 혹은 미친 짓인지 지나친 자신감이다.

종종 진지하고 고상한 분노의 생각이나 올바른 고통의 생각이

나의 우유부단한 마음을 적시고 안팎에서 나와 싸운다.

나는 분명한 이성의 빛으로 이끌리지만,

충동이 이성을 이겨내어 성실한 의도를 방해한다.

이렇게 나는 붙잡혀 슬퍼 탄식하고 자주 스스로에게 물어보는 것이다.

너는 헛되이 무엇을 얻고 있느냐? 비참하게도 어

디로 가려고 하고 있는가? 이렇게 많은 길을 돌아서 대체 어디로 갈 수 있다고 생각하는가?

너의 죽음은 확실한데 쉼을 찾아 계속되는 수고는 무슨 소용이 있겠는가?

왜 불모지 모래땅에 씨를 뿌리는가? 무엇 때문에 모래사장을 일구고 있는가? 비굴의 희망을 추구하다 희망에 농락당하고 있는 것이다.

이미 장밋빛 시기는 너의 등뒤에 멀고,

벌써 회색 노령(老齡)이 슬그머니 너를 침범해 가고 있다.

오오, 무지한 아이야. 왜 이렇게 우둔하게 구는가?

늘 마음에 내일을 생각하며 이 현재를 잃고 있는 것이다.

항상 미래가 정해지지 않은 운명에 기대어,

너 자신과 너의 도덕적 생활에서 도망쳐서 사람의 것을 추구하게 될 것이다.

자, 서 있거라. 도망치는 것을 그만두어라.

네가 스스로 인정할 수 있는 오늘이라는 날에 따르기를 왜 하지 않는가.

내일이라는 날은 아마 네 위에 이렇게 환하게 찾

아오진 않을 것이다.

모른다면 가르쳐 주겠다. 죽음은 쉽게 모든 것을 멸망시키고 암흑의 어둠에 녹여 넣는 것이다. 게다가 죽음은 흔히 갑자기 찾아오는 것이다. 만약 너 자신을 걱정한다면, 너의 영혼이 미래로 미루고 있는 그 일에 왜 바로 착수하지 않는가?

아마 신중하게 여러 계획을 미래의 장기간 동안 분배하고 있는 것일까?

무슨 눈먼 짓이야. 죽은 이후에 할 수 있도록 이것저것 큰일을 꾸미다니!

인간 세상의 덧없음을 뼈저리게 알면서,

너는 아직도 오래도록 희망의 천을 짜낼 수 있나?

미래의 빛이 찾아오는 것을 정말 조금이라도 믿을 수 있는가?

네가 흙덩이가 되어, 피에 굶주린 독수리들이 너의 몸을 찢어 먹고

구더기가 창자를 갉아먹는 그 때에 너는 그것을 할 것인가?

오히려 지금, 지금이 그 시기인 것이다.

지금이라면 너는 몸을 움직일 수도 마음먹은 대

로 할 수도 있는 것이다.

가장 좋은 자유와 삶이 느닷없이 사라지는 일도 없이 아직 남아 있는 것이다. 너에게는 보이지 않을까? '시간'이 날아가듯 도망치는 것이.

순간은 시시각각 가볍게 1시간 1시간을 밀어 나가고,

각 시간은 차례로 낮과 밤을 쫓는다. 그리고 밤낮으로 도망가는 동안

달은 그 주기를 채우고 새 달이 되어 돌아온다.

달은 차례로 매일을 빼앗아 가고, 일년에 일년을 거듭해 가며,

그리고 해가 지남에 따라 노쇠와 죽음을 가져온다.

이렇게 일체를 움직이며 '시간'은 지나가고 짧은 시간도 멈추지 않고 삶은 옮아갈 것이다.

삶은 다시는 돌아오지 않고 달려간다. 그 빠르기는 급물살이

세차게 흘러 가파른 고개의 높은 곳보다 바다로 떨어지는 것이 낫다.

활시위를 흔들며 날아간 화살도

이 정도로 빨리 하늘을 가르고 나가지는 않는다.

떠올려봐도 좋다. 네가 생모의 태내에서

발가숭이 울보의 불쌍한 갓난아기로 태어나고,

입을 떨며 울먹이며 첫 울음을 지른 그날부터,

그 마음에는 오직 수고와 눈물과 신음소리와

가슴 아픈 고뇌만 살고 있었다.

너에게는 한번도 즐거운 날이 찾아오지 않았다.

헐떡이는 마음이 무수한 탄식에 종지부를 찍을

수 있을 것 같은 날이 오는 것은.

너는 휴식을 원하는데, 운명은 비정하게도 그것을

거부한다.

걸음걸이에 피곤한 몸을 뉘여

잠깐의 쉼을 즐기기도 전에

너의 생애가 다 끝나버릴까봐 나는 두려워한다.

너의 하루는 이미 대부분이 지나가 버렸다.

영원한 밤을 예고하는 저녁이 벌써 다가왔다.

너는 이미 노령인데도 먼 훗날의 일까지 생각하

고 있다.

너는 죽어가고 있는데 무거운 졸음에 사로잡혀,

마음을 놓고 잠에 빠져 있는 것이다.

서쪽, 지평으로 떨어지는 태양을 보라. 그리고 제

때에,

헛되이 낭비한 '시간'을 울어라.

그리고 영원한 모국으로 발걸음을 돌려라.

아직 하늘 높은 곳에서 순간의 빛이 너를 비추는 사이에.

너는 폭풍우의 바다에 살아와서 너무나도 괴로웠다.

항구 안에서 죽으면 좋겠다. 자, 너덜너덜한 돛을 접고.

폭풍우로 뿔뿔이 흩어진 돛줄임줄을 이제야말로 주워 모을 만하다.

이런 생각에 잠길 때에도 종종 분노와 고뇌가 나에게 소리지르게 하는 것이다. 도대체 누가 나를 적의 입에서 끌어내 주는 것일까?

누가 나를 이 죽어야 할 감옥에서 해방시키고 하늘로 돌려줄 것인가?

이렇게 엄청난 함정이나 미로(迷路) 사이에서,

영원한 구원에 이르는 올바른 길을 누가 보여줄 것인가.

아아, 아득히 산의 높은 곳에서처럼 평화의 나라가

멀리 희미하게 보이는 것 같다! 아니, 정말로 보이는 것인가?

그러나 내 주변은 모두 뻣뻣한 가시나무 수풀에 뒤덮여 그곳에 사는,

무서운 지옥의 개들. 일찍이 하느님의 깃발을 내던졌던 약탈자들.

그곳을 벗어나려고 하면 패거리들의 재빠른 습격의 대상이 된다.

잊을 수도 없지만 얼마나 자주 바른 길을 가려다가 꺾였던가.

그리고 항상 되밀려오다가는 어쩔 줄 모르고,

가지 말아야 할 쪽을 그리워하는 것이다.

그러면 누가, 불행한 나를 도와줄 것일까?

행복한 영혼과 더없이 행복한 백성들이 사는 곳으로 누가 안전하게 이끌어 줄 것인가?

내가 육체의 짐에 허덕이며 내 죄가 이 걸음을 막고 있다면

누구의 도움으로 나는 무거운 짐을 내려 비둘기 날개를 달아 높은 곳을 지향하고

이렇게도 숱한 고난의 끝에 쉼을 찾을 수 있을까?

이것이 나의 현실이지만, 미래를 미리 알려주는 운명이 이 몸에

어떤 마지막을 준비하고 있는지는 아직 모른다.

한없는 희망과 두려움이 지금까지 끊임없이 내 마음 속에서 싸우고 있다.

하지만 곧, 나의 죽음이 알려 주겠지

나는 정말 누구였을까? 행운의 별 아래에서 태어나고 있었던가?

보여진 길을 따라가는 나의 여행은 빨랐던 것일까 늦었던 것일까.

요컨대, 이 죽어야 할 육체의 나는 어떤 손님이었을까?

(『운문서간집』 제1권 14)

1347년 11월말 프로방스에서 조국으로 돌아온 페트라르카는 곧 파르마에 정착한다. 그는 이미 1344년에 이곳에 영주할 생각으로 집을 구입하였고, 그 후 파르마 대성당참사회원직도 얻었다. 이번에도 물론 이곳을 이탈리아 거주의 본거지로 삼을 생각이었다. 그렇게 해서 비로소 여기서 시인은 한 곳에 자리를 잡을 거처를 찾을 수 있을 것 같았다.

그런데, 1347년 말에 시칠리아와 남프랑스에 상륙한 흑사병이 다음 해에는 이탈리아와 프랑스에서 스페인과 영국에까지 퍼져 세차게 일어난다. 이 대유행은 1351년까지 이어져 동유럽을 포함한 전 유럽에 가공할 맹위를 떨쳤다. 유럽의 인구는 격감해 많은 마을이 궤멸적 타격을 입는다. 피렌체의 참상은 보카치오의 『데카메론』첫째 날 머릿말에도 생생하게 그려져 있다. 페트라르카가 사는 북이탈리아도 예외는 아니었다. 그의 주위에서도 매일 엄청난 수의 사람들이 죽어가고 있었다. 뿐만 아니라, 친구의 부음이 잇달아 도착했다. 1348년 4월 6일에는 연인 라우라도 사망하게 되고, 페트라르카는 이 소식을 5월 19일, 파르마에서 받는다.

여기에 번역하는 운문서간은 아마 1348년의 것으로 페스트에 의한 참상에 관해서도 언급하고 있다. 아니, 그 참상으로 촉발되어 착상된 것이리라. 그러나 이 작품에서 관심은 페스트에 의한 참상 그 자체보다 자기 자신에게로 향하고 있다. 혹은 오히려, 세계의 비참함과 자기의 불행이 한 몸인 것으로서 받아들여지고 있다.

이 서간은 자기 자신에게 보내는 이야기로 자기 자신과의 대화 혹은 독백이다. 이것도 페트라르카 문학에 특징적인 것 중 하나로 이미 본서의 3장 및 4장에서도 볼 수 있었던 것이다.

그리고 이 서한에서도 '내안의 싸움'이라는 주제가 돌아온다. 게다가 이 주제가 페스트의 맹위에 의한 비참한 현실, 임박한 죽음의 위협을 배경으로 한층 더 절실하게 노래된다. 작품 전체를 뒤덮는 깊은 비관주의와 무상감, 자신의 영혼의 구원을 바라는 간절한 소망과 기도, 이것들도 모두 페트라르카 문학에 특징적인 것일 뿐만 아니라 자기 자신에게 보내는 서간이라고 하는 형식 자체가 이미 앞의 고대인 앞으로 보내는 서간과 같이 친숙하고 자못 '페트라르카답다'라고 말할 수 있을 것이다.

이 형식도 그에게 보이는 강한 자기의식이나 끊임없는 자기 성찰과 깊게 결합되어 있다고 볼 수 있다. 이러한 자기의식이나 자기 성찰도 나중의 몽테뉴에서 전형적으로 보이듯이 휴머니즘의 특질 중 하나를 이루고 있다.

이 서간의 작성 시기에 대해서는 두 가지 설이 있다. 하나는, 1340년에 이탈리아의 토스카나 지방에 페스트가 맹위를 떨친 시기라고 하는 설이고, 또 하나는 1348년의 페스트 대유행 때라고 하는 설이다. 후자가 옳을 것이다. 실제로 1340년에는 시인이 남프랑스 프로방스에 있었고 토스카나에는 없었다. 게다가 이 시에서는 유럽 규모의 참상과 수많은 친구의 죽음도 노래되고 있다.

아우구스티누스의 저서 『고백록』에 첨부하여

루이지·마르실리에게

벗이여, 당신은 나에게 힘입은 바가 많다며 여러 가지로 상기시키고 있지만 솔직히 나에게는 어느 것 하나 짚이는 것이 없습니다. 단 한가지만 짐작이 가는 것은, 나는 당신의 소년 시절부터 당신에게 애정을 가져왔다는 것입니다. 이미 그 무렵부터 당신 안에 뭔가 뛰어난 자질을 예감하고 있었던 것입니다. 그리고 당신을 향한 사랑은 나날이 크게 부풀어 오르며 당신이 빨리 내가 원하는 그런 사람이 되길 기대해왔습니다.

그 당신이 원하는 작은 책을 지금 기꺼이 보냅니다. 이 책은 예전에 내가 청년시절에 그 디오니지 스승님에게서 받았던 것입니다. 당신과 같은 수도회에 속하며 뛰어난 신학교수로서 원만한 덕성의 소유자이며, 나에게는 더할 나위 없이 관용적인 아버지였던 저 디오니지 수사님이 주신 것인데, 이 책이 만약 그때와 같은 모습 그대로 있었다면 차라리 한층 더 기뻐하며 보내드릴 수 있었겠지요.

그런데 그 당시의 나는, 아마도 타고난 천성과 젊음 때문에 여행을 자주 다녔지만, 이 책은 그 내용과 저자 때문에 매우 마음에 들고 더구나 손바닥 안에 쥘 만큼 작아서 들고 다니기에 편해서, 사실상 이탈리아 전역을 가지고 다녔고, 또 프랑스나 독일 곳곳을 자주 들고 다녔습니다. 이렇게 해서 이 책은 끊임없는 사용으로 한시도 놓을 수 없게 되었고 거의 내 손과 한몸으로 여겨졌습니다.

깜짝 놀랄 만한 이야기를 합시다. 이 책이 강이나 땅에 떨어진 것에 대해서는 언급하지 않겠습니다만, 한번 바르강 근처 니스에서 나와 함께 바닷속으로 가라앉은 적이 있습니다. 그 때 그리스도께서 우리를 위기에서 구하지 않으셨다면 만사가 끝났던 것과 다름이 없습니다. 이렇게 해서 나와 함께 왔다 갔다 하다 보니 이 책도 또한 늙었습니다. 그리고 이미 노인이 되었고 (나와 같은) 노인에게는 매우 읽기 어려운 것이 되었습니다. 그런데 일찍이 아우구스티누스의 거처로부터 방황하고 있었던 것이지만,

지금은 드디어 같은 거처로 돌아갑니다. 그리고 이번에도 당신과 함께 여행을 계속하게 될 것이라고 생각합니다.

자, 이 책을 받아주세요. 현재 모습 그대로 받아서, 환영해 주세요. 그리고 이제부터는 내 것은 모두 당신의 것으로 여기고 쓸데없는 사양은 하지 말아 주세요. 어느 것이든 좋아하는 것을 나에게 청하거나 하지 말고 직접 가지세요.

안녕히 계세요. 당신의 행복을 빌고 있겠습니다. 당신도 그리스도의 식탁에 초대받을 때 항상, 나를 위해 기도해 주세요.

1월 8일 아르콰에서 [1374]

(『노년서간집』 15권 7)

<해설>

　만년의 페트라르카가 자신의 휴머니즘 운동의 후계자로서 가장 잘 되기를 바라고 기대하던 자는 보카치오와 루이지·마르실리일 것이다. 분명히, 페트라르카는 보카치오에게 있어서의 특별히 뛰어난 재능을 인정했었고 보카치오도 페트라르카를 스승으로서 벗으로서 존경하고 사랑하고 있었다. 그러나 페트라르카의 눈에는 보카치오는 어느 쪽인가 하면 자기 휴머니즘 운동의 세속면의 대표적 계승자로 비치고, 마르실리는 종교면의 계승자로 비치고 있었던 것은 아닐까? 물론 보카치오도 마르실리도 세속문학과 종교문학 모두에 통했다. 하지만 보카치오는 세속적 시민이었고 마르실리는 아우구스티노 수도회의 수사였던 것이다.

　여기에 번역하는 서간에서도 알 수 있듯이 페트라르카는 마르실리에게 1340년 이래 애독해 온 『고백록』작은 책을 보낸다. 1374년 1월의 일이다. 그리고 그 봄 『고백록』을 받은 마르실리는 신학연구를 위해 파리로 떠나고 그 여름 페트라르카는 세상을 떠난다. 그리고 다음 해 페트라르카보다 아홉 살 어린 보카치오도 선배의 뒤를 따라가듯 사망한다.

젊은 마르실리가 파리유학에서 귀국하는 것은 그로부터 몇 년이 지나서이다. 그가 피렌체의 산토 스피리토 성당 사제관에 거처를 정하자 그곳은 피렌체에서의 새로운 문화운동의 중심이 된다. 이 성당을 방문하여 마르실리 주변에 모여든 젊은 피렌체 시민들에 의해 휴머니즘의 아버지 페트라르카가 뿌린 씨앗은 크게 자라고 머지않아 훌륭한 꽃을 피운다. 이렇게 마르실리는 이 역시 페트라르카의 위대한 직계 제자로 피렌체 공화국 서기관장의 요직에 있던 살타티와 나란히 14세기 말 피렌체에서의 휴머니즘 운동 추진의 두개의 바퀴 중 하나가 된다.

그러한 마르실리에게 죽음이 가까운 것을 깨달은 늙은 페트라르카는 자신의 생애에 걸친 정신의 자국과 흔적이 깊이 스며들어 있는 '애독했던 책'을, 말하자면 자신의 유품으로써 보낸다. 이것은 르네상스 휴머니즘 역사에서도 가장 감동적인 장면 중 하나일 것이다.

또한 마르실리는 1342년경 피렌체에서 태어나 1394년 피렌체에서 사망한다. 스승인 페트라르카와 마찬가지로 아비뇽 교황청을 강도 높게 비판했고 피렌체 공화국을 위해서는 종종 중요한 임무를 수행했다.

<서간문5>

후세인(後世人)에게

　나의 보잘것없는 이름이 시간적으로나 공간적으로나 멀리까지 도달할 수 있을지 의심스럽다고는 하지만, 당신도 아마 나에 대해서는 뭔가 듣고 있겠지요. 그리고 아마도 내가 어떤 인간이었는지 궁금할 것이고, 혹은 또 내 책, 특히 당신이 그 평판을 듣거나 잠깐이라도 그 이름을 들었던 책들이 어떤 운명을 맞았는지도 궁금할 것입니다.

　나라는 인간에 대해서는 분명 여러 가지로 거론될 것입니다. 사람은 대체로 진실에 이끌려 말하는 것이 아니라 하고 싶은 말을 하는 것이기 때문입니다. 세상의 평판에는 무릇 척도가 없습니다. 어쨌든 나도 당신 동료 중 한 명이었습니다. 죽어야 하는 불쌍한 인간입니다. 집안은 별로 고귀할 정도도 아니고 천하지도 않으며, 아우구스투스황제가 스스로

일컫는 것처럼 유서 깊은 집안입니다. (수에토니우스
『황제전』 제2권 2)

그리고 내 마음도 시대의 풍조에 의해 손상되지 않
았다면 원래 탈선이나 자만심과 무관했던 것입니다.

청춘은 나를 현혹했고 장년기는 타락시켰지만 노
년은 나를 바로잡고 옛날 책에서 배운 것의 진실을
경험으로 깨닫게 해주었습니다. 청춘도 쾌락도 헛
된 것이라고. 오히려 모든 시대와 세월 그 자체의
창조주께서 그것을 알려주셨던 것입니다. 창조주는
죽어야 하는 비참한 인간들이 헛된 교만의 포로가
되어 길을 벗어나는 것을 가끔 용서해 주시는데, 그
것은 인간들이 늦게나마 자기의 죄를 깨닫고 자기
자신을 알 수 있도록 하기 위한 배려입니다. 젊었을
때 나의 몸은 그리 강건하지 않았지만 매우 민첩했
습니다. 용모는 내세울만큼 뛰어난 것은 아니지만,
그래도 한창 젊었을 때에는 매력적이지 않은 것은
아니었습니다. 피부는 흰색과 암갈색 사이의 중간
색이고 윤기가 있으며, 눈은 맑고, 오랫동안 시력도
매우 좋은 편이었습니다. 그것도 예순 살이 넘으면
서 기대와는 달리 악화되어 싫어도 안경의 도움을
받아야만 하게 되었습니다. 평생 아주 건강했던 몸

도 노령에 시달려 늘 잦은 병에 걸리게 되었습니다.

나는 특별히 부(富)를 멸시했습니다. 부를 원하지 않아서가 아니라 재물에 따르는 몸과 마음의 고생을 싫어했기 때문입니다. 나는 호화로운 연회석을 마련할 만한 힘이 없었기 때문에 그 일로 인해 고민할 일도 없었습니다. 그러나 나는 평범하고 검소한 식사로 살면서도, 맛있고 진귀한 음식을 맛보고 있는 미식가 아피키우스의 무리들 중 그 누구보다도 만족하고 있었습니다. 소위 향연이라는 것은 바로 폭음 폭식으로, 절제나 미풍양속에 어긋나기 때문에 나는 언제나 싫었습니다. 그런 일 때문에 다른 사람을 초대하는 것도 초대받는 것도 엉뚱한 헛수고로밖에 생각되지 않았다는 것입니다.

그러나 친구들과 식탁을 함께 하는 것은 매우 큰 즐거움이었기 때문에 친구가 찾아오는 것이 무엇보다 기뻤고, 일부러 동료를 피해 식사를 한 적이 한번도 없습니다.

화려함은 무엇보다도 내가 싫어하는 것이었습니다. 그 자체가 악이며 검소함에 반할뿐더러, 번거롭고 평안을 어지럽히기 때문입니다. 청년기에 나는 아주 심한 사랑에 시달렸지만 그것은 유일하게 진지

한 사랑이었습니다. 그리고 만약 무정하긴 하지만 유익한 (연인의) 죽음이 이미 시들었던 그 불꽃을 꺼버리지 않았다면 나는 더 오랫동안 고통 받았을 것입니다. 육욕에 대해서는 물론, 나는 이것을 완전히 외면하고 있었다고 말하고 싶은 참이지만, 그렇게 말하면 거짓말을 하게 될 것입니다. 다만, 분명히 이렇게는 말할 수 있겠지요. 나이로나 기질적으로나 나는 열정에 사로잡혀 육욕의 포로가 되기는 하였지만 마음속으로는 항상 육욕의 비천함을 저주하고 있었다고. 그러나 마흔이 다 되어가자 아직 정열이나 체력은 충분히 갖추고 있었다고는 하지만 여자 따위는 마치 본 적조차 없었던 것처럼 그 음란한 행위뿐 아니라 그 기억까지도 완전히 떨쳐버리고 말았습니다. 나는 이것을 내 최고의 행복 중 하나로 꼽고 하느님에게 감사하고 있습니다. 하느님 덕분에 저는 아직 건강하고 정력도 있었음에도 불구하고, 항상 혐오해 마지않던 그렇게 천한 굴복의 상태에서 벗어난 것입니다.

하지만 화제를 바꿔서 앞으로 나아갑시다. 오만함은 사람에게는 인정받았지만 내 안에서는 찾아내지 못했습니다. 나는 물론 하찮은 사람이었지만 나는 항상 그 이상으로 하찮은 인간이라고 생각하고 있었습니다. 나의 분노는 종종 자신을 다치게 했지만 다른 사람에게 상처를 준 적은 없습니다. 사실 나는 분개하기 쉬운 성질이라고는 하지만 남에게 받은 모욕은 잘 잊고 호의는 잘 기억하고 있습니다. 나는 이것이 자랑스럽지만은 않습니다.

나는 순수한 우애를 열망했고 그것을 성실히 간직했습니다. 그러나 친구들의 죽음에 자주 울어야 하는 것은 늙은이의 큰 괴로움입니다. 나는 운이 좋게도 왕과 제후와 친하게 어울리며 귀족과 우정을 나누었고 그 때문에 질투를 살 정도였습니다. 그러나 나는 내가 깊이 사랑했던 사람들 중 많은 사람들에서 일부러 멀어져 왔습니다. 즉 내 안에는 자유에 대한 사랑이 매우 강하게 자리잡고 있었기 때문에 이름만 보아도 자유와는 어울리지 않는다는 것을 알 수 있는 사람은 애써 피해 온 것입니다. 같은 시대의 가장 위대한 왕과 제후들도 나에게 호의를 베풀고 경의를 표해 주었습니다. 그 이유는 나는 모르겠지만 그들 자신은 알고 있었을지도 모릅니다. 이렇게, 내가 어떤 왕과 제후들의 옆에 있었을 때는, 그들 쪽이 내 곁에 있는 것 같은 기색도 있었습니다. 그들의 위대함으로부터 나는 많은 편의를 받아들이기는 했어도, 아무런 불쾌함도 받지 않았습니다.

나의 천성은 날카롭기보다는 조화로움이어서 모든 건전하고 좋은 연구에 적합했지만, 특히 도덕 철학과 시학(詩學)에 적합했습니다. 나이가 듦에 따라 나는 시학을 소홀히 하여 종교문학에 끌려갔고, 그곳에 이전에는 꺼려하고 있던 숨겨진 달콤함을 맛보았습니다. 그리고 시(詩) 쪽은 오직 꾸밈을 위해서만 연구를 계속하고 있었습니다. 많은 연구 중에도 저는 오로지 고대(古代)를 아는 데 열중했습니다. 이 현시대는 늘 마음에 들지 않았기 때문입니다. 그러니까, 가까운 사람들에 대한 사랑이 아니었다면 다른 시대에 태어나고 싶었다고 항상 생각했을 테고, 정신적으로 늘 다른 시대로 들어가려고 애써, 이 현시대를 잊고 싶었을 것입니다. 그곳에서 나는 역사가를 좋아했습니다. 그러나 역사가들 서로간의 불일치에 적지 않게 실망하고, 의심의 여지가 있는 경우에는 진실함이 있는 저자의 권위가 이끄는 곳으로 따랐습니다.

나의 말투는 명료하고 강하다는 소리를 들었지만, 나에게는 약하고 불분명한 것 같았습니다. 실제로

나는 친구나 아는 사람들과의 일상회화에 있어서
웅변적으로 말하려고 하는 등 신경을 써 본 적은
한번도 없습니다. 아우구스투스황제가 그렇게 신경
을 쓴 것은 놀랍습니다. (수에토니우스 『황제전』 제2권 87)

그러나 이야깃거리나 장소나 듣는 사람이 그것을
요구하는 것처럼 생각될 경우에는, 어느 정도는 그
러한 노력을 한 적도 있습니다. 하지만 효과는 알
수 없습니다. 그것은 듣는 사람의 판단을 기다려야
할 일입니다. 나 자신으로서는 잘 살기만 했다면,
어떻게 말했는가는 문제될 것이 없습니다. 단순한
말의 빛에 의해 명성을 얻고자 하는 것은 무릇 헛된
명예욕입니다.

피렌체의 지체가 있는 좋은 집안 출신이고 얼마
간의 자산도 있었지만, 사실대로 말하자면 점차 가
난해져갔습니다. 사실 [1302년 10월에] 조국에서 추방당
하고 있었던 것입니다. 그래서 나는 망명 중에 아레
초Arezzo에서 태어났습니다. 1304년 7월 20일, 월요일
새벽입니다.

지금까지의 나의 생애는 운명과 나의 의지에 따
라 다음과 같이 구분되어 왔습니다.

나는 인생의 첫 해를 전부는 아니지만, 탄생지 아레초에서 보냈습니다. 다음 6년은 피렌체의 상류 22km에 있는 아버지의 고향 인치자에서 살았습니다. 어머니가 그곳으로 망명지에서 왔기 때문입니다. 8년째에는 피사에서 보냈고, 9년째 이후는 프랑스에서, 론강 왼쪽 기슭 아비뇽에서 살았습니다.

그곳 아비뇽으로 교황은 그리스도교회를 옮겼고 교회는 오랫동안 굴욕적인 망명 속에 있었습니다. 현재도 그렇습니다. 하기야, 근년에 들어 교황 우르바누스 5세는 교회를 본래의 자리로 데려온 것처럼 보였습니다. 그러나, 일은 분명히 수포로 돌아갔습니다. 게다가 더욱 유감스럽게도 그것은 교황님 자신이 살아계신 중의 일로서 마치 자신의 옳은 행동을 후회하신 것 같았습니다. 교황님께서 조금만 더 오래 사셨다면, 분명 그 로마에서 나오신 일에 대한 나의 견해를 알게 되셨을 것입니다. 나는 이미 펜을 들고 있었지만, 교황께서는 갑자기 그 생명과 함께 이 영광스러운 시도를 포기하신 것입니다. 안타깝게도! 베드로의 무덤 앞, 자신의 거처 안에서 숨을 거둘 수 있었다면 얼마나 행복했을까요! 그리고 만약 교황님의 후계자들이 그 본래의 자리에 계속 머물렀다면 교황께서는 그 위업의 창시자가 되었을 테고, 만약 그들이 떠나갔다면 그만큼 자신의 훌륭한 덕행은 빛을 발하고 그들의 죄는 더욱 명백해졌을 것입니다. 그러나 이것은 끝없는 한탄이고, 주제에서도 어긋나 있습니다. 그런데 나는 그곳, 바람이 휘몰아치는 론강 근처에서 소년기를 부모님 밑에서 보내고 이어서 청년기의 모든 것을 허영 아래 보냈습니다. 그러나 장기간 그곳을 떠나 있었던 것도 여러 번 있습니다.

즉, 이 시기에 아비뇽의 동쪽에 있는 작은 마을 카르펜트라스Carpentras에서 [1312년부터 1316년까지] 꼬박 4년을 살았습니다. 그리고 이 두 지역 [아비뇽과 카르펜트라스] 에서 문법학과 변증학과 수사학을, 그 또래에 가능한 정도로 조금 배웠습니다. 이것은, 보통 학교에서 배우고 있는 정도로 배운 것이고, 그것이 얼마나 소소한 것인지는 독자들도 알 것입니다. 그 후 [1316년 가을], 법을 공부하기 위해 몽펠리에로 떠났고 그곳에서 4년을 더 보냈습니다. 그로부터 [1320년 가을] 볼로냐로 가고, 거기서 삼년 동안 로마법대전을 모두 수강했습니다. 이러한 이유로 많은 사람의 의견에 의하면, 나는 걷기 시작한 길을 일관되게 걷기만

했다면 멋진 장래를 약속받은 젊은이였습니다. 그런데 나는 부모의 감독으로부터 해방되자마자, 법률 연구를 완전히 포기했습니다. 법에서는 권위가 있는 로마법이 마음에 들지 않았기 때문이 아닙니다. 그것은 의심없이 위대한 것으로, 내가 좋아하는 고대 로마를 풍부하게 담고 있었습니다. 내가 법률 연구를 포기한 이유는, 사실 사람들의 나쁜 의도로 인해 법률의 운용이 왜곡되고 있기 때문입니다.

그러니까 참되지 못하게 사용하기도 싫고 그렇다고 해서 도저히 참되게 사용할 수 있을 것 같지도 않은 그런 것들을 배우는 것이 안타까웠습니다. 실제로, 만약 참되게 사용하려 했다면 그 순수함은 얕은 학문과 변변치 않은 재능으로 간주될 수밖에 없었을 것입니다.

그런 이유로, 나는 22살 때 우리 집에 돌아왔습니다. 내 유년기의 끝에서부터 있었던 그 아비뇽의 망명지를 나는 우리집이라고 부르는 것입니다. 참으로 습관이란 자연에 가까운 힘을 가지고 있는 것입니다. 이렇게 그곳 아비뇽에서, 나는 이미 이름이 알려지기 시작했고 중요한 사람들이 나와의 친교를 원하기 시작했습니다. 그러나, 사실 지금은 그 이유를 모르고 의아해하고 있습니다. 그러나 당시에는 의심해보지도 않았습니다. 그 당시의 나이 때문에 내겐 모든 영예가 어울리는 것 같았습니다. 그 중에서도 콜론나 집안사람들이 나와의 친교를 원했습니다. 콜론나 가문은 명문 귀족으로 그 당시에는 교황청을 드나들고 있었습니다. 오히려 교황청에 영예를 주고 있었던 것입니다. 나는 콜론나 가(家)에 초대받았고, 지금이라면 몰라도 당시의 나로서는 과분한 환영을 받았습니다. 그리고 [1330년], 비길 데 없이 뛰어난 인물 자코모·콜론나에게 이끌려 가스코뉴로 향했습니다.

그는 당시 [그 땅의] 롬베즈 주교를 하고 있었는데, 그와 어깨를 나란히 할 수 있는 인물을 나는 달리 본 적이 없고 앞으로도 볼 수 있다고는 생각하지 않습니다. 가스코뉴에 갔던 나는 피레네 산맥 기슭에서 주인이나 그 동료들과의 친분을 즐기며 마치 천국과 같은 한여름을 보냈습니다. 늘 당시의 일을 떠올리며 그리워할 정도입니다. 거기서 돌아와서는 자코모 주교의 형인 조반니·콜론나 추기경 옆에서 몇 년 지냈습니다. 하지만 나는 마치 주인 곁이 아닌 아버지의 품으로, 아니 애정이 많은 형과 함께 있는 것 같았습니다. 나 자신의 집에 있는 것 같았습니다. 그 무렵 나는 청춘의 호기심에 사로잡혀 프랑스나 독일을 여행했습니다. 나의 여행을 윗사람들에게 인정받기 위해 다른 이유를 생각해 내긴 했지만, 솔직한 이유는 많은 것을 보고 싶다는 열렬한 소망이었습니다. 이 여행에서 나는 먼저 파리를 방문해 이 도시에 대해 전부터 들었던 것이 사실인지 아닌지를 알아보고는 이를 즐겼던 것입니다.

이 여행에서 돌아와서 나는 로마로 향했습니다. 나는 어렸을 때부터 로마를 보고 싶다는 소망에 불타 있었습니다. 로마에서는 콜론나 가문의 집안 어른인 스테파노·콜론나에게서 영접을 받았습니다. 고대의 위인 누구와 비교해도 손색이 없을 만큼의 인물입니다. 나는 이 분을 진심으로 존경하고 그에게서도 극진히 대접받았기 때문에 나와 그의 자제들과의 사이엔 아무런 차별도 느끼지 못했던 것입니다. 이 훌륭한 분의 애정은 그분 한 평생토록, 나에게 대해 한결같이 변하지 않았습니다. 아니, 내 안에서 살고 있어 내가 살아있는 한 사라지는 일은 없을 것입니다.

로마에서 돌아와서도 그 꺼림칙한 도시 아비뇽이

참을 수 없을 정도로 싫었습니다. 나는 천성적으로 모든 도시에 극심한 혐오를 느끼지만 아비뇽에 대해서는 그것이 특히 심했습니다. 그곳에서 마치 항구를 구하듯 은신처를 찾던 중 한적하고 기분 좋은 작은 골짜기를 발견하게 되었습니다. 아비뇽에서 24km 떨어진 곳, 보클뤼즈라고 불리는 골짜기가 그곳으로 모든 샘물 중의 으뜸인, 소르그 샘이 솟는 곳입니다. 그 곳의 아름다움에 매료되어 나는 간직하고 있던 책들을 가지고 그곳으로 이사했습니다. 생후 벌써 34년이 지났습니다.

수년간에 걸친 그곳에서의 일을 하나하나 이야기하면 긴 이야기가 될 것입니다. 요약하자면, 대략 내가 쓴 작품들은 거의 모두 그곳에서 완성되거나 혹은 착수되거나 구상되었습니다. 게다가 그 수는 매우 많아서 이 나이에 이르기까지 나를 사로잡고 계속 괴롭히고 있습니다. 실제로, 내 천성도 몸과 비슷하여 씩씩함보다 민첩함을 타고났습니다. 그 때문에 많은 것을 쉽게 떠올리긴 해도 그것을 실행하기가 어려워, 그만 내팽개쳐버리는 것이었습니다. 보클뤼즈에서 나는 그 땅의 경관에서 자극받아 숲에 어울리는 작품 『목가(牧歌)』에 착수했습니다. 또 『고독한 삶』 2권에도 착수하여 이를 필립·드·카바솔에게 바쳤습니다. 이 사람은 인격적으로 늘 위대한 인물이지만, 당시는 [근처의] 작은 마을 카바이용의 주교이었고, 지금은 사비나의 대주교이자 추기경입니다. 옛 친구 중에 지금도 살아있는 사람은 이 분뿐입니다. 예나 지금이나 변함없이 나를 사랑해주고 있지만, 그 사랑은 아우구스티누스에 대한 암브로시우스의 그것과 같이, 주교로서의 사랑이 아니라 형제로서의 사랑입니다.

어느 성금요일의 일, 보클뤼즈의 산들을 떠돌던 중 스키피오·대(大)아프리카누스를 주인공으로 하는 영웅 서사시를 쓰고 싶다는 생각이 내 마음에 강하게 생겨났습니다. 스키피오의 빛나는 명성에 어린 시절부터 마음이 끌렸던 것입니다.

주인공 이름을 따서 그 작품을 『아프리카』라고 지었습니다. 이 작품은 작품 자체의 행운인지 나의 행운인지 모르지만 아직 [그 일부분밖에] 알려지지 않은 가운데, 많은 사람들의 호평을 받기에 이르렀습니다. 이 작품에 착수했을 때 나는 의기양양했지만, 여러가지 관심사에 정신이 팔려 곧 중단해버리고 말았습니다.

보클뤼즈 체류 중 [1340년 9월 1일] 신기하게도 같은 날에 로마의 원로원과 파리대학에서 나에게 편지가 왔습니다. 모두 시인의 계관을 받으라고 하는 권유, 한 통은 로마로 한 통은 파리로, 경쟁적으로 초대하고 있었습니다. 젊은 혈기 탓에 나는 이것에 신경을 많이 썼습니다. 그리고 이렇게 중요한 사람들이 나에게 어울린다고 판단해 준 그 명예에, 자신은 정말 알맞다고 판단하여 나 스스로의 가치가 아닌 다른 사람의 증언에 무게를 두었던 것입니다. 하지만 어느 쪽으로 동의해야 할지 잠시 망설이고 있었습니다. 그래서 편지로 앞에 기술한 조반니·콜론나 추기경의 조언을 구했습니다. 추기경은 근처에 살고 있었기 때문에, 나는 그날 늦게 편지를 썼는데 다음 날 9시 전에는 벌써 답장을 받았던 것입니다. 나는 추기경의 조언에 따라 로마의 권위를 모든 것에 우선하기로 결심했습니다. 그 때 추기경 앞으로 쓴 편지가 두 통 남아 있는데, 하나는 추기경의 조언을 구한 것이고 다른 하나는 조언을 받아들인다는 내용의 것입니다(『친근서간집』 제4권 4 및 5).

거기서 [다음 1341년 2월] 나는 로마를 향해 출발했습니다. 젊은이들이 흔히 그러는 것처럼 나도 평소 자신의 일에 대해서는 몹시 달콤한 판단을 내리고 있었던 것인데, 그때는 자신의 일에 스스로의 증언을 따르는 것이 부끄러워졌습니다. 또한, 나를 초청해 준 사람들도 물론 내가 명예에 적합하다고 판단했기 때문에 그것을 제공해 주었을 터이지만, 그 사람들의 증언만을 따르는 것에도 부끄러움을 느꼈습니다. 그래서 먼저 나폴리에 가야겠다고 결심했습니다. 그리고 위대한 왕이자 철학자인 로베르토 왕에게로 향했습니다. 왕은 그 왕위보다는 오히려 학문에서의 직위나 직책에 의해서 명성이 높고, 현시대에 있어서는 학문예술과 덕성을 함께 사랑하는 유일한 왕입니다. 내가 왕에게 간 것도 나 자신에 대해 있는 그대로 평가를 받고 싶었기 때문입니다. 내가 어떻게 평가받고 얼마나 환영받았는지는 나 자신도 놀랐을 정도이고 독자들도 그것을 알면 놀랄 것입니다.

그런데 내가 찾아온 뜻을 들어보더니 왕은 의외로 기뻐하였습니다. 나의 젊은이다운 자부심을 생각했을 것이고, 혹은 아마도, 내가 바라고 있던 영예가 자신의 명예가 될 수도 있다고 생각했을 것입니다. 왜냐하면, 나는 모든 사람 중에서 오직 왕만을 알맞은 판정자로 골랐던 것입니다.

어쨌든, 여러가지 문제에 대해 논의한 후에, 나는 나의 저서 『아프리카』를 보여드렸습니다. 왕은 그것이 매우 마음에 들었고 귀한 선물로 황제께 헌정하길 바란다고 말씀하셨습니다. 나는 물론 거절할 수는 없었고 거절하고 싶다는 생각도 들지 않았습니다. 그리고나서 마침내, 나의 나폴리 행의 목적이었던 그 일을 위해 왕은 날짜를 정해 주셨습니다. 그리고 정오부터 저녁까지 나를 꼼짝 못하게 하였습니다. 게다가 차례차례로 화제는 늘어나고 시간이 부족하다는 것을 알았기 때문에 다음날도 그 다음날도 그렇게 한 겁니다.

이렇게 왕은 사흘에 걸쳐서 나의 무지(無知)를 조사한 후 셋째 날에, 내가 계관에 적합하다고 판정하였습니다. 왕은 계관을 나폴리에서 수여하자고 제안하고, 나의 동의를 얻으려고 거듭 간청하기까지 했습니다. 이토록 위대한 왕의 간청은 물론 존중했어야 했지만, 로마에 대한 사랑이 이것보다 강렬했습니다. 이렇게 나의 뜻이 움직이기 어려운 것을 보자 왕은 마지못해 로마 원로원 앞으로 보낼 편지와 심부름하는 사람을 나에게 보냈고, 나에 대한 온정이 넘치는 호의적 판단을 공개적으로 해주신 것입니다. 왕의 그 판단은 당시는 분명히 다른 많은 사람들의 판단, 그 중에서도 나의 그것과 일치하고 있었습니다.

그러나 지금은 왕의 판단도 나의 그것도 이것에 동의하고 있던 모든 사람의 판단도 나는 인정할 수 없습니다. 왕의 경우는 젊은 나에게 대한 사랑과 호의가 진리의 탐구심보다 더 앞섰던 것입니다.

나는 드디어 로마로 향했습니다. 그리고 성대한 식전에 참석한 로마시민의 대환호 속에, 아직 미숙한 일개 학문을 닦는 사람일 뿐임에도 불구하고 시인의 계관을 받았습니다. 나는 그것에 대해 별 가치가 없었다고 하며, 그런 권위있는 판정에 고무되어 자신만만했던 것입니다.

이 대관에 대해서는 내 자신의 서간도, 운문과 산문의 자료도 남아 있습니다(『친근서간집』 제4권 7및 8, 『운문서간집』 제2권 1및 10). 이 계관은 나에게 조금의 학식도 주지는 않았고 엄청난 질투를 불러왔을 뿐입니다. 그러나 이 또한 여기에는 어울리지 않는 긴 이야기가 될 것입니다.

로마를 뒤로 하고 [그해 5월] 나는 파르마에 갔습니다. 그리고 코레조 집안 사람들과 함께 잠시 살았습니다. 그들은 모두 나에 대해 매우 관대하고 선의에 넘쳤는데, 그들 서로는 사이 좋게 지내지 못했습니다. 그들은 당시에 그 마을을 다스리고 있었지만, 그 바르고 어진 정치는 당시 마을에서는 비교할 만한 것이 이전에 없었고, 아마 또 이 현시대에서도 그 사례가 없을 것입니다.

어느 날 나는, 이제 받은 지 얼마 안 된 영예를 생각하며 어울리지 않게 받았다고 보이지 않을까 하는 생각에 괴로워하며 산 쪽으로 올라가서, 우연히 엔자강의 흐름을 내다보고 [이웃 마을] 레조 영내로 들어가 셀바피아나라 불리는 숲에 다다랐습니다. 나는 곧 그 땅의 아름다움에 빠져 중단됐던 서사시 『아프리카』 집필에 들어갔습니다. 잠들어 버린 줄 알았던 영감을 불러깨워 그날 얼마인지를 쓰고, 그 후에도 매일 조금씩 계속 썼습니다. 이윽고 파르마로 돌아가 인파를 벗어난 조용한 주거지를 발견하게 되자(그 주거는 나중에 구입해서 지금도 나의 것입니다만), 저술에 열중하여 단기간에 그 작품을 써냈습니다. 그것에 대해 내가 생각해도 놀라고 있을 정도입니다.

[1342년 봄] 나는 파르마를 뒤로하고 소르그의 샘으로, 알프스의 저편 나의 고독으로 돌아왔습니다.

이미 오랫동안 나는 단지 자신의 명성 덕분에 한 군주의 호의를 받고 있었습니다. 훌륭한 덕성을 가진 사람으로 현시대에 이 사람 같은 군주가 또 있었는지는 알 수 없습니다. 아니, 내가 아는 한, 한 명도 없었습니다. 그 이름은 자코모·다·카라라. 이 사람은 내가 알프스 저쪽에 있었을 때는 그곳까지 사람이나 편지를 보내었고, 그리고 이탈리아에서는 내가 어디에 있든 수년간 난처할만큼 간청을 거듭하며 친하게 사귈 것을 요구해 마지않았습니다. 그래서 나도 마침내 그를 찾아보기로 결심했습니다. 나는 부유한 사람들에게서 뭐 하나 기대하고 있지는 않았지만, 이 일면식도 없는 위대한 인물이 이렇게 집요하게 바라고 있는 것은 무엇일까 궁금했습니다.

이렇게 늦게나마 파도바로 향했습니다. 그 당시나는 [1347년 12월부터] 파르마와 베로나에 오랫동안 머물며, 감사하게도 어디서든 분에 넘치는 대접을 받고 있었지만 [1349년 3월 초] 거기서 파도바로 향했습니다. 그리고 파도바에서는 그 군주의 환영을 받았습니다. 그것은 단지 인간다운 환영일 뿐만 아니라 축복받은 영혼이 천국에서 받는 환영도 이러할까 하고 생각되어질 정도였습니다. 나는 값진 기쁨과, 헤아릴 수 없을 정도의 애정과 존경심으로 마중을 받았습니다. 그것을 말로 표현할 수 있다고는 생각하지 않기 때문에, 차라리 입 다물고 있는 편이 낫겠습니다. 그는 우연히 내가 청년 시절부터 성직자였다는 것을 알게 되자 파도바의 성당참사회원이 되도록 주선해 주었습니다. 나를 자기 자신뿐만 아니라 자신의 조국 파도바에도 한층 더 굳게 연결시키기 위해서였습니다. 요컨대 그가 더 오래 생존했다면 나의 방랑과 여행은 모두 끝났을 것입니다. 그러나 슬프게도, 인간 세상에는 영원히 계속되는 것은 아무 것도 없습니다. 뭔가 감미로운 것이 생겨도 금방 씁쓸한 결말로 끝납니다. 주님은 2년도 채 못 되어 그를 나와 조국과 세계에 맡겨 주시고는, 곧 데려가 버리셨습니다. 나도 조국도 세계도 그에게는 가치가 없었던 것입니다. 내가 그를 향한 사랑에 속고 있는 것이 아닌 한 분명히 그대로였던 것입니다.

아들이 그 뒤를 이었습니다. 참으로 총명하고 훌륭한 사람입니다. 아버지를 따라서 나에게 항상 친근과 사랑의 정을 베풀고 경의를 표해 주었습니다. 하지만 부친과 나와는 나이탓도 있어서 한결 마음이 맞았는데 바로 그 아버지가 돌아가시고 없으니, 나

는 거기에 머무를 기분이 들지 않았고 [1351년 여름]
다시 프랑스로 돌아왔습니다. 전에 여러 번 본 적이
있는 것들을 다시 방문하고 싶었기 때문이라기보다
는, 아픈 사람들이 자주 하듯이 장소를 옮겨 마음의
피로와 권태를 풀고 싶었기 때문입니다.

(『노년서간집』 제18권)

페트라르카는 1345년의 키케로에게 보내는 편지를 최초로 하여 이따금씩 고대인에게 보내는 편지를 쓰고 그 모든 것을 『친근서간집』의 마지막 권에 담는다. 이들 고대인에게 보내는 서간에 대응하여 후세인(後世人)에게 보내는 서간들이 쓰여졌다고 해도 당연할 것이다. 사실 『친근서간집』의 속편이라고도 할 수 있는 『노년서간집』의 마지막 권(제18권)은 책 전부가 「후세인(後世人)에게」 한편만으로 이루어진 것이었다.

페트라르카가 이 서간에 언제 착수했는지는 불분명하다. 거의 확실한 것은 1352년의 밀라노 이주보다는 나중이며, 1367년 보다는 앞이라는 것이다. 또한 이 서간에서 페트라르카는 교황 우르바누스 5세와 그의 죽음을 언급하고 있다. 교황은 1367년 4월 교황청의 로마 귀환을 계획하여 로마로 옮기지만 교황청 내부의 완강한 반대로 인해 부득이하게 1370년 9월 로마를 떠나 아비뇽으로 돌아간다. 그리고 같은 해 12월에 별세한다. 페트라르카가 교황 앞으로 로마에서 떠나 옮겨가는 것을 단념시키려는 서간을 쓰기 시작한 것은 그 당시의 일이다(그것은 『잡문서간집』의 제3서간). 또한 페트라르카는 옛 친구 필립·드·카바솔도 언급하고 있다.

이때 필립은 아직 살아있었고 그가 죽은 것은 1372년 8월의 일이다. 이상의 사실에서 분명히 알 수 있듯이, 페트라르카가 「후세인에게 보내는 서간」을 마지막으로 고치고 다듬은 것은 우르바누스 5세의 사망보다는 나중이고, 필립의 사망보다는 앞이다. 즉, 1371년 첫머리부터 1372년 8월 중순까지의 그 사이일 것이다.

그러나 이 서간체 자서전은 결국 미완성으로 끝나고 있다. 서술은 1351년부터의 마지막 보클뤼즈 체류가 시작되는 곳에서 중단되고 있다. 게다가, 1342년 봄부터 1347년 말까지의 시기에 대해서는 잠자코 말이 없다. 거기에는 크게 누락된 부분이 있다.

이 후세인에게 보내는 서한은 분명히 고대인에게 보내는 서간에 대응하는 것으로 생각되고 있다. 그러나 이 서간의 집필에는 저자의 밀라노 거주가 일으킨 부정적 반응에 대한 변명의 동기도 작용했다고 생각된다. 혹은 오히려 이 동기가 처음에는 지배적이었을지도 모른다. 그런데, 페트라르카의 밀라노 거주에 대한 비판에 공통적으로 보여지는 것 중 하나는 밀라노 영주 비스콘티가(家)의 현재 주인들을 전제군주 또는 '폭군'으로 몰아 시인이 그들의 친구 또는 신하가 된 것을 비난하는 것이었다. 이 비난에 대한 변명의 글로 「후세인에게」를 읽으면, 이 작품의 주제 중 하나가 선명하게 떠오를 것 같다. 왕과 제후나 지체 높고 이름 높은 사람과의 친교이다.

게다가 그 친교라는 것이, 시인이 스스로 요구한 것이 아니라 왕과 제후 등 그들쪽에서 열망한 것이라는 것, 또한 그들과의 친교에 의해 자유를 제한받지는 않아서 불쾌한 생각을 하지 않았던 것, 이것을 독자에게 납득시키려 하고 있다. 이러한 서술은 밀라노 거주에 대한 변명에의 암시라고도 생각할 수 있을 것이다.

그러나 이 서간체 자서전은 물론 왕과 제후와의 친분을 정당화하기 위한 변명의 글로만 받아들여서는 안 된다. 이 작품에는 다양한 동기가 내재되어 있다. 후세인에게 편지를 쓰는 것 자체가 후세인들에게 대단한 관심을 보이는 것이다. 이 관심은 저자의 명성욕이나 명예욕과도 별개의 것이 아닐 것이다. 또, 자기의 여러 작품이 가지는 독자적인 가치에 대한 자각, 자기 자신이나 자기의 삶이 가지는 독자성에 대한 의식도 거기에는 작용하고 있다. 이러한 관심과 의식은 르네상스의, 그리고 일반적으로 근대의 자전문학(自傳文學) 저자들에게 공통적으로 보여지는 것이다. 그런 의미에서도 이 자서전은 르네상스의 자서전문학의 본바탕을 이루고 문학사적으로도 독자적인 위치를 차지하고 있다.

그러나 이 서간은 전체적으로 자서전으로써 다소 미흡한 부분도 있다. 그것이 미완성 탓만은 아닐 것이다. 페트라르카의 내면생활은 굴절이 많고 깊은 주름을 품고 있었는데 이 점에 대한 깊이 있는 고백적 서술은 이 작품에서는 잘 볼 수 없다. 그것은 아마 이 서간이 변명서라는 일면을 가지고 있었던 것과도 무관하지 않을 것이다. 이 서간은 페트라르카의 생애나 문학 활동이나 인간성에 있어서 역시 귀중한 정보를 제공해 준다. 특히 '자화상(自画像)' 부분은 흥미롭고 중요하다.

후세인(後世人)에게 보내는 서간체 자서전이라는 형식 자체도 주목할 만하다. 이 형식도 어쩌면 페트라르카다운 발상이 되는 시도라고 할 수 있다. 그것은 고대인에게 보내는 서간이나 자기자신에게 보내는 서간이나 마찬가지이다. 이와 같이 다양한 형식의 서간을 착상해 쓴 대목에서도 페트라르카의 작가로서의 독창성을 볼 수 있을 것이다.

덧붙여 전술한 누락 부분도 간과할 수 없다. 큰 동굴처럼 비어있는 이 부분은 사실 중대한 사건을 내포하고 있다. 콜라 혁명이다. 1343년에 있었던 콜라와의 의기투합이다. 1337년 5월에 발발한 콜라혁명에 대한 열광적 지지. 그로 인한 주인 집인 콜론나 가문 사이에 생긴 괴로운 대립과 결별. 혁명의 좌절. 그리고 심각한 환멸과 고뇌. 거기에는 이것들 모두가 숨겨져 있다. 요컨대 공화국 로마와 대(大)스키피오에 열렬히 심취한 페트라르카의 좌절과 환멸이 거기에 숨어있는 것이다.

그러나 콜라혁명 지지에서 전형적으로 보여지는 공화주의적 정열이나 이상은 원래 「후세인에게 보내는 서간」에는 적합하지 않은 것이었다. 이 서간의 집필 동기 중 하나는 왕과 제후와의 친교를 정당화하는 것이었기 때문이다.

과연 페트라르카는 국가의 통치 형태를 불문하고 잘 통치된 국가야말로 좋은 국가라는 생각을 일관되게 간직하고 있었다. 그에게 본질적인 모럴리스트적 발상으로 보아도 통치 행태보다 위정자의 자질을 더 중요하게 여길 수밖에 없다는 일면이 있었던 것이다. 그렇기에 공화주의적 경향이 강했던 젊은 시절에도 로베르토 왕에 대한 존경의 마음을 계속 품을 수 있었던 것이다. 이 일의 진실도 부정할 수 없다. 하지만 「후세인에게 보내는 서간」은 왕과 제후 등과의 관계를 너무 미화하려고 하고 있다. 콜론나 가문과의 친교에 대한 서술은 그 본보기일 것이다. 물론 이 서술도 일면의 진실 이상의 것을 담고 있다. 콜론나 가문과의 친교로 시인이 얻은 것은 실제로 매우 컸다. 그러나 콜라 혁명의 직접적인 적(敵)이 로마 귀족들, 그 중에서도 강력한 콜론나 가문과 오르시니 가문이었다는 것도 엄연한 사실이다. 특히 콜론나 가문은 혁명에 격렬하게 저항하여 가문의 많은 부분을 전투에서 잃게 되었다. 게다가 페트라르카는 혁명 중 콜라와 로마 시민에게 열렬한 지원서간을 계속 보내 횡포한 귀족세력을 철저히 타도하라고 격려하기를 마다하지 않았다. 뿐만 아니라 세상 사람들에게도 그것을 알 수 있는 표현으로, 오르시니 가문도 콜론나 가문도 순수한 로마 시민이 아닌 다른 나라 사람임을 강조했고 오르시니 가문을 스폴레토 출신의, 콜론나 가문을 독일 출신의 포로로 몰아가기를 서슴지 않았다. 더욱이 그들을 자유의 파괴자, 폭군으로 탄핵하고 있었다. 거기에서는 공화정 로마에 심취하는 페트라르카의 이상주의적 열정이 개인적 친분의 틀을 깨고 뿜어져 나오고 있다.

하지만, 이러한 열렬한 콜라혁명 지지를, 「후세인에게 보내는 서간」에 있어서의 콜론나가문에 대한 찬미와 어떻게 조정하면 좋을까? 콜라혁명을 이 서간에서 회상한다면 과거 이 혁명에 걸었던 숭고한 이상주의적 열정을 도대체 어떻게 서술해야 할까? 「후세인에게 보내는 서간」은 그것이 저자의 전 생애를 서술해야 하는 자서전으로서 구상된 순간부터 필시 미완성으로 끝나야 할 운명에 있었다. 이 서간의 누락 부분에는 저자 페트라르카의 아물기 어려운 상처가 크게 입을 벌리고 있기 때문이다. 그의 「변론(辨論)」 중의 걸작 『호민관 콜라와 로마 인민에게』를 자신이 편찬한 서간집의 어느 것으로부터도 제외할 수밖에 없었던 그 고민의 원인, 그것은 동일한 상처에서 비롯되었다.

2

문학 관련 서간문들

〈서간문 6〉

톰마소·다·메시나에게 보내는 편지

너무 빠른 명예욕에 대하여

보통 현명한 사람은, 만인 공통의 한탄을 그다지 떠들고 다니지 않습니다. 사실 사람마다 한탄의 씨앗을 충분히 안고 있습니다. '충분히'라고 말했습니다만 오히려 '너무나도'라고 해야겠지요. 하지만 그대는 이런 일을 누구도 경험해본 적이 없다고 생각하고 있는 것은 아닐런지요? 그건 착각입니다. 오히려 그 반대로, 거의 아무도 경험한 적이 없다는 것입니다.

누군가의 저작(著作)이나 일이 살아생전에 칭찬을 받는 일은 좀처럼 없습니다. 인간의 칭찬은 사후에나 시작됩니다. 왜냐하면, 질투는 육체와 함께 사는 것이기에 육체와 함께 사라지고 말기 때문입니다. 하지만 그대는 말합니다.

"많은 사람의 저작이 칭송되고 있는데, 그러한 작품들이 만약 자랑할 만한 것이라고 한다면…"

　그대는 입을 다물어 더 이상은 말하지 않고, 분개한 사람이 잘 하는 것처럼, 듣는 사람의 생각 따위는 아랑곳하지 않은 채 이 논의를 중단하고 앞날을 서두르고 있습니다. 그러나 나는 속으로 은밀히 추측의 날개를 펼치고 도망치는 그대를 쫓아다니려고 했습니다. 그대가 말하고 싶은 것을 나는 알 수 있습니다. 그대의 작품에 비하면 칭찬은 고사하고 읽기도 어려운 많은 사람들의 저작이 칭찬 받고 있는데, 아무도 그대의 작품은 쳐다봐 주지도 않는다 하고. 내 말은 그대의 분개 원인을 딱 알아맞혔을 겁니다. 지당한 분개라고 할까요. 다만, 저작열이라고 하는 이 병에 걸린 모든 사람, 혹은 걸릴 것 같은 모든 사람에게 공통의 엄청난 탄식을 스스로 한탄하여 분개하고 있지 않았으면 하는 이야기입니다. 우선 이렇게 찬사를 받고 있는 저작이 누구의 것인지에 주의하세요. 그 저자를 찾아보세요. 세상을 떠난지 벌써 오래된 사람들입니다. 당신의 저작을 칭찬하고 칭찬받고 싶으세요? 그럼 죽어야겠죠. 인간의 죽음과 함께 그 명성은 살기 시작하므로 삶의 끝이 영광의 시작입니다. 만약 생전에 영광이 시작된다면 그것은 이례적이라고도 할 수 있는 희귀한 일인 것입니다. 더 말하자면 그대의 동시대 사람이 한 사람이라도 살아있는 동안은 그대가 바라는 찬사를 충분히 받는다는 것은 가능하지 않을 겁니다.

모두가 같이 무덤에 들어가 있을 때 그대에 대해 증오도 시샘도 없이 판단을 내리는 사람이 나타날 것입니다. 그러니까 동시대는 우리들에 대해서 어떤 판단이든 내려도 좋습니다. 그것이 정당한 것이라면 참고 견딥시다. 부당한 것이라면 더 공정한 판단을 내리는 사람, 즉 후세에 있는 사람들에게 기대를 계속합시다. 그 외의 사람들에게 기대하는 것은 무리이기 때문입니다.

친밀한 교제를 갖는 것은 미묘한 것이고 사소한 일에도 상처를 입습니다. 게다가 함께 있다는 것은 항상 명성에 장애가 됩니다. 친밀함도, 끊이지 않는 접촉도, 사람들의 칭찬하고자 하는 마음을 현저하게 감소시킵니다.

저 스콜라 학자 선생님들, 침식을 잊고 각고의 노력을 게을리 하지 않은 이 사람들은 그대도 알고 있을 것입니다. 정말로 이 정도로 연구에 끈기있고 이 정도로 판단력이 부족한 사람은 없습니다. 부지런하게 엄청난 독서를 하면서 무엇 하나 깊이 생각하려 하지 않습니다. 그리고 자신이 저자(著者)를 알고 있다고 생각하는 경우에는, 그 저작(著作) 내용을 이해하려고 하는 것조차 싫어합니다. 그래서, 단 한 번이라도 저자를 만난 적이 있으면, 그 저작은 모두 한 묶음으로 치울 것, 이것이 그들이 준수하는 유일한 공통의 규칙입니다.

그러나 그대는 말하겠지요.

"이것은 천분(天分)이 부족한 사람들에게 생긴 것이다. 그리고 위대하고 강인한 천분이라는 것은 어떤 장애에도 부딪쳐서 발현되는 것이다."

그럼 피타고라스를 되살려보세요. 그렇게 한다면 나는, 그 천분을 헐뜯는 사람들을 되살리겠습니다. 그리스에 플라톤이 되돌아오고 호메로스가 되살아나며 아리스토텔레스가 다시 살아납니다. 이탈리아에 바로(Varro)가 다시 오고 리비우스가 되살아나고 키케로가 다시 그 천분의 꽃을 피웁니다. 그들은 그

저 평범한 찬양자뿐 아니라 질투심 많은 신랄한 비방자에도 부족함이 없을 것입니다. 이것은 그들이 생전에도 한결같이 경험한 일입니다. 예를 들어 베르길리우스인데, 라틴 작가 중에 이렇게 위대한 시인이 있을까요? 그런데 그도 어떤 사람들의 입에 올려지면 시인이 아닌 타인의 작품을 표절한 자, 번안자일 뿐이었습니다. 그러나 그는 자신의 천분을 믿고 아우구스투스황제의 식견을 믿고, 고매하게도 부러워하는 사람들의 언사를 내려다보았습니다.

나는 알고 있지만, 그대 또한 자신의 천분을 잘 자각하고 있습니다. 하지만 어디에서 아우구스투스황제 같은 식견 있는 판정자(判定者)를 찾을 수 있을까요? 주지하고 있는 것처럼 황제는 모든 방책을 강구하여 재능을 타고난 당시의 사람들을 비호, 우대했습니다. 그런데 지금의 왕들은 술과 음식의 맛이나 새가 날아오르는 것에 대해서는 판단할 수 있어도 인간의 재능에 대해서는 아무것도 모릅니다.

설령 안다고 자부해도, 그 우쭐함이 화가 되어, 눈을 크게 떠서 진실을 응시할 수는 없을 것입니다. 거기서 그들은 동시대의 것 그 따위는 무엇 하나 관심의 대상이 되지 않는다는 사실을 보여주기 위해 고대 사람들을 칭찬하는 것입니다. 자신들이 알고 있는 자는 이를 경멸하고 죽은 사람들은 칭찬하고 산 사람들은 헐뜯습니다.

이러한 판정자들 사이에서 우리는 살고, 죽어야 하며, 더 힘든 일에는 침묵을 지키고 있어야 합니다. 실제로, 같은 말을 되풀이하지만, 도대체 어디에서 아우구스투스황제와 같은 판정자(判定者)를 구할 수 있을까요?

사실 이탈리아에 한 사람이, 정말로 세상을 통틀어 오직 한 사람 있습니다. 유일한 한 사람, 시칠리아 왕국의 로베르토 왕이야말로 바로 그 사람입니다. 행운의 나폴리여. 우리시대의 유일한 영광이요, 우리의 비길 데 없는 행복입니다. 행운으로 부러워할 만한 나폴리여, 문예의 숭고한 전당이여, 예전에는 시성 베르길리우스도 매력적이라고 생각하였겠지만, 현재는 더욱 매력적이라고 생각됩니다. 참으로 재능과 학예의 공정무사한 판정자가 거기에 자리잡고 있는 것입니다.

자신의 재능을 믿는 자는 나폴리에 몸을 의지하는 것이 좋습니다. 유예는 안 됩니다. 늦어지면 위험합니다. 왕은 이미 노령(老齡)을 향해 있습니다.

이미 오래 이 세상은 왕에게 가치가 없고, 왕 자신

도 또 보다 나은 나라로 떠나는 것이 어울린다는 것입니다.

사실 나도 또, 지연으로 인해서 나중에 통한의 후회를 남기지 않을까 걱정입니다. 고상한 일에 있어서 무릇 착한 일을 미루는 것은 추악하고, 쓸데없이 머뭇거리는 것은 비열합니다. 호기를 놓치지 말 것. 옳은 일은 서둘러라. 라는 것입니다.

나 자신은 서둘러 걸음을 재촉할 생각입니다. 그리고 키케로가 어느 편지에서 율리우스 카이사르에 대해 말하고 있듯이,

"진정을 토로하고, 오로지 이 사람과의 교의를 다집시다. 그렇게까지 열심히 노력하면, 급한 여행자가 자주 경험하는 것과 같은 일이 아마 나에게도 생길 것입니다. 즉 여행자는, 뜻밖에도 예정보다 늦게 일어나면, 그만큼 길을 서둘러 밤 중에 여행하는 경우보다 빨리 목적지에 도착하는 경우가 있습니다. 그렇게 나도 이 사람에게 경의를 표명하는 것을 이렇게 오랫동안 하지 않았나 하여 서둘러서 뒤쳐진 것을 따라잡고 싶은 것입니다."

(『동생 퀸투스 앞 서간집』 제2권 15A. 2)

키케로는 이렇게 말하고 있습니다. 하지만 그대는 자국에서 현상에 만족할 수밖에 없습니다. 해협이라기보다 전쟁이 걸림돌이 되어 로베르토왕에게 접근하는 것을 방해받고 있는 것입니다. 실제로, 그대가 누구보다 사랑하는 그대의 조국은 적의 왕의 지배하에 있습니다. 아니 '폭군'이라고 말하고 싶지만 그대의 귀에 불쾌하게 들리지 않을까 두려워하는 것입니다.

어쨌든 일은 중대하고, 우리의 펜에 의해서가 아니라 그들 자신의 칼에 의해 결말을 내는 수 밖에 없습니다. 그래서 첫 문제로 돌아갑니다.

극히 저명한 사람들 중에서 고른 아까의 사례만으로는 아직 그대에게 불충분하다고 생각된다면 다른 사람들 중에서 다른 사례를 골라 덧붙이도록 합시다. 시대적으로 더 새로운 저명한 성자들의 예입니다. 그래서 우리 아우구스티누스도 얼마나 많은 사람으로부터 비방중상을 당한 것인가요. 예로니모나 대(大)그레고리오스 또한 마찬가지입니다. 그러나 그들의 뛰어난 덕성, 놀라울 정도로 풍부한 탁월한 학식은 결국 질시를 이겨냈습니다.

하지만, 그들에게 있어서도 완벽한 명성을 얻을 수 있었던 때 역시 그들이 죽은 날이었습니다. 내가 그

방면의 책에 의해 아는 한, 유일한 예외는 암브로시우스이고, 그는 조금도 중상비방을 받지 않고 오직 한사람 완전무결하게 칭송을 받았습니다. 그가 살아 있는 동안조차, 그 명성에는 질시의 손가락 하나 닿지 않았습니다. 이것은 아마 한 점의 애매함도 없는 그 단순 명쾌한 설교 때문입니다. 파울리누스가 쓴 암브로시우스전을 읽으면 그를 비방했던 무리들의 이름도, 무리들에게 내려진 벌도 알 수 있습니다.

이러한 것이기 때문에 보시다시피 최고의 천분을 타고난 사람들조차도 경험한 것을 이제는 한탄하지 말고 참아주세요.

그러나 그대의 편지에서 보면 많은 사람들이 그 생존 중에 이미 큰 명성을 얻고 있다는 것을 알고 그대는 한탄하고 있는 것 같습니다. 하지만 그대는 이 사실을 태연하게 보아야 하지 않을까요? 그 생존자 중에 명성을 날린 자들이 어떤 무리들인지 당신은 알고 있을 것입니다. 말할 필요도 없이 자신들의 명성을 펜으로 유지할 수 없기 때문에 고함소리로 유지하고 있는 패거리임에 틀림없습니다.

보시다시피 그들은 화려한 옷을 입고 과장되게 떠벌리고는 사람들의 주의를 자신들에게 끌어당겨 현자라고 불리고 싶어 합니다. 그리고 속인들도 또한 그들을 현자라 부르고 마을이라는 마을을 현자의 무리로 채우고 있습니다. 그런데 일찍이 학예의 어머니로서 융성했던 그 그리스조차 일곱 명의 현자를 자랑했을 뿐입니다. 게다가 이것조차, 후세인의 눈에는 뻔뻔하고 겸손하지 못하다고 보였습니다. 하지만 그들을 변호하는 사람들의 말에는 그들은 현자의 이름을 스스로의 판단에 의해서 얻은 것이 아니라 인민의 투표에 의해서 얻었다는 것입니다. 예로부터 현자라고 자칭하는 데 주저하지 않았던 것은 에피쿠로스뿐입니다. 용서할 수 없는 오만, 아니 오히려 웃어야 할 미친 짓입니다. 이것에 대해서는 키케로가 저서 『최고선과 최대악에 대해서』 제2권에서 언급하고 있습니다.

하지만 현재의 수많은 삼류 법률가들 사이에서는 이러한 광기도 흔한 것이 되었습니다. 또 다른 한 무리의 사람들은 변증적 언쟁이나 궤변에 전생애를 낭비해 하찮은 문제에 계속 헛수고를 하고 있습니다. 그들을 잘 봐주세요. 그리고 나의 예언을 믿어주세요. 그들의 죽음과 함께 그 명성도 모조리 죽게 될 것입니다. 그리고 그 뼈와 이름을 집어 담기 위해서는 한개의 분묘만으로도 충분할 것입니다. 왜냐하면 죽음으로 인해 그들의 혀가 굳어지면 그들은 침묵하지 않을 수 없을 뿐만 아니라 다른 누구도 그들에 대해 말하려하지 않을 것이기 때문입니다.

나는 엄청난 사례를 들며, 그 중 많은 부분에 대해서는 그대 자신을 증인으로 삼을 수도 있겠지요.

사실 우리는 까치같이 지저귀는 수다쟁이를 얼마나 많이 알고 있었다는 것일까요? 그들은 어리석은 대중을 앞에 두고 떠들어댔지만, 그 목소리도 곧 소멸되었습니다. 하지만 그들에 대해서 이야기하면 길어질 것이고 또한 살아있는 사람에게는 불쾌할 것입니다. 게다가, 그들에 대해서는 다른 기회에도 우리는 자주 말했고 이번에도 필요한 만큼은 말했습니다. 실제로 내가 이 이야기를 꺼낸 것도 그들을 논박하기 위해서가 아니라 그대의 불만을 가라앉히기 위해서입니다.

사실, 그대의 경우는 대략 조건이 다르기 때문에 그대가 더 이상 말할 수 없게 되었을 때야말로 명성은 정점에 도달할 것입니다. 그런데도 잠시도 기다리지 못하고 괴로워하는 것은 물론 인내심이 부족하기 때문입니다. 조금만 기다려 보세요. 그대 자신이 그대의 장애가 아니기만 한다면 그대의 소원은 이루어질 것입니다. 아마도 장기간의 부재도, 얼마간은 그것을 실현해 주겠지만, 오직 죽음만이 완전히 바꾸어 줄 것입니다.

모든 시대의 저명한 인물들을 떠올려 보세요.

로마인을, 그리스인을, 게다가 그 이외의 사람들을. 그들 중 누가 살아 있을 때에 명성을 잃지 않았을까요? 당신의 기억이 보다 더 낫다면 아마도 더 많은 역사상의 인물을 떠올릴 수 있겠지만 내가 기억하는 한 모든 인물 중에서 오직 스키피오 대(大)아프리카누스만이 그 명성에 의해 우러러 칭송을 받았습니다. 같은 사례는 성경에서 솔로몬왕에 대해서도 이야기하고 있습니다.

다른 예를 찾아보세요. 아마 못 찾으실 겁니다. 과연 베르길리우스는 [그 서사시 『아이네이스』에 있어서] 아이네아스를 찬양하려고 한 나머지 이런 종류의 명예를 그에게 주려고 노력하고 있습니다. 하지만 진리는 미동도 하지 않습니다.

다만, 어떤 사람들이 시인을 변호해 말하는 바로는 시인은 아이네아스 그 사람이 아니라, 아이네아스라는 이름 아래 웅장한 이상적인 영웅상을 그려

주려고 했다는 것입니다. 그 고명한 변론의 왕자 키케로도 자기 자신에게 돌아가기에 적당한 이러한 명예를 변론가 중에서는 오직 한 사람 대(大)카토에게 주고 있습니다. 또 시인 중에선 오직 한 사람 아르키아스에게만 이것을 준 것입니다(『아르키아스의 변호』 2). 그러나 키케로가 호메로스에게도 주지 않았고 베르길리우스에게도 주지는 않았을 명예를 평범한 재능에 지나지 않는 정도의 스승[아르키아스]에게 준 것은 친분의 정이 판단의 눈을 흐리게 한 탓이 아닐까 생각합니다.

그런데, 그대 문제로 돌아가면 내가 지금까지 말한 것 중에는 그대 분노를 정당화할 수 있도록 하는 것은 무엇 하나 눈에 띄지 않을 것입니다. 최고의 명예를 독차지하려고 굳게 생각한 사람이라면 몰라도 한두사람에게 뒤지는 것조차 견딜 수 없는 사람은 없을 것입니다. 그대의 재능이나 명성에 대해서도 다른 일에 관해서와 마찬가지로 부디 운명에 견디세요. 운명은 그저 빈부만을 관장하는 줄 알았던 걸까요? 사람의 일이란 모두, 오직 덕(德)만은 예외로 하여 한결같이 운명의 지배하에 있습니다. 운명은 종종 덕도 공격하지만 결코 이를 공략

할 수는 없습니다. 그런데 명성은 이처럼 가벼운 것이 없습니다.

운명은 이것을 쉽게 굴려서, 변덕스럽게 장난치며, 이것의 가치가 있든 없든 관계없이 사람으로부터 사람으로 옮겨 갑니다. 대중의 판단만큼 변하기 쉬운 것과 이렇게 공정하지 못한 것은 없지만 명성은 이를 바탕으로 한 것입니다. 그러니까 이렇게 취약한 바탕에 놓인 것이 끊임없이 흔들려도 놀랄 일은 아닙니다.

그러나 운명은 단지, 살아있는 사람들 위에서 지배권을 휘두르는 것에 지나지 않습니다. 죽음은 인간을 운명의 지배로부터 해방시키는 것입니다. 바로 그때부터 운명의 장난은 멈추고 운명이 원하든 아니든 관계없이, 그림자가 형체를 따라 다니듯 명성이 덕을 뒤따라갑니다.

그래서 친구여, 나의 착각이 아니라면, 그대는 분개하기 보다는 오히려 자부하고 싶은 것입니다. 정말로 그대는 거의 모든 위대하고 저명한 사람들과 운명을 같이하고 있는 것입니다. 이제 그대가 한층 편안해질 수 있도록 아까 단 한사람의 예외로 생각한 대(大)스키피오 그 사람도 이 사람들의 동료에 추가합시다. 사실 그의 생존도 그에게 불리함이 되지 않았던 것은 전술한 대로 이례적이지만 질투는 다른 사람들과 마찬가지로 그에게도 상처를 준 것입니다.

그렇게 덕성을 가지고 있었어도 그는 여전히 질투심을 지울 수 없었고 오히려 이것에 불을 붙여 타오르게 한 것입니다. 게다가 생각날 때마다 분개하지 않을 수 없습니다만, 오랜 세월에 걸친 인간관계와 친근함에 기인하는 경시 등이 그에게 화를 입혔던 것입니다.

하지만 무엇을 근거로 이런 말을 하느냐고 그대는 물을 것입니다. 내가 쓴 이야기가 아닌지 의심받고 싶지 않으니 위대한 역사가 티투스 리비우스의 말을 그대로 소개합니다. 리비우스는 존엄과 명예를 둘러싸고 스키피오·대아프리카누스와 티투스·프라미니우스와의 사이에 생긴 싸움에서 대(大)스키피오가 패한 것을 전하며 이렇게 말하고 있습니다.

"스키피오의 영예가 더 컸다.
그리고 컸던 만큼 질투가 나기 쉬웠다."

그리고 그 바로 뒤에서는 이렇게도 말하고 있습니다.

> "게다가 스키피오는 이미 십년 가까이 늘 대중의 면전
> 에 몸을 드러내고 있었다. 이래서는 위인도 질리고,
> 존경심도 줄어 버린다."
>
> (『로마사』 제35권 10장)

리비우스는 확실히 이렇게 말하고 있습니다. 그러니까 그대는, 나의 결론을 말하자면, 이처럼 위대한 동료와 운명을 같이하고 있다는 것에 만족하고 더욱 조용히 기다려 주세요. 그리고 호라티우스에게 오랜 잠언이 있다는 것을 잊지 마세요.

> "포도주처럼 시도 세월과 함께 향기와 맛이
> 좋아지게 된다."
>
> (『서간 시집』 제2권 1.34)

게다가 옛날에는 플라우투스도 이렇게 말하고 있는 것입니다.

"오래된 술을 마시는 사람은 현명할까?

고전극을 즐기는 사람도 또한 그러하다."

(희극 『카시나』 서문)

호라티우스 자신도 그대 못지않게 쓴 잔을 맛본 게 아닌가 생각합니다. 실제로, 옛 시대에 대한 숭상과 존경심은 세상 사람들에게는 이처럼 강렬했기 때문에 그는 선배 시인 루킬리우스를 비판한 죄를 씻기 위해 장황하게 변명해야만 했습니다. (『풍자 시집』 제1권 10)

마지막으로, 곰곰이 생각해 보십시오. 우리를 고민하게 하는 것은 도대체 무엇일까. 우리가 추구하며 따라가고 싶은 명성은 사실 바람이고 연기입니다. 그림자이고, 무(無)입니다. 그러니까, 올바른 명민한 판단력을 가지고 이것을 경멸하는 것은 매우 쉬운 일입니다. 그렇다고는 해도, 고매한 정신일수록 이 병에 걸리기 쉬운 것도 사실이기 때문에 만약 당신이 이 소망을 근절할 수 없다면 최소한 이성의 날카로운 낫으로 그 생장을 억눌러 주세요. 시대의 흐름에, 일의 형편에 따라야 합니다.

요컨대, 나의 생각을 간략하게 요약하면 이렇게

됩니다.

당신이 살아있는 동안 덕을 쌓으십시오. 그렇게
한다면 명성은 이를 무덤에서 찾을 수 있을 겁니다.

안녕히!

4월 18일 볼로냐에서

(『친근서간집』 제1권 2)

〈해설〉

　페트라르카가 편찬한『친근서간집』제1권에는 청년기 페트라르카에게 중요한 친교가 있었던 사람들과 주고 받았던 편지가 있다. 그 중에서도, 볼로냐 유학기의 둘도 없는 친구 톰마소·칼로이로(Tommaso Caloiro)에게 보낸 서한이 눈에 띈다.

　톰마소는 시칠리아의 메시나 태생으로 페트라르카와 같이 볼로냐 대학교 법학부에서 공부하고 1325년 초 무렵까지는 유학을 마치고 고향으로 돌아갔다. 그도 이탈리아어로 시를 지은 듯 페트라르카의『개선(凱旋: I Trionfi)』에서는 단테나 치노 등과 함께 사랑을 읊는 속어 시인(俗語詩人)의 반열에 동참하고 있다. 그런데 톰마소는 1341년 메시나에서 타계했다. 그 소식을 접한 페트라르카는 깊은 슬픔에 젖어 볼로냐에서 교우했던 우정을 회상하고 있다.

　"나이도 마음도 같았고 연구하는 것도 똑같고 바라는 것도 믿기 어려울 정도로 같았습니다. 우리는 한몸이고 걷는 길도 같고 목표하는 것도 같았습니다. 노고(勞苦)도 희망도 의도도 모두 하나였던 것입니다."

제1권에 수록된 12통의 편지 중 무려 7통의 편지가 톰마소에게 보낸 것이다. 여기에 번역한 제2서간 「너무 빠른 명예욕에 대해서」와 제9서간 「웅변의 연구에 대해서」도 톰마소에게 보낸 것이다. 그런데 제1서간은 친구 소크라테스에게 보낸 헌사로 서간집 전체에 대한 서문을 없애고 나중에 지은 것이다. 그래서 실질적으로는 제2서간이 제1서간으로 간주되고 「4월 18일 볼로냐에서」 쓰인 것으로 되어 있다.

페트라르카의 볼로냐 유학은 1320년부터 1326년까지 단속적(斷續的)으로 계속되었다. 1324년 말부터 1325년 가을까지 그는 아비뇽으로 돌아가 아버지 곁에 있었다. 그리고 다음 1326년 봄 볼로냐에서 아버지의 부고에 접하고 4월26일에 볼로냐를 떠나면서 다시는 그곳으로 돌아가는 일이 없었다. 그리고 보면 두 번째 서한이 볼로냐에서 쓰인 것은 1326년4월18일로써 그가 볼로냐 유학에 종지부를 찍기 직전이었다고 보는 것이 자연스러울 것이다. 그런데

2. 문학 관련 서간문들   127

이 편지는 사실은 나중의 작품이라는 것이다.

이 서간뿐만 아니라 제1권에 수록된 서간은 그 많은 부분이 나중의 것이고 톰마소와의 서간은 거의 전부 후년의 것으로 생각되고 있다. 그 시기는 아마도 서간집 전체의 서문이 없이 제1서간이 쓰인 1350년이나 그 다음해 경일 것이다. 1350년으로 생각하면 톰마소는 이미 십 년 전에 사망했다. 이것으로 미루어보아 톰마소와의 서간은 전체적으로 죽은 친구에게 바치는 추도의 글이고 진혼곡이라고도 할 것이다. 그들 중 유일하게 하나 볼로냐에서 쓰인 제2서간은 저자의 의도로는 분명히 볼로냐 유학시기의 두 사람의 교우에 대한 만가(挽歌)라고 할 수 밖에 없을 것이다.

그러면 이것들 서간의 서술 내용은 사실과는 무관한 단순한 허구에 지나지 않는 것일까? 반드시 그렇다고는 할 수 없을 것이다.

우선 이러한 서간이 작성된 과정에 일찍이 볼로냐 유학시기나 그 후에 주고받은 두 사람의 편지가 이용되었다는 가능성이 있다. 실제 우리도 어린 시절에 친구나 은사에게서 받은 편지를 곧잘 생애에 걸쳐 계속 소중하게 보존하고 있다. 게다가 페트라르카에게 있어서 서간체는 중요한 표현형식의 하나이고 서간의 작성은 스스로의 문학적 훈련이었던 것이다. 그래서 그는 자기가 편지를 써서 보낼 때는 대개 사본을 만들어 곁에 보존하도록 하고 있었다. 이 습관은 그의 소년기에 시작된 문학열로 미루어 보아 꽤 이른 시기로까지 거슬러 올라갈 수 있을 것이다. 게다가 톰마소 앞으로 보낸 일련의 서간이 이 친구와의 교분이나 공통의 경험을 회상적으로 담아 썼을 가능성도 부정할 수 없다.

요컨대, 나중에 창작된 편지도 어쩔 수 없이 자전적 요소를 담고 있다고 볼 수 있다. 결국 저자의 20대에서 30대의 일을 기술한 자전적 서술이라는 면이 짙게 배어 있음을 알 수 있다.

예를 들면 제2서간의 주제를 이루는 명예욕은 모두 소년기부터 문학열과 결합한 페트라르카를 사로잡고 있는 것이고 그것이 볼로냐 유학시기부터는 절실한 일이 된다. 이윽고 1341년 봄 페트라르카는 로마에서 계관시인의 영광을 현실로 얻지만 그 로마행에 앞서 자발적으로 나폴리로 가서 로베르토왕의 심사를 받는다. 그리고 왕에게서 자격인정과 지원을 받아 로마의 대관식에 임하는 것이다. 제2서간에

서 보이는 로베르토왕에 대한 언급은 이 사실의 이
유를 설명한다.

또, 1278년에 태어난 로베르토왕은 이 서간이 쓰
인 것으로 보이는 연도, 즉 1326년에는 48세 정도였
다. 왕은 이미 노령으로 향하고 있어 자신도 나폴리
행을 서둘러야만 한다는 페트라르카의 조급함은 사
실은 더욱 후일에 대한 절실한 심정을 드러낸 것일
것이다. 사실 그가 계관시인이 된 이후 2년후에 왕
은 타계하였다.

로베르토(로베르)왕은 프랑스의 앙쥬가의 왕으로
1309년에 시칠리아왕위를 승계하였다. 교황파의 영
수로서 역대 교황과 친밀하였고 1319년부터 1324년
까지는 새로운 교황청의 땅인 아비뇽에서 거주하고
있다. 그는 학예를 사랑하고 그 보호장려에도 힘써
페트라르카나 보카치오 등 많은 동시대의 사람들의
칭찬을 받았다. 그는 왕위에 있었다고는 하지만 당
시 시칠리아는 스페인의 아라곤왕국의 지배하에 있
어 양자 사이에는 시칠리아의 영유를 놓고 다툼이
계속되고 있었다. 페트라르카도 이것에 대해 언급
하여 아라곤왕을 '폭군'이라고 일방적으로 질책하
였다.

한편 소위 르네상스는 휴머니즘운동(인문주의운동)과 함께 시작하였지만 이 운동에 페트라르카의 역할은 절대적이었다. 그의 생애는 거의 그대로 휴머니즘의 형성, 성립의 과정과 다름이 없다. 그런데 휴머니즘은 우선 광의의 문학연구, 특히 시나 역사나 수사학 연구등이 결부되어 떠오른다. 요약하면 중세 이래의 수사학적 전통을 모태로 하여 일어난 자기 갱신 운동이었다. 하지만 이 운동은 결코 심미적 차원의 운동으로 머물러버린 것은 아니었다. 차라리 뛰어난 문학에 갖추어진 위대한 그의 교양 형성 운동, 요컨대 '웅변'에 주목하여 이것을 인간과 그의 삶에 도움이 되게 하는 강한 실천요구로 밀어붙이게 하는 것이었다. 그것은 제9서간 「웅변의 연구에 관하여」(이 책의 서간문 7)를 한번 읽어보아도 명확하다. 덧붙여서 말하자면 '웅변의 연구'라는 것은 수사학과 다름이 없다.

새로운 문학운동으로 일어난 휴머니즘의 위대한 기수 페트라르카는 대학을 근거로 하는 스콜라 문화에 대해서는 항상 비판적이었다. 그 자신도 수년에 걸쳐 법학부에서 공부하였다고는 하지만 그 교양형성은 주로 대학 밖에서 이루어졌다. 그 시기에는 거의 독학으로 고전연구에 몰두하였다. 이처럼 그가 스콜라학파에 대하여 가지고 있는 강한 대항의식(對抗意識)은 이미 제2서간(이 책의 서간문 6)에서도 볼 수 있다. 제2서간에서는 특히 당시 매우 찬양받고 있던 법률가나 변증학자(논리학자)에 대하여 대항의식을 드러내고 있다.

웅변의 연구에 대하여

같은 톰마소에게

영혼을 돌보는 영역은 철학자를 찾아야 하고, 언어를 돌보는 영역은 변론가의 고유한 일입니다. 거기서 우리가, 말하자면 스스로 세상에서 끌어올려내서, 널리 사람들의 입에 오르는 것을 의도하는 한, 어느 쪽의 영역도 소홀히 할 수 없습니다.

그러나 영혼의 영역에 대해서는 다른 기회에 맡깁니다. 결국 이것은 중대한 문제로 유익한 바가 크다고는 해도 다대한 노고를 수반하는 것입니다. 그러므로 여기에서는 소정의 문제로부터 일탈하지 않도록 다음을 권고하여 충고하는 것에 그칩니다. 즉, 우리는 단지 삶과 삶의 방식을 바로잡을 뿐 아니라 말의 습성을 바로잡아야 하지만 전자는 덕성의 첫번째 일이고 그리고 후자는 뛰어난 웅변을 구사하는 것만으로 가능한 것이라고.

참으로 말은 생생하게 영혼을 알리고 영혼은 말을 조종합니다. 말은 영혼에 의거하고 있습니다. 영혼은 가슴 속에 숨어있고 말은 사람들 앞에 나옵니다. 말이 밖으로 나오려고 할 때 영혼은 이를 가다듬어 원하는 대로의 형태를 여기에 주고 말은 밖으로 나가 영혼이 어떤 것인지를 알립니다. 말은 영혼의 뜻에 따르고 영혼은 말의 증언에 의해 믿어지는 것입니다.

그러니까 양쪽 모두의 보살핌을 받아야 합니다. 이렇게 영혼은 말에 대해 엄정하며, 말은 영혼에 걸맞게 진정 웅장해야 합니다. 그렇지만 영혼을 잘 돌보고 있는 경우에는 말도 소홀히 하고 있을리가 없습니다. 반대로 또 영혼에 위엄이 갖추어져 있지 않으면 말에 품위가 갖추어질 리가 없습니다.

실제로 키케로의 샘에 푹 빠져서 그리스·라틴의 저작물에 모조리 통달했다고 해도 그것이 무엇이 될까요. 그렇게 하면 물론 아름답고, 능숙하게, 감미롭게, 잘 말할 수는 있습니다. 그러나 장중하게, 엄숙하게, 현명하게 말할 수는 없고, 무엇보다 중요한 것이지만 일관되게 말할 수는 없을 것입니다. 그것은 우리의 소망이 먼저 서로 일치하고 있지 않다면

(이것은 단지 현자만이 도달할 수 있는 곳입니다만) 반드시 우리의 관심도 서로 충돌하고 언행도 일치하지 않기 때문입니다.

그러나 잘 조화를 이룬 정신은 부동의 평온함 그 자체를 닮아 항상 부드럽고 차분합니다. 즉, 자신이 무엇을 원하는지 알고 있어 한번 원했던 것을 계속 원하고 있습니다. 그러니까 비록 교묘한 수사에 장식되어 있지는 않더라도 장려하고 장중한, 게다가 스스로에게 어울리는 말을 자기 자신 속에서 만들어 내는 것입니다.

하지만 다음 일도 또한 부정할 수 없는 사실입니다. 영혼이 심하게 동요하고 있는 경우에는, 물론 어떠한 운 좋은 성과도 기대할 수 없다고는 해도 미리 그 동요를 가라앉히고 나서 웅변 연구에 시간을 더하면 항상 현저한 성과를 얻을 수 있습니다. 비록 우리 자신은 웅변을 필요로 하지 않으며 우리의 정신이 자력으로 침묵 속에 그 능력을 키워 말의 도움을 필요로 하지 않는다 하더라도 우리는 적어도 함께 살고 있는 다른 사람들에게 도움이 되도록 노력해야 할 것입니다. 실제로 우리의 말에 의해 그들의 마음을 크게 돕고 격려할 수 있는 것은 의심할 수 없습니다.

하지만 그대는 이렇게 주장하고 양보하지 않겠지요.

"오히려 우리의 미덕의 실례를 사람들 눈앞에 제시하고, 그들이 그 아름다움에 매료되어 모방욕에 사로잡히게 하는 것이 설득하는 방법으로는 얼마나 우리에게는 확실하고 그들에게 있어서는 유익한 일인가! 실로 이것은 자연의 이치라고 하는 것으로 우리는 말에 의해서 보다 사실에 의해 훨씬 더 잘 감동하고 고무되기 쉬운 것이며 이렇게 해서 보다 신속하게 모든 미덕의 높은 곳에 도달해 가는 것이다."

나도 반대하지 않습니다. 이 문제에 대한 나의 생각은 우선 영혼을 가다듬어야 한다고 방금 충고했을 때 이미 알았을 것입니다. 풍자 작가 유베날리스의 말도 이유 없다고 생각되지 않습니다.

그대의 나에게 힘입은 첫 번째 보배는 영혼이다.

(『풍자시집』 제8곡 24)

뭔가 영혼의 보물보다 나은 것이 있으면 제일의 보배라고 할 수 없을 것입니다. 그렇다고는 해도 웅변이라고 하는 것이 인간의 삶의 형성에도 얼마나 힘을 가질 수 있는가는 많은 저작가에서 읽히고 매일의 경험에 의해서도 알려지고 있습니다. 현시대에 있어서도 얼마나 많은 사람이 화자가 말하는 실례에는 아무런 감명도 받지 않았는데 단지 다른 사람의 말만으로, 말하자면 잠에서 깨어나 극악무도한 삶의 길에서 갑자기 지극히 절도 있는 삶의 방식으로 회심하게 된 것일까요! 그건 저희도 아는 바입니다.

이 문제에 대해서는 키케로가 그의 저서 『구상론(構想論)』(제1권 1)에서 자세히 논하고 있습니다만, 그것은 주지의 부분이라 여기에 인용하는 것은 그만두겠습니다. 오르페우스와 암피온의 이야기를 덧붙이면, 전자는 흉포한 야수를 후자는 수목이나 돌을 그 노래로 감동시켜 생각대로 인도해 갔다고 합니다. 여기서 이 전설을 접하는 것도 분명 탁월한 웅변 때문입니다. 이러한 웅변으로 인해 오르페우스는 충동적이고 잔인한 야수나 다름없는 삶을 사는 사람들을, 그리고 암피온은 난폭하고 돌처럼 단단하며

거친 사람들을 모두 온순하고 유화(柔和)한 인간으로
바꾸어 놓았다고 믿어지고 있습니다.

게다가, 웅변의 연구에 의해서 우리는 멀리 떨어
진 세상에 살고 있는 많은 사람에게 도움이 될 수도
있습니다. 실제로 우리가 친하게 지낼 수도 없고 교
제를 맺을 수도 없는 사람들에게도 말(언어)은 전달
될 것입니다. 게다가 우리 조상들의 저작이 얼마나
우리에게 도움이 되었는지 생각하면 우리 자신이
후세인들에게 얼마나 도움이 될 수 있을까 하는 것
도 잘 알 수 있습니다.

하지만 그대는 다시 반론을 하겠지요.

"인간에게 도움이 되어야 할 모든 것이 이미 천여
년 전의 옛날, 훌륭한 문체로 신같은 천재들에 의해
이렇게 많은 책에 적혀 있다면 도대체 왜 더욱 노력
할 필요가 있는 것일까?"

제발 그런 걱정은 접어주세요. 그런 일로 나태해
지는 일이 없도록 하세요. 이런 기우(杞憂)는 선대의
이런 저런 분들이 이미 우리에게서 제거해 주었고,
나도 후세인들에게서 제거해 주겠습니다. 더욱이

천만년을 돌아 세기에 세기가 더해지더라도 결코 덕을 찬양함에 모자람이 없고 신을 사랑하고 욕심을 미워하라는 가르침은 충분하지 않을 것입니다.

결코 명민한 두뇌 앞에 새로운 탐구에의 길이 막히지는 않을 것입니다. 그러니까 비관할 필요는 없습니다. 우리의 노력은 무의미하게 끝나지 않을 것입니다. 언젠가 세계가 늙고 쇠퇴하여 그 종말 직전에 사는 사람들, 그 사람들의 노력도 헛되지 않을 것입니다. 오히려 정말 두려워해야 할 것은 인간의 탐구심이 진리의 가장 깊은 비밀에 도달하기 전에 인류가 멸망해 버리지는 않을까 하는 것입니다.

마지막으로, 우리가 조금도 이웃사랑에 끌리지 않는다고 해도 웅변의 연구를 소홀히 하지 않는 것은 그 자체로서도 매우 좋은 일이고 우리 자신에게 있어서도 매우 유익한 일이라고 생각됩니다.

남의 일은 차치하고 내 자신의 체험을 말하면 고독 속 친숙한 목소리는 정말 멋지겠지요. 그러한 목소리를 나는 단지 가슴에 품을 뿐 아니라 입술에 올려서 잠자고 있는 영혼을 불러일으키는 것이 늘상 하는 일입니다. 게다가 나와 다른 사람들의 저작들을 때때로 반복해 읽는 것은 얼마나 기쁜 일인가요? 이러한 독서에 의해서 내가 심한 고뇌로부터 얼마나 해방되는 듯이 느끼고 있는지는 도저히 말로 다 표현할 수 없을 것 같습니다. 때로는 자기가 쓴 저서에 의해 한층 더 도움을 받지만 나의 영혼의 병에는 내가 쓴 것이 보다 적절하기 때문입니다. 사실, 그건 자신도 앓고 있고 통증이 어디에 있는지 알고 있는 의사가 자각적으로 보태는 치료방법과 같은 것입니다. 이러한 효과를 내가 체험할 수 있었던 것도 유익한 말 그 자체가 나의 귀를 즐겁게 해서 그 특유의 감미로운 매력으로 반복해 읽도록 재촉하고, 서서히 내 안에 들어와 몰래 마음속을 꿰뚫었기 때문입니다.

안녕히 계십시오.

5월 1일

(『친근서간집』 제1권 9)

계관을 어디서 받아야 하는지를 물어보며

로마교회 추기경 조반니 콜론나에게

저는 지금 기로에 서서 어느 쪽으로 가야 할지 모르겠습니다.

믿을 수 없는 이야기지만 이야기하면 간단한 일입니다. 오늘 아침 아홉시경 원로원의 서간이 도착했습니다. 그것은 저에게 로마에 와서 시인의 계관을 받으라고 열심히 끈질기게 권유하고 있습니다. 게다가 똑같이 오늘 오후 네 시경 파리 대학의 교육 총감 로베르토씨의 사자가 역시 계관에 대한 서신을 지니고 왔습니다. 이 로베르토씨는 저와 동향의 훌륭한 인물로 저나 저의 일이나 모두 잘 이해해 주고 있습니다. 그도 또한 상세한 설명과 함께 대관을 위해 파리에 오라고 재촉하고 있습니다.

이렇게 암초에 부딪친 인생에 있어서 이런 일이 나에게 생기리라고는 도대체 누가 예측할 수 있었을까요? 거의 믿기 어려운 것으로 생각되기 때문에, 서신도 봉인을 한 채로 보내드리겠습니다. 그 하나는 저를 동쪽으로 부르고 하나는 서쪽으로 부르고 있습니다. 모두 얼마나 설득력 있게 저에게 작업을 하고 있는지 한 번 읽어보시기 바랍니다.

저도 물론 알고 있지만 모든 인간이 하는 일에는 확고한 것은 아무것도 없습니다. 저의 착각이 아니라면 우리의 관심도 행동도 대체로 어둡고 그릇된 생각에 사로잡혀 있습니다. 그러나 젊은이의 마음은 덕(德)보다도 명예를 바라는 것이고, 그럼에도 추기경님께서는 제가 당신과 함께 자신의 명예를 기뻐한다는 것에 동의해 주십시오.

그렇다면 왜 제가 계관을 수여하겠다는 것을 그 옛날의 슈팩스왕처럼 자신에게 있어서 최고의 명예로 간주해서는 안 될까요. 일찍이 아프리카 최강의 왕으로 칭송받았던 이 사람은 세계에서 가장 강대한 두 도시 로마와 카르타고로부터 동시에 우호를 요구받았다고 합니다.

물론, 왕의 명예는 그 왕국과 부(富)에 주어진 것이지만 저의 명예는 저 자신에게 주어진 것입니다. 실제로 왕이 사절들을 접견했을 때 왕은 황금이나 보석으로 치장하고 무장시킨 친위대에 둘러싸여 화려한 옥좌에 높이 앉아 있었습니다. 그런데 사절의 내방을 받았을 때의 저는, 아침에는 홀로 숲 속을 산책하고 저녁에는 소르그강가의 들판을 거닐고 있었습니다. 그리고 저는 명예를 수여받았고, 왕은 지원을 요구받았던 것입니다.

하지만 기쁨이란 깊은 생각과는 대립하기 때문에 사실 저는 계관의 제의를 기뻐하면서도 어떻게 해야 할지 고민하고 있습니다. 한편으로는 새로운 권위의 매력이 저를 끌어당기고 다른 한편으론 오랜 전통에 대한 존경심이 저를 움직이게 합니다. 한편으론 친구가 꾀고 다른 한편에서는 조국이 꾀는 것입니다. 오직 한 가지 일만이 저울을 한 쪽으로 기울게 합니다. 이탈리아에는 시칠리아왕이 계시는 것입니다. 제가 안심하고 저의 재능의 판정자로 받아들일 수 있는 사람은 전 세계에 오직 한사람 이 왕뿐입니다.

보시다시피 제 마음은 흔들리고 있습니다. 당신은 지금까지 제 마음이 중심을 잡도록 하는 일을 마다하지 않으셨으니, 부디 조언해 주시고 저의 흔들리는 마음을 이끌어 주십시오. 저의 영예로운 분이시여, 안녕히 계십시오.

소르그강가에서

9월 1일 저녁

(『친근서간집』 제4권 4)

보클뤼즈 '은둔'으로부터 3년이 지난 1340년 9월 1일, 페트라르카는 공교롭게도 같은 날 파리 대학과 로마 원로원으로부터 계관 수여의 제의를 받는다. 이렇게 해서 '고독한 삶' 속에서의 열정적인 문학활동의 성과를 인정받아, 소년 시절부터 꿈꾸어 왔던 문학에서의 성공이 현실로 다가온다. 물론, 이 제의를 받기에 앞서 그는 신뢰할 수 있는 친구들에게 계관에 대한 희망을 털어놓고 나름대로 활동을 했을 것이다.

그런데 페트라르카는 계관을 어디서 받아야 할지에 대해 주인 콜론나 추기경과 상의한다. 하지만 시인의 마음은 처음부터 로마로 기울어졌던 것으로 보인다. 여기에 번역하는 추기경 앞으로 보내는 서간에도 그것을 엿볼 수 있다. 뿐만 아니라 추기경이 로마를 권유할 것이라는 것도 처음부터 예상할 수 있었을 것이다. 추기경은 로마의 명문이고 그 본거지는 로마에 있었기 때문이다.

그렇다면 이 서간은 실질적으로는 추기경의 동의와 지원을 받아두기 위한 의례적 절차나 다름없다고도 할 수 있다.

페트라르카는 로마의 대관식에 참석하기에 앞서 나폴리로 가서 시칠리아왕 로베르토의 자격심사를 받는다. 경애하는 로베르토 왕의 권위로 계관에 무게를 더하기 위한 것이다. 이때 왕과 시인과의 만남을 주선했던 사람은 자애로운 아버지처럼 존경하는 디오니지 다 보르고 산 세폴크로였다. 이보다 앞서 디오니지는 로베르토 왕의 요청으로 나폴리로 와서 왕의 고문을 맡고 있었던 것이다. 페트라르카의 나폴리 행에도 그의 주도면밀한 배려가 보인다.

이렇게 해서 페트라르카는 로마의 권세있는 집안인 콜론나 가문의 동의와 지원을 얻어내고 로베르토 왕의 인정과 후원을 받아 비로소 대관식에 임한다. 그리고, 1341년 4월 카피톨리움 언덕에서 성대한 의식 속에 '위대한 시인이자 역사가'로서 계관(桂冠)을 수여받는다. 동시에 로마 시민권도 받는다. 그것은 페트라르카의 생애에 있어 가장 화려한 사건이었다.

이 대관으로 페트라르카의 작가로서의 명성과 지위는 전 유럽에 퍼지고 또 확고해진다. 하지만 이 대관으로 오직 자기 하나의 명예만을 추구했던 것은 아니었다. 이것으로 고대 문화 재생의 운동, 그것에 강렬한 충격을 주려는 의도가 있었다고 본다.

사실, 이 대관식이 다름 아닌 '세계의 수도'로써 고대 라틴 문화의 중심지인 로마에서 거행되고 이렇게 고대의 중요한 문화 행사를 화려하게 부활시킨 것은 고대 문화 ≪재생(再生)≫운동 그 자체로 시민권을 인정받게 된 것이라고도 할 수 있다.

여기에 번역하는 〈서간문 8〉과 〈서간문 9〉 모두 대관을 둘러싼 증언으로써 귀중하다. 또한 바르바토·다·술모나에게 보낸 편지 〈서간문 9〉에서는 대관식 날짜가 4월 13일이라고 되어 있지만 실제로는 4월 8일이었던 것 같다.

바르바토는 나폴리의 북쪽 아펜니노 산 속의 소도시 술모나 태생으로 페트라르카보다 몇 살 위. 1325년부터 나폴리에서 공증인으로 살아왔으며, 얼마 후 나폴리 궁정에 출사한다. 1342년부터는 왕의 비서관. 1341년 봄, 나폴리에서 페트라르카를 만나고 그에게 깊이 빠져, 시인의 휴머니즘 운동의 열성적인 지지자가 된다. 만년은 출생지 술모나로 은퇴해서 지냈고, 1363년에 그곳에서 사망한다. 페트라르카의 『운문서간집』은 그에게 바쳐져 있다.

같은 계관에 대하여

시칠리아왕 비서관 바르바토·다·술모나에게

올해 1341년 4월13일, 로마의 카피톨리움에서 대군중의 환호 속에 행사가 거행되었습니다. 이틀 전에 나폴리에서 로베르토왕이 저를 위해 포고했던 그 의식입니다. 즉, 왕의 자격심사에 합격하였던 나는 원로원 의원으로서 고귀하신 앙귈라라백작 오르소경의 손으로 계관을 받았습니다.

왕께서 직접 수여하지는 않았지만 왕의 권위도 위엄도 결여되어 있지 않았습니다. 그것의 존재는 나 뿐만이 아니라 모든 사람이 느꼈던 것입니다. 당신도 계시지 않았지만 그건 단지 신체적일 뿐입니다. 마음은 항상 저와 함께 있기 때문입니다. 고매한 조반니 바릴리 씨의 참석은 없었습니다. 왕의 대리로서 파견되어 열심히 서둘러 오고 있었습니다만, 안나니를 지날 때 그곳에서 매복한 토착민의 습격을 받았던 것입니다. 가까스로 위험에서 빠져나온 것은 기쁜 일이지만 정해진 시간에 도착할 수 없게 되어버렸습니다. 그 이외는 예상 이상으로, 믿을 수 없을 정도로 순조롭게 일이 진행되었습니다.

하지만 기쁨에는 언제나 슬픔이 따르기 마련이라는 것을 나는 곧 경험으로 뼈저리게 깨닫게 되었습니다. 바다와 땅 모든 길을 처음부터 끝까지 함께 수행해 준 사람들과 함께 로마를 떠나자마자 무장한 강도를 만났던 것입니다. 우리는 강도의 손에서 벗어나자 어쩔 수 없이 로마로 되돌아갔는데 그 때문에 시민들이 난리가 났습니다. 그리고 다음날 우리는 더욱 견고한 호위 군단의 보호 속에 출발했습니다. 그 경위나 여행 도중에 생긴 일을 하나하나 설명하려고 하면 이야기가 길어지겠지요. 그러니까 일의 자세한 것은 이 편지를 가지고 간 사람에게서 들어주십시오. 안녕히 계십시오.

4월 30일 피사에서

『친근서간집』 제4권 8)

범례의 효용을 범례로 나타내어

풀라·조반니·콜론나에게

나는 충분하게 범례를 사용하지만 그것은 훌륭한 진짜 범례입니다. 게다가 내가 잘못 생각한 것이 아니라면 기분 좋음과 함께 권위가 깃든 것 같은 범례인 것입니다. 그 사용을 좀 더 자제할 수도 있도록 이라고 하는 사람도 있습니다. 확실히, 나도 범례없이 끝낼 수도 있겠죠. 아니, 침묵할 수도 있을 테고, 아마 그 편이 현명할 겁니다.

이렇게 엄청난 현세의 여러 악행, 이렇게 많은 파렴치 사이에서 도저히 잠자코 있을 수는 없습니다. 아직 풍자적인 작품을 써본 적은 없지만, 이 한 가지를 보더라도 나는 충분히 인내심을 보인 것 같습니다. 이 추악한 동시대보다 훨씬 이전에도 다음과 같이 써있다면 더욱 그렇습니다.

풍자를 쓰지 않을 수 없다.

(유베날리스『풍자시집』제1곡 30)

나는 많이 말하고 있고 많이 쓰기도 합니다. 현세에서 이익을 보기 위해서라기보다는 나 자신을 근심걱정의 무거운 짐으로부터 해방시키고 글을 써서 마음을 달래기 위해서입니다. 현세의 비참은 이미 절망적이기 때문입니다. 그러나 왜 나는 때때로 범례를 충분하게 이용하는지, 특별히 범례에 집착하는 것처럼 보이는지 그 이유를 묻는다면 대답하겠습니다. 독자도 나와 같은 생각일 것이라고 생각하기 때문에.

뛰어난 사람들의 범례만큼 나를 감동시키는 것은 없습니다. 사실 스스로를 높이는 것은 유익합니다. 또 자신의 정신에도 어딘가 굳센 곳이 있는지, 어딘가 역경에도 주춤하지 않는 곳이 있는지, 자신을 속이고 있지는 않은지 라는 것을 깊이 되새겨보는 것도 유익합니다.

그리고 그것을 위한 최선의 방법은 모든 일에 가장 확실한 선생님인 경험에 의한 것 외에, 자신이 닮고 싶어 하는 그 사람들의 정신과 자신의 정신을

비교해 보는 것입니다. 이런 이유로 내가 읽는 작가
가 자주 범례를 제시하여 이러한 음미를 가능하게
해준다면 나는 한 번 더 그들에게 감사를 드리게
될 텐데, 그렇게 나의 독자로부터도 감사받고 싶습
니다. 이 희망은 아마 나의 착각이지만, 지금 당신에
게 말하고 있는 것 자체는 진실입니다. 사실 이것이
내 문체에 대한 진짜 이유의 첫 번째입니다.

또 하나의 원인은 나 자신을 위해서도 쓰는 것입
니다. 그리고 쓰고 있는 동안에 내가 할 수 있는 유일
한 방법으로 우리 조상들과의 교제에 열중합니다.
이렇게 참으로 기쁘게도, 불운하게 태어나서 함께
살 수밖에 없는 현시대인들을 잊게 됩니다. 그리고
열심히 노력해서 그들을 피하고 조상들을 따르려고
합니다. 현시대인은 보기도 싫지만, 조상들의 추억
도 그 위대한 업적이나 명성도 믿을 수 없을만큼 큰
기쁨으로 나를 채워줍니다. 이것은 모든 사람들이
알고 있는 것이라고 해도, 살아있는 사람들보다 오
히려 죽은 사람들과 함께 있는 것을 내가 이렇게 기
뻐하고 있다니 많은 사람들에게는 놀라울 것입니다.

하지만 사실 아름다운 덕성과 명예를 가지고 죽
어간 저 고대인들이야말로 살아 있는 것이고 이 동

시대인들은 환락과 거짓의 기쁨에 들떠서 엽색과 편안함 속에 나약해지고 술에 빠져 게을러져서 딴은 살아 있는 것처럼 보이지만, 사실은 숨을 쉬고 있다고는 해도 이미 썩어 문드러진 무서운 시체가 아닐 수 없습니다.

그러나 이것에 대해서는 배운 사람, 못 배운 사람을 불문하고 그 사이에 영원히 다투게 하는 것이 좋을 것입니다. 나는 본론으로 돌아가겠습니다.

그래서 왜 내가 뛰어난 고대인들의 범례를 많이 사용하느냐는 당신의 질문이나 당신과 가까운 사람들의 의심에 지금 대답하고 싶습니다. 그것은 즉 그러한 범례가 사람들에게도 유익할 것이라고 기대하기 때문이며 또 나의 체험에서는 쓸 때도 읽을 때도 매우 유익했기 때문입니다. 덧붙여서 모든 사람의 마음에 드는 일을 혼자서 하는 것은 불가능하기 때문에 의심하는 것도 비난하는 것도 자유입니다. 물론 나는 세상의 평판 때문에 자신의 문체를 바꿨다고 사람들이 생각하는 것은 유감이므로 이 편지에서도 약간의 범례를 써넣는 것을 멈추지 않고 범례의 효력을 범례에 의해 보이겠습니다.

마리우스 이전에는 외과 수술을 받는 사람은 모

두 묶이는 것이 관례였습니다. 정신력으로 신체적 고통을 이겨낼 수는 없다고 믿었기 때문에 끈으로 묶고 있었습니다. 묶이지 않고 수술을 받은 것은 마리우스가 처음이지만 그 이후로는 많은 사람이 그렇게 하였습니다.

이 굳게 참고 견뎌내는 한 용사의 범례가 사람들의 마음을 모방으로 몰고갔기 때문이 아니고 무엇일까요. 그와 동향인 키케로의 말을 인용하면 권위가 주효했던 것입니다(『투스쿨룸 논의(論議)』 제2권 22).

라틴전쟁에 있어서 집정관 데키우스는 [캄파니아의] 베셀리스강 둔치에서 군단을 위해, 로마 인민의 승리를 위해서 자신을 희생했습니다. 이와 같이 타인에게 승리를 가져오기 위해 자진해서 사지로 가는 것은 말하기는 쉽지만, 행동하기는 어려운 일입니다. 그러나 이 범례는 참으로 감동적이고 또한 효과적이었기 때문에 삼니움인과 갈리아인의 연합군에 대한 전투에 있어서는 아들 데키우스가 (아들도 또한 집정관이었습니다만) 아버지를 모방하여 아버지의 이름을 부르면서 과감하게 죽음을 향해 나갔습니다. 동포를 구하기 위해서는 죽음을 불사해야 한다는 것을 아버지를 본받아 배웠던 것입니다. 그리고

[에페이로스 왕] 필로스에 대한 타렌툼 전쟁에서는 손자 데키우스가 아버지와 할아버지를 닮아 결국 한 집안으로써 세 번째 희생자가 되었습니다. 같은 집정관의 옷을 입지는 않았다고는 해도 같은 용기, 같은 조국애를 가지고 쓰러졌던 것입니다.

　[아테네의 명장] 테미스토클레스도 [마라톤 전투의 사령관] 밀티아데스의 범례에 자극되어 그를 닮으려고 결의하지 않았다면 결코 그 정도의 인물은 되지 않았을 것입니다. 율리우스·카이사르도 마리우스에게 심취하여 모방하는 것을 청년시대부터 생각하지 않았다면 그러한 영광의 높이까지 올라갈 수 없었을 것입니다. 더군다나 가데스의 헤라클레스 신전에서 보게 된 알렉산드로스 대왕의 조각상도 큰 도움이 되었습니다. 그 상을 보자마자 카이사르는 위업을 달성하고자 하는 욕망에 불탔을 뿐 아니라 전기 작가 수에토니우스도 말하듯이 [자기 자신의 변변치 못함에 몹시 정나미가 떨어진 것처럼] 장탄식을 했던 것입니다. (『황제전(皇帝傳)』 제1권 7)

　역사가 살루스티우스가 전하는 바로는 파비우스·막시무스나 대 스키피오가 입버릇처럼 말한 것인데, 뛰어난 인물들의 조각상이 고귀한 정신을 모방욕심

으로 몰아갈 수 있다면 (『유구르타 전기(戰記)』4·5), 다름
아닌 아름다운 덕성이 훌륭한 대리석이 아니라 훌륭
한 범례에 의해 제시되고 있을 때에는 그 효과가
더욱 크다는 것입니다. 신체의 선(線)은 아마 조각상
에 의해 보다 잘 표현될 것이지만, 업적이나 풍속에
대한 인식이나 정신의 습관은 철모루에 의한 것보다
말에 의해서, 보다 충분하고 완전하게 표현할 수 있
다는 것은 거의 의심할 여지가 없습니다.

조각상은 몸의 초상이며 범례는 아름다운 덕성의
초상이라고 해도 부당하지 않다고 생각합니다.

지적 활동에 대해서는 특별히 무슨 말을 할 필요
가 있을까요. 모방은 한 쌍의 빛나는 라틴어의 별을
만들어 냈습니다. 키케로와 베르길리우스입니다.
이렇게 이제 우리는 웅변이라는 분야에서도 그리스
인에게 뒤지지 않습니다. 베르길리우스는 호메로스
를 닮고 키케로는 데모스테네스를 추종하고 그리고
베르길리우스는 스승의 경지에 이르렀고 키케로는
스승을 능가하기에 이르렀습니다.

이와 같은 것은 인간 활동의 모든 분야에서 지적
할 수 있습니다만, 오늘은 당신의 친구들이 나를 비
난하는 그 점에서 지나치다고 생각하고 싶지 않습니

다. 그렇다고는 해도, 당신도 잘 알고 있는 한가지 사례만은 덧붙이지 않을 수 없습니다. 아우구스티누스는 인생의 어느 길을 걸을 것인가를 오랫동안 헤매고 있었습니다만, 이집트의 은수사(隱修士) 안토니우스나 수사학자이자 순교자인 빅토리누스의 범례가 도움이 되었습니다. 게다가 [모젤 강변의] 툴리르에서 두 명의 관리를 급습했던 돌연한 회심(回心)도. 나의 기억이 틀리지 않는다면 『고백록』 제8권에는 아우구스티누스가 황제의 시종 폰티키아누스로부터 이 회심의 이야기를 들었을 때의 일이 기록되어 있으므로 그 아우구스티누스의 말을 전합시다.

> "나는 그를 닮고 싶다는 생각에 불타올랐습니다. 그런 생각을 일으키기 위해서, 실은 그도 그 얘기를 한 것입니다."
>
> (『고백록』 제8권 5장)

이것이 내가 자주 범례를 이용하는 이유입니다. 게다가 나는 자신에게 비판적인 사람들과 좋아하는 사람들을 위해서 자주 이것을 반복해 말하지 않으면 안 됩니다. 사실 나는 얼마나 많은 사람이 범례에 의해 아름다운 덕성으로 유도되었는지를 알고 있을 뿐만 아니라 자신의 내부에서도 범례의 효용을 생생하게 느끼고 있고 다른 사람들도 그러기를 바라고 있습니다. 이 점에서 제가 틀렸다고 해도 아무런 해는 없습니다. 범례를 싫어하는 사람은 읽지 않으면 됩니다. 나는 누구도 강제하지 않습니다. 굳이 말하자면 소수의 사람들만 읽어주었으면 합니다. 안녕히 계십시오.

9월 25일, 아비뇽에서.

(『친근서간집』 제6권 4)

페트라르카의 문체에 대해서는 물론 다양한 시점에서의 고찰이 가능할 것이다. 여기에 번역하는 서간은 자신이 자기의 문체에 대해 논한 것의 하나로써 흥미롭다.

여기서 '범례(範例)'라고 번역한 말(exempla)은 페트라르카의 용어에서는 구체적이고 모범적인 실례(實例)를 의미한다. 그리고 보다 엄밀하게는 그러한 구체적인 예가 말에 따른 전형적 표현을 얻은 것을 의미할 것이다. 페트라르카는 이러한 의미의 '범례'를 매우 좋아했다. 그리고 지금의 범례를 모은 범례집 같은 작품도 저술하고 있다. 『기억해야 할 업적의 글』 4권이 그것이다. 또 예를 들면 『고독한 삶』과 같은 장편에서도 페트라르카는 차례차례로 범례를 나란히 적고 있다. 그 때문에 작품이 전체적으로 장황하게 흐를 정도다. 거기서 페트라르카는 작품의 전체적인 구성이나 예술성에는 무관심한 듯하기까지 하다. 그만큼 그는 개개의 범례의 매력에 끌리고 있었던 것이다.

페트라르카가 '범례'를 많이 사용하는 원인 중 하

나는 그의 휴머니스트로서의 학구적 관심에 있다. 즉, 그는 고전 연구에 의해 새롭게 발견한 것을 세상에 알리거나 기존 상식의 잘못을 정정하거나 하는 것에 적잖은 의의와 기쁨을 느끼고 있었던 것이다. 그래서 그는 자각적으로 '훌륭한 진짜 범례' '기분 좋음과 함께 권위가 깃든 것 같은 범례'를 사용하려 한다. '기분 좋음'이 깃든 '범례'란 그가 싫어하는 중세의 문체가 아니라 고전 고대 문체와 견줄 수 있을 만한 매력적인 문체에 의해 표현된 범례라는 의미일 것이다. 그리고 '권위'가 깃든 '범례'란 수 세기 동안 왜곡되고 미화되어 전해져 온 범례가 아니라, 직접 고전작가의 증언을 근거로 하는 진정한 범례라는 의미일 것이다.

그러나 페트라르카가 범례를 애호하는 최대의 이유는 그것의 윤리적·교육적 효과에 있었다. 여기에 번역하는 편지에도 그것이 엿보인다.

이 편지를 쓴 연도는 명확하지는 않지만 아마도 1342년경 일 것이다. 이것이 전달된 풀라·조반니·콜론나는 도미니코 수도회의 수사이다. 콜론나 가문과 연결되는 인물로서 1298년경 로마에서 태어났다. 샤르트르와 파리에서 공부하고 오랫동안 프랑스에 살았다. 후에 로마로 돌아가서 1343년에 타계한다. 페트라르카와 알게 된 것은 아비뇽일 것이다. 그는 로마의 역사나 유적에 관해서도 잘 알고 있었고 시인이 로마 체재 중에 고대의 유적을 찾아다녔을 때는 그 안내역을 했다.(『친근서간집』 제6권 2)

또한, 편지 중에 인용되고 있는 아우구스티누스의 글은 '두명의 관리'의 회심에 대해 폰티키아누스가 말한 것을 언급한 것이 아니라 빅토리누스의 회심에 대해 심플리키아누스가 말한 것을 언급한 것이다. 즉, 페트라르카의 '기억의 착각'이다.

그러나 이 두 개의 회심의 이야기는 모두 『고백록』 제8권에서 볼 수 있다.

시간의 귀중함에 대해서

프란체스코 넬리에게

  지금까지 나에게 시간이 이렇게 귀중했던 적은 없
습니다. 분명히 시간은 항상 불확실한 것이라고는
하지만 지금까지는 적어도, 시간에 대해 더 많은 희
망을 품고 있었습니다. 그런데 지금은 시간도 희망
도 그리고 모든 것이 점점 말라붙어 가고 있습니다.
  하지만 사물에 가치를 부여하는 것은 희소성(稀少
性)입니다. 대지가 곳곳에 진주를 낳는다면 진주도
돌처럼 짓밟힐 것입니다. 불사조가 비둘기 수만큼
많다면 이 비할 데 없는 새의 명성도 사라질 것입니
다. 향유나무가 넓게 산을 덮고 있다면 향유도 흔한
액체가 될 것입니다. 요컨대, 어떤 일이든 수와 양이
증대하면 그만큼 가치는 감소합니다. 그런데 반대
로, 극히 흔한 것도 모자라면 귀중한 것이 될 것입니
다. 그러므로 건조한 땅 리비아의 사막에서는 로마

의 장군[소(小)카토]가 손에 넣은 얼마 안 되는 물도 선망의 대상이 되었습니다.(루카누스 『파르살리아』 제9권 504~505) 한니발군의 포위 아래에 있던 카시리눔의 마을에서는 더러운 동물인 쥐도 귀중했습니다.(리비우스 『로마사』 제23권 19장) 그리고 이것은 무엇보다도 싫은 일이지만 진정한 위인이 없는 탓에 종종 나약한 인간들이 대접받았습니다. 그 사례를 드는 것은 보류하겠습니다. 나의 펜이 불명예스러운 이름을 싫어하기 때문입니다. 그런데 왜 사례가 필요할까요? 거리도 광장도 그런 추악하고 괴상한 인간으로 넘쳐납니다. 오늘날 이만큼 보급된 악성유행병은 따로 없습니다.

자랑은 아니지만, 나는 결코 현시대인들처럼 시간을 허비해본 적이 없습니다. 그러나, 결코 충분히 존중하지도 않았습니다. 나는 단 하루도 허비한 적이 없다고 말하고 싶은 참이지만 사실은 많은 날을 허비했습니다. 아니, 안타깝게도 몇년이나. 적어도, 이렇게는 말해도 되겠죠. 내가 기억하는 한, 그것을 의식하지 않고 허비한 날은 하루도 없다라고. 아마도 시간은, 나에게서 도망쳐간 것이 아니라 **빼앗긴** 것입니다.

이렇게 나는 용무에 매여 쾌락의 유혹에 사로잡히면서 항상 이렇게 말했었습니다 – 아아, 오늘이라는 날도 **빼앗겨서** 더 이상 돌아오지 않는다.

지금은 나도 압니다만, 이러한 일들이 나에게 생긴 것도 시간이란 것에 아직 정말 가치를 부여하지 않았기 때문입니다. 세네카가 친구 루킬리우스에게 보낸 편지에서 말하고 있는 것 같은 가치를 말입니다.(『루킬리우스에게 보낸 서간집』 1.2) 즉, 나는 시간의 귀중함을 알고는 있었지만, 헤아릴 수 없을 만큼 귀중한 것인 줄은 몰랐습니다. 오오 젊은이들이여, 인생을 아직 다 손아귀에 넣고 있는 젊은이들이여, 들어 보시게. 시간은 헤아릴 수 없을 정도로 귀중합니다. 그 때의 나는 그것을 몰랐지만, 혹시 알았다면 정말 좋았고 유익했을 것입니다. 나는 시간이란 것을 올바르게 평가하지는 않았습니다. 오히려 친구들을 위해 헌신했고, 혹은 신체적 피로나 정신적인 피로나 씀씀이를 생각하고 있었습니다. 그리고 시간은 두 번째였습니다.

지금에 와서 생각하면, 시간이야말로 모든 것에 우선시해야만 했던 것입니다. 참으로, 피로는 휴식이 완화되고 잃어버린 금전도 돌아오지만, 시간은 일단 달아나 떠나면 돌아올 수 없습니다. 그것은 확실히 돌이킬 수 없는 손실입니다. 그럼 나는 어떻게 말해야 할까요?

나는 이제야 시간이란 것을 알기 시작했습니다. 이것은 주님에 의한 변화입니다. 아니, 그랬으면 좋겠는데 그렇게 단언하는 것은 망설여집니다. 어쨌든, 나는 시간이란 것을 알기 시작하고 있습니다. 시간 자체가 나를 버리기 시작했기 때문이 아닐 수 없습니다. 그리고 시간이 완전히 나를 버렸을 때 한층 더 분명하게 시간을 알게 될 것입니다.

오, 우리는 비참하게도, 얼마나 좁은 시간 속에 갇혀 있는 것일까요! 단 하루도, 죽어가고 있는 인간은 얼마나 가치가 있을 수 있다고 생각하십니까?

분명히, 나는 이미 시간을 존중하기 시작하고 있습니다. 그러나 아직 당연히 그렇게 해야 하는 것은 아니고, 가능한 한에 있어서 입니다. 하지만, 어쨌든 내게는 보이기 시작했습니다. 믿기 힘들 정도의 '시간'의 도주, 그 엄청난 미끄러져 떨어짐 말입니다. 그것은 오직 열렬하게 굴하지 않고 덕성의 고삐를 죄는 것에 의해서만 막을 수 있습니다. 나는 자신이

버려져 가는 것을 알 수 있습니다. 나의 삶이 사라져 가는 것이 눈앞에 보입니다. 그리고 종종 저 베르길리우스의 시구를 읊조리는 것입니다.

나에게 있어서
이제 해는 짧아지고 더위도 누그러지고 있다.

(『농사시집』 제1권 312)

진실로, 내 인생도 대부분이 뒤로 지나가고 감정에 따라 일어나는 생각은 사그라져 갑니다. 이것은 나에게 있어 달아나는 시간의 손실을 보상하는 수확입니다.

이러한 이유로, 앞으로는 당연히, 나의 편지는 더욱 짧아질 것이고 문체는 더욱 간소하게 서술은 더욱 간결해질 것입니다. 그것은 우선 시간이 얼마 남지 않았기 때문이고, 더구나 마음이 지쳐있기 때문입니다.

오늘의 나는 헛된 철학담론을 하고 있다고 생각하지 마세요. 나는 마음 속 깊이 친구들의 신상을 걱정하고 있고, 당신의 마음도 살아가는 법도 알고 있습니다. 당신이 나에게 얼마나 우정을 품어주고 있는지도 알고 있습니다. 당신은 지금 고통스럽고, 고민이 되고, 놀라서 어떻게 할 바를 몰라하고, 상처를 받고 있습니다. 당신이 굳게 입을 다물고 있어도, 당신의 인간성 자체가 생생하게 말을 걸어오는 것입니다. 그리고 당신의 변함없는 우정이 나에 대해 묻고 있습니다. 나는 어디서 어떻게 지내고 있는지, 무슨 생각을 하고 있는지, 그리고 무엇을 위해 애쓰고 있는지를 말입니다.

그래서 간략하게 요약해서 말하는데, 여기에는 나의 긴 이야기가 숨겨져 있습니다.

나는 신체면에서는 건강합니다. 다만 상반된 여러 요소로 이루어진 불쌍한 몸뚱아리에서 보통 볼 수 있을 정도의 건강입니다. 물론 정신면에서도 건강해지려고 열심히 노력하고 있습니다. 꼭 그 성과를 얻고 싶지만, 어쨌든 의욕만은 칭찬해 주어도 좋을 것입니다.

당신도 잘 알다시피, 나는 주소를 바꿔 마음의 피로를 풀어주는 습관을 가지고 있습니다. 그래서 나는 이미 2년을 프랑스에서 보내고 모국으로 돌아가는 길을 가고 있었습니다. 그리고 밀라노까지 왔을 때의 일입니다. 이탈리아의 제후 중에서도 가장 위대한 인물이 정중히 만류해 주었습니다. 그것은 과분한 영광이지만 내가 기대하지 않았던 일이고 실제로 바라지도 않았습니다. 나는 사퇴의 구실로 자신의 일, 사람 쓰레기를 싫어하는 것, 조용하고 평온함을 바라는 자신의 성격에 대해 말하려고 했습니다. 그런데 그는 내가 말하고자 하는 바를 완전히 간파한 듯, 기선을 제압하고 이 인구 많고 촘촘한 대도시 속에서 무엇보다 고독과 평화를 보장한다는 약속을 해주었습니다. (그리고 그에 관한 한 오늘까지 약속은 지켜져 왔습니다.)

거기서 나는 양보했지만 이런 조건을 붙였습니다. 즉, 나의 생활에는 조금의 변경도 없다는 것과 주거는 약간의 변경에 그치며 그리고 나의 자유가 훼손되지 않고 평화로움을 보장할 수 있는 정도의 변경으로 하는 것. 이것이 얼마나 지속될 수 있는지는 모릅니다. 그러나 그의 일, 나의 일, 그와 나의 관심, 그리고 너무나 다른 사업에 매달려 있는 서로의 생활을 생각해 보면 오래가지 못할 것 같습니다.

그런데 내가 사는 곳은 도시의 서쪽 끝, 암브로시우스 교회 옆입니다. 여기서 살기는 매우 안락하며 교회 왼쪽에 위치하고 있습니다. 그리고 전면에는 교회의 납으로 덮인 둥근 지붕과 정면 입구의 한 쌍의 탑이 보입니다. 그러나 뒤로는 도시의 성벽이 보이고 초록색의 전원이 펼쳐지고, 그리고 멀리 알프스의 산맥이 여름도 마지막인 지금 이미 흰눈을 얹고 멀리 보입니다.

그러나 무엇보다 기쁜 광경이라고 말하고 싶은 것은 교회 제단입니다. 일찍이 세네카는 대 스키피오가 죽었던 땅을 찾아갔을 때 '그 위인의 분묘였던 것이 아닐까 생각한다'고 말하고 있습니다만 (『루킬리우스 앞의 서간집』 86.1), 저는 이 제단이 위대한 암브로시우스의 무덤이었다는 것을 알고 있습니다. 그리고 벽면 높은 곳에 특별히 사람의 눈을 끄는 것은 이 성자의 상입니다. 그것은 이 성자를 꼭 **빼닮았다**고 전해지고 있으며 마치 돌 속에서 살아 숨 쉬고 있는 것 같습니다. 나는 종종 이 상을 존경심을 담아 우러러보는데, 이것은 내가 이곳에 와서 살아가는 일의 적지 않은 대가입니다. 매우 위엄이 있는 용모, 기품 있는 이마, 이토록 맑은 눈의 표정. 도저히 말로 다 할 수 없습니다. 거기에 살아있는 암브로시우스를 인정할 수 있기에는 단지 목소리가 결여되어 있을 뿐입니다. 이것에 대해서는 그만 둡시다. 그러나 현

지에서의 체재 기간에 대해서는 확실한 것을 알게
되는 대로 바로 알려드리고자 합니다. 안녕히 계십
시오.

밀라노에서 8월 23일 새벽

(『친근서간집』 제16권 11)

<해설>

　북이탈리아에 간 페트라르카가 거주지로 선택한 곳은 밀라노였다. 그는 밀라노 영주 조반니·비스콘티 대주교의 간청을 받아 그 손님이 된 것이다. 당시의 밀라노는 상공업 도시로서 번영했고, 그 재력을 배경으로 영주 비스콘티가문은 눈부신 영토 확장을 계속하고 있었다. 당시 밀라노는 이탈리아에서 가장 강대한 국가였다고 할 수 있을 것이다. 그리고 인근 도시들은 밀라노의 위협을 강하게 느끼고 있었다. 그만큼 페트라르카의 밀라노 거주가 일으킨 반향은 의외로 컸다. 이제 시인의 행동은 본인의 생각과는 별개로 그 자체로 정치적 영향력을 갖고 있었다. 그만큼 시인의 이름과 문화적 권위는 무게를 더하고 있었다고 할 것이다.

　페트라르카의 밀라노 거주에 대한 부정적 반향은 밀라노의 위협을 느끼고 있는 여러 도시에서 강했다. 특히 피렌체 친구들의 놀라움은 컸다. 밀라노는 피렌체에게 있어서 오랜 숙적이었기 때문이다. 밀라노와 피렌체 사이에 벌어졌던, 팽창정책의 충돌로 인한 전쟁은 불과 두 달 전의 화해로 막 종식된 참이었다.

피렌체의 친구들은 시인에 대해, 혹은 당혹감을 감추지 못하거나 혹은 비난의 목소리를 높였다. 그중에서도 가장 친한 친구 보카치오는 곧바로 시인에게 서간을 보내 엄하게 그 행동을 비판했다. 보카치오는 비스콘티 대주교를 잔인무도한 '폭군(暴君)'으로 몰아세우고 시인이 폭군의 벗이 된 것을 비난한다. 그리고 시인에게, 폭군의 속박을 벗어나 예전과 같은 자유로운 생활로 돌아갈 것을 요청한다.

페트라르카는 보카치오의 비판에 직접 대답하려 하지 않았고 결과적으로 이를 무시했다. 그러나 같이 사귀는 친구 프란체스코 넬리에게는 회신을 하였기 때문에 이 회신을 가지고 피렌체의 친구들 전체에 대한 답을 한 것처럼 보인다. 여기에 번역하는 서간 「시간의 귀중함에 대하여」가 그것이다. 넬리는 페트라르카보다 몇 살 위의 성직자였다. 그는 1350년 피렌체에서 알게 되었고, 시인이 편지 왕래를 하는 중요한 사람들 중 한 명이었다. 1363년에 사망하였고, 시인의 『노년서간집』은 그에게 바쳐져 있다.

넬리에게 보내는 답장에서 페트라르카는 자신에게 친근한 '시간(時間)'이라는 주제에 대해 많이 언급하고, 이 주제와 맞물려 앞으로는 자신의 편지도 짧아질 것이라고 한다. 이런 식으로 시인은 간략하게 변명을 하며 친구들과의 논쟁을 피하려 하고 있다.

그러나 이 서간에서 페트라르카가 '시간의 귀중함'이나 '시간의 존중'에 대해 하는 말을 단순한 수사(修辭)로 볼 수는 없다. 그의 이탈리아 귀국의 주요 동기는 열렬히 사랑하는 조국에서 안주할 땅을 찾아내고 그곳을 자신이 앞장서서 주장하는 문학운동의 더 좋은 근거지로 만드는 것이었다. 그의 귀국 결의는 종전보다 더욱 문학 연구에 전념하려는 각오의 하나였다. 시간의 존중, 그것은 페트라르카에게 있어서 오직 자기 영혼의 구원과 문학 연구를 위해 시간을 쓰는 것과 다름없었다. 게다가 영혼의 구원을 위한 노력과 문학 연구란 그에 있어서는 나누기 어려운 한 몸을 이루고 있었던 것이다.

페트라르카가 몇 년 후에 같은 밀라노에서 넬리 앞으로 보낸 한 서간은 그가 얼마나 연구·저작활동에 전념하려 했는지를 말해준다. 그는 시간 절약을 원칙으로 하여 6시간을 잠자는 시간에, 2시간을 필요한 허드렛일에 쓰고 나머지는 모두 자기 자신을 위해 쓰려고 한다. 머리를 빗질하거나 면도를 할 때

도, 읽거나 쓰거나 하고 혹은 낭독을 시키거나 말로
전하거나 가르치거나 한다. 식사중이나 말을 타고
가는 중에도 시를 짓는다.

(『친근서간집』 제21권 12)

종교문학과 세속문학의 융합에 대해

프란체스코 넬리에게

편지 중 하나에서 알게 되었는데, 당신은 내가 세속문학에 종교문학을 혼합하고 있는 것이 마음에 드는데, 이것은 예로니무스에게도 마음에 들 것이라고 합니다. 거기에는 다양성의 매력이 있고, 아름다운 조화, 강력한 결합을 볼 수 있다고 주장합니다. 나는 어떻게 답을 해야 할까요? 다른 일에 대해서라면, 당신의 생각대로 판단해주세요. 분명히 당신은 쉽게 속지도 않고 속일 사람도 아닙니다. 그러나 사람이 사랑을 품고 있을 때는 쉽게 속일 뿐만 아니라 즐겨 속는 법입니다.

거기서 이 문제는 내버려두고 나 자신의 일, 새로운 사랑을 이야기합시다. 새롭다고는 해도 이 사랑은 이미 단단히 뿌리내렸고, 나의 문체도 마음도 종교문학으로 몰고 갑니다. 교만하게도 이를 비웃고 싶은 자는 비웃는 것이 좋을 것입니다. 그런 사람에게는 성경의 꾸밈없는 표현이 야비한 것이라고 생각되는 것입니다. 그것은 마치 정결한 주부의 간소한 옷차림이 허식에 익숙한 창녀의 눈에는 불쾌한 것과 같습니다. 나는 청년기를 이 시기에 어울리는 연구에 바쳐왔지만, 보다 나은 관심사에 중장년기를 바친다 하더라도, 생각건대 시신(詩神) 뮤즈도 이를 허락해 줄 뿐 아니라 칭찬해 주고 지혜의 신 아폴론도 동참을 아끼지 않을 것입니다.

그동안 나는 헛된 명성을 구하고 사람들의 공허한 칭찬을 바라며 잠자리에서 일어나는 것을 일삼았습니다. 그러나 앞으로는, 창조주에 대한 찬송을 위해 심야에 일어나 주님을 위해 나의 휴식시간과 잠을 깨는 한이 있더라도 조금도 부끄러워하지 않을 것입니다. 참으로 주님은 졸지도 잠도 자지 않고 이스라엘을 지키셨고, 그러고도 모든 사람을 지키는 것만으로는 만족하시지 않으시고, 이 사람도 지켜 주시고 나의 일에도 관심을 가져 주시는 것입니다.

내가 자신 안에 이처럼 뚜렷하게 느끼고 있는 이 일을 감사할 줄 모르는 자 외에는 각자 자기 안에 느끼고 있습니다. 참으로 주님께서는 모든 사람들을 잊은 것처럼 개개인을 구원하지 않으실 것이며, 개개인을 버려두고 돌아보지 않는 것처럼 모든 사람들을 인도해 주십니다.

요컨대, 나는 이것이 주님의 뜻이라면 이보다 좋은 연구와 관심 속에 숨을 거두고 싶다고 굳게 마음먹고 있습니다.

끊임없이 주님을 사랑하여 주님을 생각하고 주님을 찬양하며 세상을 떠난다면 어떨까요? 나는 이렇게 좋은 순간에, 그리고 행동에서는 이렇게 안전하게 세상을 떠날 수 있을까요?

주님의 변함없는 사랑 없이는 나는 아무것도 아닐 것입니다. 혹은, 아무것도 아닌 것에도 못 미치지만, 나는 불행할 것입니다. 나에 대한 주님의 사랑이 끝난다면 나의 불행은 끝나지 않을 것입니다.

사실, 나는 키케로를 사랑했습니다. 베르길리우스도 사랑했습니다. 그들의 문체와 타고난 재능이 그 무엇보다 마음에 들었던 것입니다. 수많은 뛰어난 인물 중에는 그밖에도 내가 사랑했던 사람들이 많이 있었습니다. 하지만 이 두 위인에 대한 사랑은 각별했고, 나에게 있어 키케로는 말하자면 아버지이며 베르길리우스는 형이었습니다.

양자에게 이 정도의 사랑을 가지게 된 것도 오랜 기간의 연구로 양자의 재능에 대해 길러진 심취와 친근감이 살아있는 이들에게조차 품기 어려울 정도였기 때문입니다. 그리스인 중에선 플라톤과 호메로스를 똑같이 사랑했습니다. 그들의 타고난 재능을 우리 라틴 작가들의 그것과 비교할 때, 나는 종종 판정하기가 곤란하였던 것입니다.

그러나 이제 나는 더 중대한 것을 문제로 삼고 있으며 웅변보다는 영혼의 구원에 더 관심이 있습니다. 예전에는 좋아하는 것을 읽었지만 지금은 이로운 것을 읽습니다. 이것이 이제 내가 의도하는 바입니다. 아니, 이미 진작부터 그랬습니다. 사실 나는 그것을 지금 시작한 것은 아닙니다. 하지만 또, 너무 일찍 시작한 것도 아니라는 것은 나의 흰 머리가 그 증거입니다.

이제 나의 스승으로 하고 싶은 변론가는 암브로시우스, 아우구스티누스, 예로니무스, 그레고리우스이며 철학자는 바오로 시인은 다윗입니다. 아시다시피, 이 다윗을 나는 몇 년 전에 『목가시집(牧歌詩集)』 제1 목가시에서 호메로스나 베르길리우스와 비교했는데 그곳에는 우열이 확실하지 않습니다.

그러나 지금은 뿌리깊은 습관의 오래된 힘이 아직도 거스르고 있다고는 하지만 이제는 의심할 여지가 없습니다. 이미 경험이 승리를 거뒀고, 게다가 내 눈은 찬란한 진리의 빛으로 가득 차 있어 더 이상 이 문제에 의문을 일으키는 것은 허용되지 않습니다.

그러나 나는 종교작가를 한층 더 좋아한다고 해서 세속작가를 버리는 것은 아닙니다. 예로니무스는 그렇게 했다고 써있지만, 단지 쓰고 있다는 것뿐, 이후 문체에 의해 실제로 증명되지는 않은 것 같습니다. 나는 종교작가와 세속작가를 동시에 사랑할 수 있는 것처럼 여겨집니다. 단, 표현에 관해서는 어느 쪽에 묻고 내용에 대해서는 어느 쪽에 물어봐야 할지를 알고 있습니다. 실제로 훌륭한 가장(家長)처럼 굴면 왜 안 될까요? 즉, 가구 중 일부는 생활필수품에 일부는 장식에 쓰고, 하인 일부는 아이를 보호하는 일을 맡기고 일부는 아이의 놀이 상대가 되게 하는 것입니다. 게다가 금과 은을 동시에 풍부하게 쌓지만 양쪽 모두의 가치를 알고 있어 혼동하는 일이 없습니다. 더구나 저 고대 작가들은 나에 대해 오직 그들을 잊지 않는 것만을 요구하여 나의 젊은 날 연구 성과에 만족하고 있습니다. 그리고 이제 내가 남은 시간을 모두 더 나은 연구에 몰두하도록 허락해 주는 것입니다.

나는 이미 스스로 이러한 결론에 도달해 있었지만, 이제 당신이 추천하고 찬양해 주기 때문에 한층 더 자신 있게 실행할 수 있습니다. 표현에 관해서는 필요하다면 키케로나 베르길리우스를 이용할 것이고 뭔가 라틴 작가에서는 찾을 수 없는 것이 있으면 그리스 작가로부터 빌려와서 사용하는 것도 부끄럽지 않을 것입니다. 그러나 삶에 관해서는 – 물론 그들의 저술에도 유익한 것들이 많이 발견되기는 하지만 – 종교작가 쪽을 조언자나 선생님으로 이용할 것입니다. 그들의 신앙이나 가르침에는 오류의 우려가 없습니다.

종교 작가 중에서 정당하게도 가장 높은 곳을 차지하는 것은 개인적인 의견으로는 항상 다윗입니다. 그 단순함으로 지극히 아름답고, 그 순수함으로 지극히 조예가 깊습니다. 나는 다윗의 『시편(詩篇)』을 깨어있을 때에는 항상 눈 밑에 펼쳐놓고, 잠자리에 들 때도, 죽을 때에도 베갯머리에 두고 싶은 것입니다. 이것은 나에게 있어 바로 철학의 제일인자 플라톤의 임종 머리맡에 있었다고 하는 소프론의 희극

작품 못지않은 명예일 것입니다. 건강을 즐기시고,
나를 기억해주십시오. 안녕히.

9월 18일 밀라노에서

(『친근서간집』 제22권 10)

같은 시기에 쓰여진 서간 「종교문학과 세속문학의 융합에 대하여」〈서간문 12〉는 그러한 페트라르카의 문학연구에 생긴 하나의 변화를 전하고 있어 주목할 만하다. 즉, 고전문학에서 종교문학으로 시인의 관심은 그 중심을 옮기는 것이다. 그러나 이 변화를 너무 강조하는 것은 위험할 것이다. 왜냐하면 이 서간에서도 세속문학과 종교문학의 융합, 고전문화와 그리스도교의 통일이라는 입장은 역시 굳게 지켜지고 있기 때문이다. 그리고 이 기본적 입장은 30대 초반의 페트라르카에서 이미 확립되어 있었던 것이다.

페트라르카의 밀라노 거주는 8년간에 이르렀다. 그의 방랑 생애에 있어서는 극히 오랜 기간의 체류라고 할 수 있다. 그에게 밀라노가 살기가 좋았다는 얘기일 것이다. 그의 문학 활동 면에서도 밀라노에서 보클뤼즈 못지않은 많은 작품을 저술했다. 그렇다고 그가 문학연구에만 전념할 수 있었던 것은 아니다. 밀라노 영주로부터 청을 받으면 거절하지 못하고, 종종 외교사절의 임무를 맡기도 하고 정치적 편지를 쓰기도 하며 정치에도 관여하지 않을 수 없었다. 그것은 그에게는 시간낭비로 여겨졌다. 사실, 그는 정치를 위해 써서 없애버린 세월을 '잃어버린 날들'이라고 한탄하고 있다.

(『노년서간집』 제17권 2)

3

조국과 정치 관련 서간문들

에네아·다·시에나에게

파르나소스의 높은 곳으로 시를 읊으며 올라가는 에네아를 찾아,

나의 글이여, 꼭 내 인사를 전해주길 바란다.

그리고 비탄으로 가득 찬 이 노래를 읽어주길 바란다.

그 사람은 내 말에도 기분 좋게 경청의 귀를 기울여줄거야.

아아, 비정하게도 운명의 여신이 삶에 자아낸 실(糸)의 길이여!

어떠한 별이 정해 놓은 까닭에 이렇게 내 생명 모두가

걸린 불행을 눈 앞에 두고 봐야 하는 건가!

이 샘에서 이 정도의 눈물을 퍼올리면 된다는 말

인가.

누가 내 한숨에 어울리는 가락을 노래할 수 있으랴.

누가 무참한 조국의 황폐함에 걸맞는 탄식을 연주할 수 있으랴.

오, 내 몸은 모두 사람 목소리로 변해 울리고, 혀는 강철이 되어 계속 말하라!

나의 비통한 탄식소리는 널리 세계에 스며라!

하지만 목소리마저도 내 마음을 버려서 입을 다물고, 나는 말하려 해도 그 방법이 없네.

오오 숙명인가. 우리들은 굴욕의 지배에 신음하고, 그 옛날 무적의 우리에게 박살난 그 칼에 의해.

이제 닥치는 대로 오장육장부까지 베이다니!

운명의 여신이여, 부끄러움을 알라.

세계의 왕이 되는 나라를 악의적으로 노예와 같은 굴레로 묶어,

과거 여러 차례 우리에게 패해 뒷짐이 묶인 그 이민족의 손으로 강대한 로마의 국토를 습격하다니!

카르타고의 무장들도 눈물을 흘려야 한다. 냉혹한 한니발도 우는 것이 좋을 것이다.

갈리아인에게 이탈리아가 신하로 조공하는 것을 바라보면

야만족이라는 야만족의 눈도 모조리 눈물에 젖
게 해야!

일찍이 과감하게도 카이사르가 날뛰는 갈리아인
을 격멸해,

그 용감한 무력으로 흉포한 야만도 쳐부수었을 때,

누차 적들의 피가 강물에 흘러 그 양이 더해지고,

감청색의 물조차 붉게 물들었다던가.

그러나 강물도 들도 숲도 옛날의 우리에겐 아직
부족해,

큰 바다도 다시 여러가지 무용담을 전한다.

과연 우리가 대지를 끝까지 달려나가서.

게다가 바다에도 올라 나서면,

로마의 노가 휘젓고 있는 바다도, 심히 떨면서 소
동을 일으키는

저들 붉은 털 브리타니아인의 무덤이 된다.

적지의 기슭에서 기슭으로 배치된 높은 탑,

패배한 백성을 위압하는 성루나 마을들,

그것들 이탈리아의 힘의 결실, 우리 카이사르의
위업 기념비,

이들 로마제국의 불멸의 영광에 대해서는 말할

것도 없고.

용장 트루콰투스는 건드리지 말자. 집안의 찬미가 되어서는 유감이다.

그의 승리의 영광도 일부는 조상들의 더럽혀진 명성을 보상하는 데 쓰는 것이 좋다.

거듭 잠자코 있는 것이 좋을거야. 용장 카미루스의 일,

그리고 또 검은 새의 도움을 받은 그 무사의 일도,

그리고는 마르케루스여, 적장을 토벌하고 그 무기를 빼앗아 개선하여

전리품으로서 사상 세번째로 유피테르 신전에 드린 용자여, 그대의 일도 잠자코 있자.

알피노 태생의 야인 마리우스, 가래로 언덕을 갈구는 데 뛰어나고

소박한 써레로 흙을 일구는데 능란한 그 마리우스가,

거친 손으로 대검을 잡자, 어떤 살육을 연출한 것인가!

이것이 말해주듯이 이탈리아는, 평범한 시골사람조차 무용에 있어서

모든 이방인의 지체 높은 사람보다도 더 나은 것이다.

하지만 이제, 아아, 모든 것이 뒤바뀌려고 한다.

마치 아프리카 땅에서 불어오는 사막 열풍에

아름다운 햇살은 장님같은 밤의 어두움에 가려져, 뱃사람에게 익숙한 곰자리도

별이 반짝이는 하늘도 그 빛을 잃어간다.

오오 치욕! 치욕보다 더한 치욕의 끝이여! 이제는 노예가 주인을 등지고,

자유의 몸이 된다면 그 주인의 피로 물드는 것이다.

이제는 사방이 모조리 증오의 바다이다. 사실 좋은 채찍질을 당한 후에는 분노의 불길이 더욱 더 타오른다.

탈옥수들이 간수에게 호의적인 시선을 돌린 적이 언제 있었는가.

귀찮은 가래로부터 몰래 벗어난 황소는,

눈매도 날카롭게 농부 쪽을 노려보며,

뿔로 서있는 나무를 부딪치며 대기를 진동시켜 울부짖는다.

설령 푸르른 아틀라스의 산 덩어리가 리비아의 사막을 향해 움직이고.

에블로의 물결이 카프카스의 산꼭대기를 장식하더라도,

또 온유한 비둘기가 독수리도 꺾는 맹금으로 변하고

까마귀의 날개가 백조보다 순백으로 빛날지라도,

노예 악당이 자꾸 단단한 사슬을 생각하고 채찍을 떠올려 매를 맞을 때

공포에 의기소침하지 않는 한

타박상뿐인 그 어깨와 결박으로 쇠약해진 그 팔을

주인을 향해 거만하게 치켜들지 않는 법이 어디 있으랴.

당연한 존경심을 주인에게 품어 잔인과 난폭을 단념하는 일은 더구나 없을 것이다.

너무나도 풍족한 순탄함은,

행복의 시간이 한번 지나가면 오히려 종종 해(害)가 된다.

실로 행운은 떠나가도, 질투는 끝나지 않아 보잘 것 없는 몸을 괴롭히고,

지난 행운의 남은 파편을 여전히 짓밟아 마지않고,

잃어버린 행복은 쓸쓸한 추억의 샘으로 변한다.

우리도 또한 고대 영광스런 왕관의 상실을 뼈저

리게 느낀다.

실로 사방에서 이민족은 일제히 일어나 복수를
바란다.

운명이여, 이것을 저지하라.

올림포스의 고귀한 유피테르여, 우리를 지켜라.

그렇지 않으면, 그의 복수는 성취될 것이다.

왜 우리는 비참하게도 예전의 패자에게 비웃음
을 받아,

세계의 익살꾼이 되려고 서두르는 건가.

한때는 자유와 승리로 장식된 모국의 땅에 잠
들 수 있었던 행복한 백성!

지금, 우리를 기다리는 것은 초라한 무덤.

곧 의기양양한 야만족들의 발에 짓밟힌다.

일찍이 이탈리아의 도시 도시에 휘몰아쳤던

부당한 지배욕, 재앙의 내전.

그것은 무엇 때문이었을까.

이미 파국 사태를 맞아 어떤 융화가 있을 수
있다는 것인가.

굳게 맹세한 조약은 사사건건 야망의 충돌에 갈
라져 생활의 평안은 어지럽혀진다.

그렇게, 바다로 가는 배가 불행하게도 거센 폭풍

에 휩쓸리면.

타는 있는사람들은 때때로 이상한 광기에 빠져서,

동쪽으로, 서쪽으로 하면서 제각기 키를 빼앗으면,

배는 진로도 정해지지 못하고 무서운 암초에 부딪친다.

몰아치는 회오리바람이 바로 우리에게 다가오고, 걸리는 암초를 우리는 두려워한다.

참으로 우리의 불화와 다툼은 외적을 용감하게 만든 것이다.

지금은 위험의 한가운데서 방향타는 이미 잃어버리고,

선박은 부서져 침수를 막을 방법도 없다.

우리들은 역풍에 이끌려 이제 난파선은 파도에 정처없이 얻어맞는다.

오른쪽 왼쪽으로 흔들림에 그치지 않고, 벌써 선체는

급박하게 재앙으로 침수되고 있다.

이미 재앙의 역병은 이탈리아의 절반을 침범하고,

머지않아 내장 구석구석까지 가겠지.

거기에다 치명적인 독소에 티레니아와 아드리아해를 곧 오염시켜

전대미문의 어둠에 의해 급속히 아름다운 태양
을 따라잡는다.

이미 알프스의 높은 곳보다 위협적인 왕은
탐욕스럽게도 멀리 기름진 땅을 살펴본다. 거기
에 퍼지는 것은
일찍이 강대함을 칭송받았던 아름다운 나라
이탈리아의 풍부한 대지.
거기에 보는 마을과 마을 들은 우아하게 왕국의
위용을 갖추고,
그 이름도 기억할 수 없을 정도로 많다.
웅장하고 훌륭한 유명한 성(城)의 엄청난 것들,
하늘의 별, 바다의 고운 모래를 숨겨 놓다.
형형색색의 대리석으로 장식된 궁전에 왕은
감탄하고,
견고한 원기둥에 떠받쳐져 구름을 치솟는 성벽을
살펴본다.
게다가 왕을 놀래키는, 광산에 빛나는 다양한 금속.
세 개의 해안을 따라 개간된 수많은 항만
곡물 밭의 열매. 바람 부는 절벽 위에 놓인 포도원.
송이도 덩굴의 무게에 고개를 갸우뚱거리는 나

무들.

더욱 더 바라본다. 목장을 떠도는 소떼, 양 떼들.

맑은 하늘을 비상하는 새의 그림자. 아름다운 산골.

넘치게 물을 머금은 고요한 호수. 감미로운 약수.

깊은 골짜기를 달려 내려가는 맑은 물.

만나는 숲마다 달콤한 열매를 따면,

이름 모를 깨끗한 나뭇잎 향내에 왕은 놀란다.

그러나 풍요로운 우리나라에게 무엇보다도 왕의 감탄을 자아내는 것은,

국민의 글이 **빼**어나고 미풍양속이 가득차고 경건한 일.

그래서 거기서는 비열한 폭군의 압정은 당장 분노를 부른다.

이러한 모국의 모습, 그 아름다움에 매료된 왕은

탐욕적인 그 가슴에 점점 갈망의 불꽃을 태워서 불러일으킨다.

하지만 성자들의 유해나 우리 조상들의 분묘에도,

순교자들의 무고한 피에 씻긴 성지에도,

왕은 아무런 관심도 없다.

참으로 지상의 왕국은 천상의 나라보다 나은 것으로 보고,

탐욕스런 늑대처럼 이제 평화를 구실로 영토 확
장에 착수하는 것이다.

참으로 사이프러스나무4)도, 세상의 풍속도 작은
뿌리로부터 태어나 높게 자란다.

게다가 재난이 여기서 그칠 것이라고는 생각하지
말라.

실로 불길한 폭력은, 지금 루카 성(城)을 침범해
약탈하여,

한층 더 야망을 강렬하게 하고 있다.

아아 어리석은 푸념은 그만두자. 아마도 아직 한
가지 구원의 길은 열려 있다.

이미 너무 늦더라도 고대의 삶을 되찾는 것!

확실히 우리 가슴에 하나의 희망이 살고 있는 것
이다.

왕의 갑작스런 침략에 우리가 후회의 한숨을 쉴
때, 무도한 싸움도 아마 그치겠지.

참으로 전세계를 두려워하게 했던 이탈리아의 백

---

4) Cypress 나무. 측백나무과의 상록 침엽수로 높이는 40~45m 정
도까지 크게 자라는 교목. 십자가를 만들던 나무로 알려져 있으
며, 그리스와 로마에서는 주로 묘지에 심었다.

성, 그 조상들의 범례가 풍부한 후예는 아직도 그 검과 창을 유지하고 있는 것이다.

저 연약한 그리스조차 크세르크세스나 다리우스의 대군에게 굴복하지 않았다. 그 여왕 토미리스도 아들을 페르시아왕에게 살해당한 슬픔에 굴하지 않고, 가냘픈 여성의 몸으로 용감히 적을 공격하고 그 목을 베어서,

남자보다 뛰어난 위업을 이룩한 것이다. 우리들의 용맹, 씩씩한 열정. 도대체 어디에 있고 무엇을 목표로 할 것인가.

자, 우리들의 손에 무기를 들고 벌판으로 말을 몰자.

창을 하늘로 내뻗자. 군선을 타고 바다로 나아가자.

그 왕은 자기의 혈통도 잊은 듯 전세계에 단지 한 명,

축복받는 왕으로서 통치자라 호언장담하지만,

거기 이탈리아에서는 천만의 왕을 발견할거야.

(참으로 아름다운 덕성이야말로 불멸의 왕관을 가져오는 것이기 때문이다.)

그리고 용감한 피로스 왕에게 그 사신 키네아스가 한 보고는

신용을 받지 못했다고 해도 거짓은 아니었음을
알 수 있을 것이다.

발톱과 이빨로 살상하는 사자를 도발하기보다
는, 그 조상을 본받아 숲에서

사슴이 도망치는 것을 사냥하고 싸움을 거는 것이,
얼마나 현명했던지 깨닫게 하자!

우리들의 오랜 게으름을 정신차려 잘 보고 몰
래 그물을 정돈하여.

잠들어 있을 때 일망타진을 꾀해도 실수하겠지.
새로운 상처와 고통의 생각에 우리도 눈을 뜨고,
마침내 지금 평소의 나태를 몰아내버린 것이다.

우리의 잘못된 생각은 이제 충분하다. 더 즐거
운 시절이여 오라.

운명의 여신의 태만함도 마침내 용서할 수 있
는 시대여 오라.

그래서 로마의 백성들이 다시 개가를 부르며 라
인강을 건너,

세느강의 물결이 적시는 물가도 가론의 강물이
씻는 곳도

이탈리아의 군대에 의해 다져지는 것을 볼 수 있

을 것이다.

그 때는 나도 늙어 떨리는 생명의 끈을 여전히 언제까지나 길게 하고 싶다. 그러나 또 사랑에는 따라 다니는 걱정, 두려운 마음도 나를 괴롭힌다.

그리고 멀리 론강물이 흐르는 근처에서 나는 혼자
아득히 먼 모국의 운명을 지켜보며 창백해진다.
마치 파도에 내던져진 사랑스런 어머니를
해변에 서서 슬프게 바라보듯이.

이처럼 희망과 걱정, 두려움이 뒤섞여 번갈아 가며 기쁨과 슬픔을 서로 권유한다. 그래서 이 글도 뒤섞인 말에 의해 맺어지는 것이 좋다.

나는 기뻐해야 할지 슬퍼해야 할지, 희망과 걱정, 두려움 중 어느 쪽을 안아야 할지 모른다.

이렇게 여러 가지 예감에 내 가슴은 겁이 나서 어지럽다.

안녕히. 뭔가 운명의 조짐이 보이면 알려주길 바라.

의심 많은 이 친구에게는 기쁜 위로의 소식이 될 것이네.

(『운문서간집』 제1권 3)

〈해설〉

　페트라르카는 이미 소년기부터 키케로와 베르길리우스를 비롯한 라틴 고전 작가들에게 경도되어 있었다. 청소년기를 통해 그는 주로 라틴 고전작가로 부터 교양이나 사상을 배웠고 자기형성을 해나간다. 그것과 동시에 라틴 고전 문학을 탄생시킨 고대 로마 세계 그 자체에도 점차 강한 관심을 가져 매료되어 간다. 게다가 그의 로마 심취는 로마의 정통 후계자이어야 할 조국 이탈리아에 대한 사랑을 키웠고, 이탈리아 민족의식을 북돋우지 않을 수 없었다.

　여기서, 페트라르카가 아비뇽에서 망명의 신세였던 것도 간과할 수 없다.

　사실 그는 원래 로마에 소재해야 할 교황청이 아비뇽에 있어 프랑스왕과 프랑스인 추기경들의 지배 아래 있는 현실을 눈 가까이에서 볼 수밖에 없었고, 또 이 현실과 모국 이탈리아의 현주소를 끊임없이 대조해 볼 수밖에 없었던 것이다. 게다가 그 이탈리아라는 것이 수많은 여러 국가로 분열되어 내전에 시달리며 여러 나라의 침략과 지배의 야망에 놓여 있었다.

그러한 조국의 현주소는 나아가 이상화된 고대 로마의 위대함과 영광과의 대비에서 바라보이고, 그 참상이 더욱 부각될 수밖에 없었다.

이렇게 해서 페트라르카의 고전 문학열은 고대 로마 심취, 조국애, 민족의식, 반 '야만(野蠻)' 감정 같은 것과 분리되지 않고 결부되어 있었던 것이다. 그에게 있어 고대 문화(재생)운동은 실은 고대 로마 재생, 이탈리아 재생 운동과 일체의 것이 아닐 수 없었다.

이와 같이, 이탈리아에서 발상한 르네상스 운동은 그 시작에 있어서는 이탈리아 민족의식의 고양과 깊게 결합되어 있었다. 적어도 페트라르카에 있어서는 그랬다. 이것은 여기에 번역하는 운문서간에서도 분명히 읽을 수 있다.

그런데 1330년 독일 베멘 국왕, 룩셈부르크가(家)의 요한은 알프스를 넘어 남하한다. 이 사태에 직면해 페트라르카는 멀리 아비뇽에서 조국의 친구에게 운문서간을 보내어 우국의 정을 피력한다.

이 시는 왕의 루카 공략에도 언급하고 있으나 이는 1331년 중반의 일이므로 이 시의 작성도 아마 그 해 중의 일일 것이다. 즉 페트라르카가 이십칠세 때의 작품으로 그의 현존 작품 중에서는 가장 초기

의 것 중의 하나이다. 뿐만 아니라 그의 정치적 저서
로는 최초의 것이며 또 이탈리아 르네상스의 최초의
정치적 공약(매니페스토)이기도 할 것이다.

이 시에서는 이탈리아인이 내전에 종지부를 찍고
일치단결하는 것이 기대되고 동시에 다른 한편에서
는 이탈리아인이 고대 로마인의 삶의 방식을 되살려
조상들이 제시한 모범적 실례(범례)에 따라 행동하는
것이 열망된다. 요컨대, 이탈리아인의 일치단결과
고대 로마의 재생. 거기에서 시인은 조국 이탈리아
의 해방과 재생의 가능성을 찾아내 희망을 걸고 있
는 것이다. 게다가 시인이 그 부활을 열망하는 고대
로마란, 그 핵심에 있어서는 대(大)스키피오나 카이
사르와 같은 위인으로 구현되고 있던 강한 '로마적
덕성'이 아닐 수 없었다.

이 시에서는 신성 로마 황제나 교황에 관해서는
아무런 언급이 없다. 이탈리아의 구제를 둘러싸고
황제에게도 교황에게도 전연 기대를 하지 않고 있는
것이다. 이탈리아의 구원 가능성은 단지 이탈리아
의 내부적 단결과 고대 로마의 재생 안에서 바랄
수 있는 것이다.

이러한 발상은 이후의 저서에서도 기본적으로는

일관되게 변함이 없다. 다만 1333년경부터는 이탈리아의 재생이라는 근본적 바람을 놓고 종교적 동기도 나타난다.

사실, 1333년의 속어 시 중 하나에서는 교황의 로마 귀환이 큰 기대를 담아 불린다(『속어 단편 시모음: 칸초니에레』 소네트 27). 그리고 거의 2년 후인 1335년 시인은 당시의 교황 베네딕투스 12세에게 장문의 운문서간을 보내어 교황의 로마 귀환을 열렬히 호소한다(『운문 서간집』 제1권 2). 이어 다음 1336년에도 같은 교황에게 운문서간을 써서 재차 로마귀환을 재촉한다(『운문 서간집』 제1권 5). 게다가 이러한 열의와 노력은 이후 죽을 때까지 일관되게 변하지 않는다.

그러나 황제의 로마 귀환에 대해서는, 페트라르카는 지극히 냉담해, 오히려 그 필요성을 부정하고 있었다. 그가 황제의 역할에도 기대하게 되는 것은 1347년 그가 열광적으로 지지를 하였던 '콜라 혁명'이 좌절되고 심각한 실망을 겪으면서 부터이다. 사실 그가 처음으로 황제에게 로마 귀환을 호소하는 것은, 간신히 1351년이 되면서 부터이다. 이 해에 그는 룩셈부르크가(家) 요한의 아들, 황제 카를 4세에게 편지를 보내 이탈리아에 와서 평화를 가져오기를 권한다(『친근서간집』 제10권 1). 그리고 이후 자주 이 황제에게 편지를 쓰지만 그 대부분은 황제의 로마 귀환과 로마 제국 재흥의 노력을 촉구하는 것이다.

이와 같이 신성로마 황제가 할 수 있는 역할에 대해서 페트라르카의 평가나 기대에는 변화가 보인다. 그러나, 로마가 '세계의 수도'로서 교황청의 자리를 지녀야 한다는 소망이나 사상은 꽤 일찍부터 일관되게 표명된다. 다만 '세계의 수도'로써의 로마는 콜라 혁명의 좌절까지는 황제를 제외한 로마이며 이탈리아의 국민적 통일의 중심으로서 여겨진 이념적 로마이다.

여기에 번역하는 운문서간은 전술한 바와 같이, 페트라르카의 정치적 저서로서는 처녀작이다. 그러나 여기서는 그의 정치적 관심과 발상이, 말하자면 그 원형에 있어서 전형적 표현을 하고 있다. 페트라르카의 정치적관심의 중심에는 조국 이탈리아의 운명이 있었다. 조국 이탈리아의 구원, 타국의 지배로부터의 조국해방. 이것이 그에게 있어서 정치적 차원의 첫째 문제였다. 그리고 이 문제 해결을 위해서 이탈리아의 내부 단결과 재생이 요구된다. 더구나 이탈리아의 재생은 고대 로마의 재생과 일체시(-體

㊉되는 것이다. 또한, 서간이 전해진 에네아 다 시에나는 도미니코 수도회의 수사로 석학(碩學)의 신학자이다. 고결한 인물로 알려져있으며 시작(詩作)도 잘했다. 에네아 다 시에나는 시에나의 귀족 출신으로 시에나에서 1348년에 사망한다.

〈서간문 14〉

무명씨에게

　나는 파르나소스5)를 두 개 가지고 있습니다. 하나
는 이탈리아에 다른 하나는 프랑스에. 정처없는 방
랑의 시신(詩神)을 위한, 하여간 한 쌍의 거처입니다.
그러나 이탈리아의 헬리콘6)에서 나는 한층 더 행복
했습니다. 베르길리우스의 작품 속에서 저 불행한
애인이 말하듯이,

　　운명과 신이 허락해준 동안은

(『아이네이스』 제4권 651)

---

　5) 그리스 중부, 핀도스산맥에 있는 산. 남쪽 기슭에 델포이 신전의
　　유적이 있으며 그리스 신화의 아폴로와 뮤즈가 살았다고 전한다.
　　높이는 2,457미터.
　6) 그리스 중동부 보이오티아주(州) 남부에 있는 산. 아폴로 신과
　　뮤즈의 세 여신들이 살던 곳이라고 전하여짐. 산이름은 성산(聖
　　山)이란 뜻.

지금 디도우를 "불행한 애인"이라고 부른 것은 그녀가 정결하고 정조가 굳은 부인이 아니라 만약 정말 애인이었다면 하는 가정하에 하는 말입니다.

현재는 프랑스 땅이 나를 붙잡고 있습니다. 게다가 '서방 바빌론'과 난폭한 론 강의 흐름이 나를 어쩔 수 없게 합니다. 이 바빌론만큼 추악한 것은 세상에 없고, 그리고 론 강은 저 저승의 흐름, 끓어오르는 코퀴토스나 무서운 아켈론도 이랬구나 하는 생각을 하게 만들 정도입니다. 실제로 론의 강변에서 어부들의 상속인들이 살고 있지만, 예전에는 청빈한 무리들이었다고 하는데 지금은 완전히 그것을 망각하고 있는 것입니다.

그 어부들을 생각하다가, 이 상속인들을 보면 어이가 없어집니다. 이 패거리들은 황금이나 화려한 의상에 몸을 감싸고 왕과 제후나 민중들로부터 수탈한 것을 자랑하고 있습니다. 그리고 [어부들의] 뒤집힌 조각배 대신에 지금 눈앞에는 으리으리한 궁전. 작은 그물 대신에 성벽으로 둘러싸인 언덕들[과 저택]. 예전에는 그 작은 그물로 갈릴래아의 무더위 속에서 겨우겨우 약간의 음식을 구했고, 그 그물로 게네사렛 호수에서 밤새 일해도 아무것도 얻을 수 없는 일조차 있었습니다(그러나 그 다음날 아침에는 예수님의 이름으로 엄청난 물고기가 잡혔습니다). 지금은 허튼소리가 난무하고, 알맹이 없는 문서가 봉인 하나로 속임수 그물로 바뀝니다. 그리고 이 그물에서 같은 예수님의 이름으로 일이 생기는데, 사실인즉 악마의 짓에 의해 믿음이 약한 그리스도교인 대중이 일망타진으로 잡혀서 묶임을 당하고 있는 것입니다. 이렇게 해서 곧 신도 대중은 생선의 비늘을 벗겨내듯이 발가숭이가 되고 고민의 불길과 재앙의 숯불에 태워져, 끝없는 탐욕의 뱃속을 채우게 될 것입니다. 성스러운 고독 대신에 간악한 모임. 그리고 가장 밑바닥 졸병들의 아무데나 가리지 않는 제멋대로의 활보. 검소한 식사 대신에 향락의 술자리. 경건한 순례여행 대신에 도리에 어긋난 음란한 무사안일. 사도들의 맨발 대신에 도적들이 타는 눈처럼 하얀 말.

게다가 백마는 황금 안장을 놓고, 황금으로 덮여 황금[재갈]을 물고 있는 것입니다. 이 비열한 사치함을 하느님이 억누르지 않으신다면 머지않아 말은 결국 황금 신발을 신게 될 것입니다. 요약하자면, 패거리들은 마치 페르시아인이나 파르티아인의 왕인 것입니다. 패거리들을 받들어 모시는 것은 의무이며 패거리들을 찾아가는데 선물을 들고 가지 않는 것은 죄악으로 간주됩니다.

오오, 그 옛날의 검소하고 가난한 노인들이여! 당신은 누구를 위해 고생한 것일까요! 누구를 위해 주님의 밭에 씨를 뿌린 걸까요!

누구를 위하여 새싹의 작물에 물을 주며 성스러운 피를 흘렸던 것일까요! 하지만 나는 더 이상 말할 수 없습니다.

그러니 지금 이 땅에 못박혀 있는 이 친구의 불운을 불쌍히 여기소서. 이 친구는 다른 벌이라면 몰라도 이런 벌에는 결코 마땅하지 않습니다. 나는 지금 일찍이 청소년기를 보냈던 이 땅에 이제 늙은 몸으로 살고 있습니다. 나는 자유로워진 줄로만 알았는데, 운명은 다시 나를 청춘의 재앙으로 데려온 것입니다. 나는 여기서 이 정도로 소모되고, 피곤하고, 지쳐있기 때문에 마음의 병이 서서히 몸으로 이동하고, 이미 완전히 병자가 되어 고통이나 원망의 말밖에 할 수 없습니다. 이렇게 나는 마음속을 크게 드러내지 않을 수 없었습니다.

나는 지금 몸과 마음이 모두 힘들어하고 있습니

다. 현재의 나로부터, 온화한 마음과 좋은 말은 무엇 하나 기대하지 마십시오. 쓴 샘에서 달콤한 물줄기가 솟아날 수 없습니다. 당연한 일이지만, 병든 가슴이 내쉬는 숨은 악취를 풍기고, 상처입은 마음에서 나오는 말은 격렬합니다.

(『무명서간집』 5)

〈해설〉

아비뇽에 대한 페트라르카의 혐오는 꽤 일찍부터 보여진다. 아비뇽 거리의 복잡한 길과 소란, 그리고 무엇보다 아비뇽 교황청의 〈부패 타락〉은 페트라르카에게는 견디기 힘든 것이었다. 뿐만 아니라 교황청이 그 본래 자리 로마를 내버려둔 채 아비뇽에 존재한다는 것 자체가 이미 용서할 수 없는 범죄로 여겨졌다. 이러한 이유로, 페트라르카는 결국 아비뇽을 보다 엄밀하게는 아비뇽 교황청을, '서방 바빌론'이라고 부르게 된다.

이처럼 아비뇽 혐오가 커짐에 따라 페트라르카는 프로방스를 떠나 모국 이탈리아로 돌아가 그곳에 자신의 문학운동의 본거지를 갖고 싶다는 생각을 하게 된다. 이미 1343년 말부터의 파르마 체재 중에도, 그는 그곳에 영주할 생각이 있었다. 1347년의 이탈리아 귀국 때에도 더 이상 아비뇽으로 돌아가지 않을 생각이었다. 교황청에 대한 반감과 비판의식은 콜라혁명 과정에서 한층 날카로워졌기 때문이다.

그러나 페트라르카의 이탈리아 정착 계획은 교황청과의 완전한 결별을 의미하는 것은 아니었다. 교황청이 현실이야 어떻든 교회는 페트라르카에게 이념적으로는 고대 로마와 함께 사상적 지주 중 하나를 차지했고 경제적으로도 가장 큰 기반을 이루고 있었기 때문이다. 그렇기 때문에 그는 1351년에 교황으로부터 아비뇽으로 오라는 요청을 받았을 때도 역시 이에 불응하는 모습을 보이지 않았다.

이 마지막 프로방스 체류는 2년간에 이른다. 그 사이에 '서방 바빌론'에 대한 비판의식은 더욱 강해지고, 교황청 공격의 시나 서간들이 많이 쓰인다. 이들 중 서간쪽은 『무명서간집』에 담겨 있고 이어 밀라노에서 여러 통이 추가된다. 이 서간집에서 페트라르카는 수신자의 이름을 모두 삭제했다. 위험과 곤란함이 미칠 것을 두려워했기 때문이다. 그러나 수신자의 이름을 추정할 수 있는 것도 있다. 여기에 번역하는 서간도 그 중 하나이다.

이 서간은 원래 피렌체의 친구 라포·다·카스틸리온키오에게 보내는 서간(『친근서간집』 제12권 8)의 일부를 이루고 있었다. 이 부분은 그 내용이 너무 격하고 높아서 페트라르카는 이것을 별개의 서간으로서 독립시킨 것이다. 1352년 봄 보클뤼즈에서 쓰였다. 이 서간에서는 주로 추기경들의 사치가 공격당하고 있다.

라포는 교회법학자로, 1378년까지 피렌체에서 가르치고, 이어 파도바에서 가르쳤다. 1380년에는 로마로 옮겨가 1381년에 사망한다. 문학에도 조예가 깊고, 열심인 고전수집가로 보카치오와도 친분이 있었다.

그가 페트라르카를 안 것은 1350년, 시인이 특별 성년(聖年)의 대사(大赦)를 받으려 로마에 가다가 피렌체에 들렀을 때의 일이다. 이 때 라포는 시인에게 퀸틸리아누스의 『변론술교정(弁論術教程)』을 선사하고 있다. 또한 시인과 보카치오와의 친분이 시작되는 것도 이때부터다.

서간의 첫머리에 보이는 "두개의 파르나소스" 중 하나는 물론 보클뤼즈이다. 다른 하나는 파르마의 남쪽, 아펜니노 산속 엔자강 계곡의 셀바피아나. 고지대에 있는 아름다운 숲으로 그곳에서는 멋진 조망이 펼쳐지고 있다. 페트라르카가 처음으로 그곳을 방문한 것은 1341년, 로마에서의 대관식을 마치고 프로방스로 돌아가는 도중이었다. 이때 시인은 파르마의 아초·다·코레조의 손님이 되어 1년 가까이 머무른다. 그리고 엔자강 계곡에 있는 코레조 가문의 성에서 한 여름을 보내고, 가끔 셀바피아나에 올랐다. 셀바피아나에서 시적 영감에 빠져 다시 서사시 『아프리카』의 저술에 열중하는 등 파르마 체류는 왕성한 작품활동의 시기였다. 1343년 말부터의 제2차 파르마 체류 때에도 페트라르카는 가끔 셀바피아나를 방문했다. 그가 파르마에게 끌린 한 원인은 셀바피아나의 매력에 있었다고 볼 수 있다.

덧붙여, 『무명서간집』에 수록되어 있는 서간은 모두 수신인이 없음은 전술한 대로이지만, 여기에서는 편의적으로 '무명씨에게'라고 했다.

〈서간문 15〉

이탈리아에게

안녕, 하느님의 은총으로 거룩한 땅이여, 지금 나는 인사를 보낸다.

좋은 사람들에게는 안전한 땅, 교만한 자에게는 무서운 땅,

고귀한 나라들보다 더 고상하고,

어느 곳보다 풍요롭고 아름다운 국토,

두 바다에 둘러싸여 있고, 이름 드높은 산으로 빛을 발하나니,

용맹의 명예와 성스러운 법이 함께 갖춰진 숭고한 땅,

뮤즈의 거처로 보물과 인재의 보고(寶庫),

예술과 자연은 서로 어우러져 그대를 축복하고

세계의 지도자로서 그대를 내주었다.

헤어진 지 오래된 그대여, 지금 가슴 설레면서 나 돌아가노라

드디어 내 영원히 살아갈 땅이여. 그대는 지친 이 삶에

위안을 주리라. 그대는 마침내 대지 한구석에 핏기가 가신

내 시체를 거두어 주기를. 기쁨에 가득 차

그대 이탈리아를 신록의 몽쥬네부르 언덕에 올라 바라본다.

내 뒤로 온갖 구름이 머물고, 산들바람이

이마를 스친다. 대기는 아래에서 밀려올라

부드럽게 나를 맞이한다. 나의 조국을 알아보고, 기쁜 마음에 인사를 하노라.

안녕, 나의 아름다운 어머니여. 세상의 영광이여, 안녕!

(『운문서간집』 제3권 24)

1351년 6월에 시작하는 마지막 프로방스 체류 중에도 페트라르카는 오로지 보클뤼즈에 틀어박혀 왕성한 연구·저작 활동을 한다. 하지만, 동시에 최종적인 이탈리아 귀국을 위한 준비도 잊지 않았다. 즉, 고용인들을 심부름꾼으로 이탈리아에 보내거나 친구들에게 문의 편지를 써서 정보 수집이나 사전 교섭을 진행하고 있었다. 정정이 불안한 이탈리아에서 어디에 영주할지를 결정하기 위해서이다.

그러한 페트라르카에게는 이미 몇 군데에서 초대도 와 있었다. 1351년에는 피렌체 공화국이 간절한 초청의 손을 내밀고 있었고 같은 시기에 파리의 프랑스 왕도 나폴리 궁정도 시인을 초청하고 있었다. 그리고 1353년이 되면 만토바의 곤자가 가문도. 게다가 밀라노도 어떠한 형태로든 손을 내밀지 않았나 생각된다. 페트라르카는 이제 지성의 권위자로써 그 명성을 온 유럽 안에 떨치고 있었던 것이다.

페트라르카가 이탈리아에 정착하려는 결의를 굳혔다고는 하지만 조국의 어디에 거처를 정하느냐 하는 일은 간단하지 않았다. 무엇보다도 우선, 그가 원하는 '고독한 삶'을 실현할 수 있는 여러 조건들이 어느 정도 충족되어야만 했다. 즉, 한가함과 자유를 누릴 수 있을 것, 문학 활동을 위한 편의를 누릴 수 있을 것. 그러기 위해서는 먼저 치안이 좋고, 게다가 고전의 수집이나 사본 작성 등에 편리한 지리적·문화적 조건도 갖추어져야 한다. 이런 이유로 결국 페트라르카의 거주지 선택은 북이탈리아로 짜여 갔다.

마침내 1353년의 봄도 지나갈 무렵, 페트라르카는 다년간 살았던 보클뤼즈의 산장을 뒤로하고 모국 이탈리아를 목표로 한다. 아마도 아직 북이탈리아 어디에 거처를 정할지는 결정하고 있지 않았을 것이다.

더 이상 프로방스로 돌아가지 않겠다는 굳은 결의를 간직하고 방대한 장서와 자기작품의 원고를 운반하고 있었다. 이 시점에서 이미 페트라르카의 고전 장서는, 아마 질과 양에 있어 모두, 고대 말 이래 다른 유례를 찾아볼 수 없을 정도이었을 것으로 추정된다. 이제 유럽 문화의 중심이 다시 한 번 알프스의 북쪽에서 이탈리아로 돌아오는 역사 과정에서 그의 이탈리아 귀국은 그야말로 획기적 사건이었다고 할 수 있을 것이다.

페트라르카 일행은 알프스 넘어가는 길을 잡고

나아갔다. 마침내 몽쥬네부르 언덕에 다다랐고 아
득히 모국의 산야를 바라봤을 때 시인은 깊은 감동
이 복받치는 것을 느꼈다. 그때의 작품이 되는 소품
(小品)은 운문서간 중에서도 가장 아름다운 것 중 하
나일 것이다. 때는 5월, 신록의 계절이다.

〈서간문 16〉

황제에게

이탈리아 귀환을 권유 간청하여

　이렇게 자주 글을 올려서, 많은 세상 사람들이 이를 뻔뻔스럽고 겸손하지 못하다며 웃어야 할 미친 짓으로 여기지 않을까 두렵습니다. 저는 폐하의 맑고 밝은 마음을 소위 음침하고 우울한 바람으로 보았고, 어지럽히는 것이라고 비난받지는 않을까 염려됩니다.

　도대체 저는 어떤 사람이기에, 이런 용기가 어디서 나오는 걸까요? 물론, 양심에 한 점의 거리낌도 없기 때문입니다. 이 양심의 순수함에서, 황제 폐하, 저는 오직 폐하 자신의 문제를 위해서만 말하는 것입니다. 폐하를 알고 저를 알고, 문제 자체를 알고 저는 말씀드리고 있는 것입니다. 분명히, 그 다윗의 시구가 종종 뇌리에 떠오르는 것도 사실입니다. '하늘에 나와 연관이 있는 무엇이 있을까? 땅에 내가 당신에게서 구했던 것이 무엇이 있을까?'(『시편(詩篇)』 제73편 25)[7]. 그러나 폐하의 인품과 청렴은 듣기에 좋은 아첨의 말보다도 비록 날카롭고 예리하더라도 진실을 원하시니, 이것이 저를 위로하고 힘을 실어 주십니다.

지혜롭고 총명하신 황제 폐하여, 폐하께서는 물론 저의 마음속을 알고 계시리라 확신합니다. 제가 충분히 마음의 증표를 보였기 때문이 아니라 폐하를 영명한 분이라고 삼가 공손하게 살펴 말씀드리기 때문이고, 그리고 폐하에게는 저의 정성이 깃든 마음이 뚜렷하다고 생각하기 때문입니다. 그래서 마음속 깊이 경애드리고 있는 폐하를 성심성의로 간언드린다고 해도 결코 무례가 되지 않을 것으로 생각합니다. 게다가 폐하께 저는 전폭적인 신뢰를 보내고 있어서 다른 사람의 판단은 별로 신경 쓰지 않습니다. 그것이 잘못된 판단이라면 더욱 그렇습니다. 또, 아무리 티 없이 순진하다고 해도 완전히 비난을 면할 수 없는 법이므로, 저는 저의 침묵 때문에 불성실하다는 비난을 받느니 차라리 성실성 때문에 뻔뻔

---

7) 저를 위하여 누가 하늘에 계십니까? 당신과 함께라면 이 세상에서 바랄 것이 없습니다. (『시편』 73장 25절)

하고 부끄러움을 모른다는 비난을 받는 편이 낫습니다. 하지만 폐하께 드릴 말씀은 이제 저에게는 거의 남아 있지 않습니다.

황제 폐하, 저는 거의 진정을 모두 말씀드린 것 같습니다. 폐하를 폐하의 옥좌로 되돌리려 하고 있는 동안, 저의 목은 쉬었습니다. 저에게는 더 이상 혀도 펜도 없습니다. 그렇게 종종 저의 간청들은 물리쳐지고, 목소리는 지치고, 눈물은 마르고, 숨도 끊어질 지경입니다. 이제는 그저 마음으로 이야기할 뿐입니다.

그러나, 제가 지금은 목소리도 쉬어 잠자코 있어도 부디 제게 귀를 기울여 주셨으면 합니다. 참으로, 제가 입을 다물고 있는 것처럼 보일 때일수록, 저는 그만큼 큰 소리로 말하고 밤낮을 가리지 않고 폐하에게 간청하고, 애원하고, 탄원하고, 따져 묻고 있는 것입니다.

하지만 저는 실연한 사람인 것 같습니다. 실연의 고통에 수척해진 사람은 설득의 말도 다 떨어지고 나면 그저 입술로, 아니 이미 입술도 아니고 마음속 깊은 곳에서 그리운 사람의 이름을 중얼거릴 뿐입니다. 이제 저도, 그리고 폐하의 백성들은 모두 그저 폐하의 모습을 우리의 수호신처럼 마음에 품을 수밖에 없습니다. 하지만 저희의 불행도 뒤돌아보지 않는 그토록 비정한 분이신가요. 아무리 마음은 조급하여도 이미 모든 방법이 바닥났습니다. 저희는 그저 엎드려 애원하며 한 번뿐 아니라 천 번까지도 폐하를 소리쳐 요청할 수 밖에 없습니다. 있는 그대로의 꾸밈없는 목소리나 애정이 기교보다 더 좋기도 하고 사랑스런 이름을 되풀이하여 부르는 것이 사람들을 감동시키는 데 매우 효과적이라고도 여겨지고 있습니다.

영예로운 황제 폐하여, 저의 뻔뻔스럽고 버릇없음을 너그럽게 봐주소서. 이렇게 자주 폐하를 불러도 진노하지 말아주십시오. 저는 간청을 들어주시지 않은 것만으로 이미 충분히 벌받고 있습니다. 황제의 명칭은 아름답고 매력적입니다.

모든 민족이나 왕에게는 경외의 대상이며 우리 이탈리아인들에게 구원의 희망이기도 합니다. 감미로운 이 이름이 우리 입에 오르는 것을 용서해 주십시오. 이 이름을 우리는 큰 소리로, 혹은 침묵 속에 부르짖지 않을 수 없습니다.

비록 응답하지 않으시더라도, 부디 폐하 백성의

외치는 목소리를 들어 주십시오. 황제 폐하시여, 폐하의 이탈리아가 폐하를 부르고 있습니다. 절실히 함성을 지르며 부르고 있습니다. 그것을 듣는 귀만 있다면, 다만 이탈리아의 군주뿐 아니라 아득히 먼 인도의 왕들도 감동하지 않을 수 없을 것입니다. 오오 황제 폐하여, 폐하의 이탈리아가 폐하를 부르고 있습니다.

"황제, 황제, 우리 황제여. 어디에 계시는지. 왜 저를 내버려 두고 돌보지 않으시는지. 왜 망설이고 계시는지. 제가 움직이지 못하는 몸만 아니었다면 그리고 좌우 양 옆이 바다로 막혀 있고, 등 뒤쪽이 알프스의 험준함으로 닫혀있지만 않았더라면 저는, 오래 전에, 저 먼 도나우의 강물을 넘어서 우리 황제의 곁으로 달려가고 있었을 것입니다."

황제 폐하여, 안녕히 계십시오. 부디 눈 좀 뜨십시오. 이제 한낮입니다.

3월 11일, 베네치아에서

(『친근서간집』 제23권 15)

하지만 정치 관련해서는 페트라르카에게, 다만 한쪽면만 있는 것도 아니었다. 그것은 그의 문학 연구와 불가분하게 연결되어 있었다. 그가 문학 연구를 진행하여 조국의 위대한 과거에 깊이 관여할수록 로마의 재생이 열망되고 조국의 평화가 갈망될 수밖에 없었던 것이다. 그 때문에 그는 1335년의 교황 앞으로 보낸 서간(『운문서간집』 제1권 2)을 시작으로 하여 역대 교황에게 로마 귀환을 간절히 호소해마지 않았다. 격렬한 교황 비판이나 교황청 공격도 강한 기대를 뒤집어 나타냄과 다름 없다. 게다가 이따금 이탈리아의 위정자들에게 평화와 민족적 화합을 호소하였다. 그러나 이러한 것에도, 1347년의 콜라 혁명을 경계로 하여 변화를 볼 수 있게 된다. 콜라 혁명까지는 페트라르카의 마음은 군주정보다 공화정에 기울었지만 혁명의 좌절로 심각한 실망을 겪은 이후로는 군주정으로 기울었다. 혁명좌절 다음 해의 것이라고 생각되는 한 편지에서 페트라르카는 다음과 같이 말하고 있다.

"확실히 우리나라의 현실처럼, 이렇게까지 용서하고 사이좋게 지내기 어려운 불화 아래에서는 오랜 내전에 의해 갈기갈기 찢겨진 이탈리아인의 힘을 다시 결집하고 새롭게 하기에는 군주정이 최선이라는 것, 이것은 의심할 여지가 없습니다."

(『친근서간집』 제6권 7)

이렇게 하여, 페트라르카는 마침내 '야만족' 출신의 신성로마황제에 대해서도 이탈리아의 구원을 기대하게 된다. 그리고 1351년에는 프라하의 칼 4세에게 편지를 보내 이탈리아에 와서 평화를 가져오도록 촉구한다.(『친근서간집』 제10권 1) 이후, 같은 황제 앞으로 많은 편지를 보내어 로마 귀환을 계속 촉구한다.

여기에 번역하는 황제에게 보낸 서간은 1363년에 쓰였다. 그때까지 황제의 로마 귀환을 재촉하여 쓴 서간은 이론적으로 설득하려 하고 있지만 이 짧은 서간은 오로지 간청으로 심정에 호소하려 한다. 그리고, 그 다음 해의 황제에게 보낸 서간(『친근서간집』 제23권 21)을 마지막으로 하여 시인은 더 이상 로마 귀환을 호소하려 하지 않는다. 황제에게도 완전히 실망한 것이다.

조국에 안주할 땅을 구하고 귀국하여 자유와 한가로이 문학 연구에 전념하기를 원했던 페트라르카였지만 조국의 정치적 현실은 그것을 허락하지 않았다. 평화롭게 연구에 전념하고 싶다는 바람이 간절하면 할수록, 바로 평화를 이루기 위해서도 정치에 깊이 관여해야 했던 것이다. 시인의 최종적 귀국부터 죽음에 이르기까지 20여 년은 일면에서 보면 문학과 정치의 틈새에서 고뇌하는 세월이기도 했다. 황제에게 간청하는 서간은 그 고뇌의 한 표현이다.

페트라르카의 많은 뛰어난 서정시와 마찬가지로 이 산문(散文)의 소품도 하나의 비가(悲歌)가 되고 있다. 덧붙여 이 서간에 인용되고 있는 구약성경 『시편』의 시구는 번역성경의 뜻과는 다르고 불가타역 성경의 라틴어와도 다르다. 그러나 여기서는 페트라르카가 인용하고 있는 라틴어역을 번역하였다.

4

로마 관련 서간문들

장난스런 편지에 답하여

롱베 주교 자코모·콜론나에게

신랄한 야유에 가득 찬 요란한 편지로 저는 졸음
으로부터 깨어나 웃으면서 즐겁게 통독하였습니다.
날아오는 첫번째 창의 공격을 먼저 떨어뜨리기 위해
말씀드립니다만, 친애하는 신부님, 아무쪼록 찬찬
히 살펴보십시오.

당신은 나를 공격하기 위한 재료를 많이 취합해
서 써놓으셨는데, 이미 그 첫 마디로 미루어 얼마나
당신의 의도를 배신하고 있는 것일지 모르겠습니다.

당신의 말씀으로는 제가 아직 이런 젊은 나이에
이렇게 교묘하게 세상을 비웃고 있는 것을 보면 이
기술은 경험의 산물이라기보다 천성의 것이라고 항
상 감탄하고 계신다고 하더군요. 당신은 물론 더 긴
찬사를 써 주실 수도 있었겠지만 더 이상 명예로운
찬가를 불러주실 수는 없을 것입니다.

눈을 뜨고 이 지상의 여행을 하고 있는 사람이라면 누구나 알고 있는 일이지만 인류를 기만하고 있는 세상은 다양한 덫에 사로잡혀 있는 이 인생에 얼마나 달콤함을 뿌려 추천하는 것일까요. 그리고 우리도 또한, 자진하여 세상의 속임수를 기뻐하며 저 아폴론의 훈계에 거역하여 자기자신에 무지할 것이라고 기를 쓰고 있는 것입니다. 어떤 사람은 고매하고 고귀한 영혼이라는 허울 아래 자만심으로 부풀어 오르고 있습니다. 어떤 사람은 악의나 기만에 차있고 사려분별(思慮分別)에 비슷한 것을 갖추고 있을 뿐인데도 이러한 겉치레의 미덕에 현혹되고 있습니다. 어떤 사람은 비인간적이고 흉포하면서 자신은 강하다고 믿고 어떤 사람은 겁이 많고 나약하면서 겸허(謙虛)하다고 자칭하고 있습니다.

검약을 핑계로 식욕에 사로잡히는 사람도 있고, 후한 인심인 척하며 낭비에 빠지는 사람도 있습니다. 악덕이라는 악덕이 가면을 쓰고 무서운 괴물이 아름다운 모피 속에 숨어있습니다. 또 쾌감을 자극하기는 하지만 옮기기 쉬운 것, 아니 바로 옮겨 달아나는 것이 엄청나게 많이 있습니다.

즉, 야망은 우리에게 영예나 칭찬이나 대중의 인

기를 과시하고, 방탕은 여러 가지 매혹적인 쾌락을, 재화(財貨)는 모든 것의 충족을 드러냅니다. 좋은 먹잇감 없는 낚싯바늘은 없고, 새를 잡는 끈끈이도 없는 가지는 없고, 희망도 없는 함정은 없습니다. 또한 인간의 욕망이 더해져 이는 충동적이고 사려가 부족하며 속기 쉽고 덫에 빠지기 쉬운 것입니다.

그러니까 이 불확실하고 위험에 처한 여로에서, 누군가가 그 천성이나 노력에 의해 극히 신중하게 행동하고 세상의 기만을 피해 세상 그 자체를 속이고, 이렇게 겉은 세상사람과 같게 보이게 하면서 내면에서는 구석구석까지 다르다면 당신은 이러한 인물에 대해 뭐라고 말씀하실까요. 하지만 그런 사람을 대체 어디에서 찾을 수 있을까요? 어쩌면 뛰어난 천성(天性), 사려 깊은 원숙한 연령, 세상 사람들의 행복과 불행에 대한 투철한 통찰, 이 모든 것을 필요로 합니다. 그런데 당신은 이런 명예를 나에게 전해주시는 겁니다.

나를 우롱하시는 것이 아니라면 그야말로 터무니없는 명예입니다. 이것이 지금은 진실이 아니라고 해도 죽은 자를 살릴 수 있는 하느님 덕분에 부디 죽을 때까지는 진실이 되기를 바랍니다.

하지만 당신의 장난은 또 어디까지 나아갈까요? 당신이 말씀하신 바로는 나의 허구에 속아서 많은 사람들이 나에 대해 훌륭한 평판을 하기에 이르렀다는 것입니다!

확실히 약간의 뛰어난 인물은 이러한 기예를 몸에 익히고 있고 그 천부의 재능 덕분에 진정한 덕성을 자신의 추종자들에게 보여줍니다. 그래서 누마 폼피리우스 왕은 신들과 대화했다거나, 대(大)스키피오의 가계는 신들에게서 유래되었다는 평판을 얻었던 것입니다. 하지만 이런 재주는 내가 할 수 있는 것이 아니고 나는 과시할 만한 것을 아무것도 가지고 있지 않습니다. 그럼에도 불구하고 태어나고 나서 이후 무언가 운명의 헛된 호의가 늘 따라다니고 있습니다. 나는 내가 원하는 것 이상으로 잘 알려져 있고 또, 자신이 얼마나 하찮은 인물이고 크게 세상의 평판의 대상이 되고 있는 것도 알고 있습니다. 하지만 그 때문에 실망할 것도 없고 우쭐할 일도 없습니다. 대중의 말은 거의 다 거짓덩어리라고 알고 있기 때문입니다.

어쨌든 오늘까지의 마음은 이랬습니다. 그리고 나는 대중의 불쾌감을 사려면 별로 노력하지 않아도

된다는 것을 알고 있습니다.

하지만 당신의 재치가 넘치는 장난은 이것에 그치지 않습니다. 당신이 말씀하시는 바로는 내가 일부러 속여서 우매한 대중을 시험해 보고 있을 뿐만 아니라 하늘도 시험하여 이렇게 겉으로는 아우구스티누스와 그 책에 심취하면서, 사실 [이교(異教)의] 시인이나 철학자들과 절연하고 있지 않다고 하더군요. 하지만 왜 내가 그들을 떠나야 하죠? 사실 아우구스티누스 자신이 그들에게 집착하고 있는 것입니다. 아니면 다른 책들은 차치하고 그의 저서 『신국론(神國論)』에서 그는 결코 철학자나 시인들의 회반죽으로 견고하게 토대를 만들지는 않았을 것이고 변론가나 역사가들의 풍부한 채색으로 이 책을 꾸미지도 않았을 것입니다. 당연합니다. 나의 아우구스티누스는 당신의 예로니무스처럼 꿈속에서 영원한 재판정으로 끌려나온 적도 없고 자신을 키케로의 무리라고 부르며 비난하는 소리를 들은 적도 없습니다. 그런데 예로니무스는 아시다시피 그런 소리를 듣고 더 이상 이교도들의 작품은 일절 만지지 않겠다고 맹세하고 모든 이교 작가, 특히 키케로에서 결사적으로 멀어졌습니다.

그러나 아우구스티누스는, 아무런 꿈 등으로 금지되는 일 없이 이교도들의 서적을 계속 이용하며 부끄러워하지 않았습니다. 그것뿐만이 아닙니다. 그가 솔직하게 고백하고 있는 바에 의하면 플라톤파의 서적 속에서 우리들의 신앙의 대부분을 찾아냈고 『호르텐시우스』라고 불리는 키케로의 책에 의해 놀랄 만한 전환을 이루어 모든 거짓된 희망이나 서로 싸우는 학파들의 쓸모없는 논쟁에서 벗어나 유일한 진리의 탐구로 향했던 것입니다. 그리고 이 독서에 의해 마음을 불태우고, 감정을 바꾸고 쾌락을 내던지며 더 높이 날기 시작했습니다.

오오, 참 멋진 인물이죠. 키케로 자신이 연단에서 칭찬하고 공공연히 감사의 인사를 표할만한 인물입니다. 참으로, 이처럼 수많은 은혜를 모르는 무리 사이에서 한 사람 아우구스티누스만이 은혜에 대해 의리가 두터운 사람이 되고자 하는 것입니다. 얼마나 멋진 겸손한, 겸손에도 탁월한 인물인가요! 뛰어난 작가들의 문체로 자기의 저서를 꾸미면서 그들을 공격하는 일은 하지 않고, 이미 이단의 암초 사이를 떠돌고 있는 그리스도교의 배를 이제는 조종하면서 자신의 현재의 위대함을 자각하고 있으면서도 자만

하지 않고, 자신의 학습이 그 초기에는 어땠는지 떠올리며 또한 청년기의 시행착오도 떠올리고 있는 것입니다. 게다가 이처럼 위대한 교회 박사이면서도 지향하는 바를 달리하는 키케로의 인도를 부끄러워하지 않는 것입니다.

하지만, 왜 부끄러워할 일이 있을까요? 구원의 길을 가리켜 주는 인도자라면 누구라도 경멸받아서는 안 됩니다. 그러니까 플라톤이나 키케로가 어떻게 진리의 탐구에 방해가 될 수 있을까요. 정말로 플라톤의 학파는 진정한 신앙을 공격하지 않을 뿐만 아니라 그것을 가르쳐 권하고 있고, 키케로의 책은 그것으로 똑바로 이끌어 줍니다. 같은 것은 다른 사람에 대해서도 말할 수 있습니다. 그러나 이것은 주지의 일로 너무 많은 증인을 드는 것은 번거롭기만 합니다.

하지만, 그들의 저서에도 피할 것이 많이 있다는 것은 부정할 수 없습니다. 우리 그리스도교 작가들의 저서조차도 부주의한 독자에게는 위험한 것이 포함되어 있는 것이고 아우구스티누스 자신도 그의 역작 중 하나인 『신국론 De civitate Dei』에서 탐구의 풍부한 수확 속에 섞여 있던 오류의 가라지(독보리)를 스스로 손으로 집어들고 있는 것입니다. 그러니까 어떻다는 걸까요? 독자가 하느님의 진리의 빛에 비추어 무엇에 따르고 무엇을 피해야 하는지를 배우지 않는 한, 위험하지 않은 독서는 좀처럼 없는 것입니다. 하지만 이 빛으로 인도된다면 모든 것이 안전합니다. 그리고 해를 끼칠 수 있는 것도 암초투성이의 해안이나 해협의 거대한 소용돌이보다 분명히, 혹은 앞바다의 유명한 암초보다도 분명히 알려져 있는 것입니다.

그러나 이러한 변덕스러운 중상모략에는 이제 종지부를 찍기 위해서 말씀드리겠습니다. 나의 아우구스티누스에 대한 심취가 마음속에서부터인 것인지 겉으로만 그런지는 아우구스티누스 자신이 알고 있습니다. 사실 그가 지금 살고 있는 곳에서는 아무도 속이려고 하지 않을 뿐더러 속일 수도 없습니다. 그는 그곳에서 내 인생의 다양한 일탈과 오류를 보고 불쌍히 여기고 있다고 생각합니다. 특히, 스스로의 방종으로 탈선했던 청춘을 전능하신 하느님께서 가엾게 여기시어 바른 길로 되돌리셨던 것을 상기한다면, 더욱 불쌍히 여길 것입니다. 실제로 나는 아프리카의 삭막한 물가에서 오래도록 죄의 쾌락에 빠져 죽음으로 향하고 있었는데 지금은 하느님의 연민을 받아 영원히 축복의 나뭇잎이 무성한 예루살렘의 시민이 될 수 있었던 것입니다. 그 예루살렘으로부터 그는 나에게 호의를 가지고 나를 사랑해 주고 있습니다. 내가 왜 이것을 의심할 수 있죠? 실제로 나는 아우구스티누스 자신이 그의 저서 『참된 종교 (De Vera Religione)』에서 확고한 희망을 가지고 말하는 것을 듣고 있습니다. '하느님을 사랑하는 천사는 모두 나도 사랑하고 있다고 확신한다.'라고.(『참된 종교』 제55권 112)

그가 모두의 하느님에 대해 명상하면서 스스로는 인간이면서 천사들의 사랑을 믿고 망설이지 않았다면 인간인 나도 또한, 지금 천상의 삶을 누리고 있는 저 성스러운 영혼의 인간적인 사랑을 감히 기대합니다.

하지만 여기서 나는 또 다시 신랄한 비아냥거림을 듣습니다. 당신은 말씀하시는 겁니다. 아직도 철학자나 시인들의 저작들을 숙독하고 되새기고 있는 나로서는 아우구스티누스의 언어 등은 마치 꿈속의 잠꼬대처럼 생각될 것이라고. 오히려 이렇게 말씀하시는 것이 좋았을 것입니다. 아우구스티누스의 책을 다시 읽는다 해도 나에게는 나의 삶이 모두 이건 덧없는 꿈이라고 밖에 생각되지 않는다고. 그렇기 때문에, 아우구스티누스를 읽으면 나는 때때로 말하자면 깊은 잠으로부터 깨어나는 것입니다. 하지만 죽게 되어 있는 인간에게 숙명적인 무거운 짐에 짓눌려서 눈꺼풀은 다시 감깁니다. 그리고 다시 눈을 떴다가는 다시 잠에 빠져듭니다. 나의 의지는 흔들리며 소망은 서로 다투고 서로 다투고는 나를 갈라 놓는 것입니다. 이렇게 안의 인간에 대해 밖의 인간이 싸우는 것입니다.

> 오른쪽에서 왼쪽에서도 되풀이 하여 타격을 퍼부어,
> 그칠 줄도 모르고 숨돌릴 새도 없다.

(베르길리우스 『아이네이스』 제5권 435~436)

그리고 만약 영원한 아버지가 그 거룩한 소리로 싸움을 멈추게 하고 [권투 경기장에서] 사납게 날뛰는 엔텔루스의 손으로부터 곤란을 당하는 다레스를 구해내지 않으면 밖에 있는 인간이 승리를 거두게 될 것입니다.

요컨대 나는 아직도 결말에 대해 확신이 서지 않아 불안한 희망 속에 살며 종종 죽음의 승리자를 향해 외쳐대는 것입니다.

> 불패의 자여, 부디 이 불행에서 구해내시게. ··········
> 불쌍한 나에게 손을 내밀어 이 파도에서 데려가시게.
> 적어도 죽음 뒤에는 평온한 휴식처를 찾아내게 하시게.
>
> (베르길리우스 『아이네이스』 제6권 365, 370~372)

하지만 장난만큼 끈기 있고 이렇게 유연한 것은 없습니다. 그것은 끌리는 곳 어디든지 따라갑니다. 그건 그렇고 당신은 무슨 말을 하시는거죠? 나는 라우라라는 아름다운 이름을 지어내서 이렇게 내가 그녀에 대해 말할 수 있게 했고 또 그녀 덕분에 내가 많은 사람들에게 인기를 얻을 수 있게 했습니다. 하지만 사실은 대략 라우라라는 여성 등은 내 마음에는 존재하지 않고 존재하는 것은 단지 시인의 계관(라우레아) 정도일 것입니다. 내가 이것을 열망하는 것은, 지칠 줄 모르는 다년간의 깊은 연구가 밝히는 바입니다. 그러나 이, 살아 숨 쉬는 라우라는 그 아름다움에 내가 매료된 것처럼 보이긴 해도 모든 것은 꾸며낸 것이나 다름없습니다. 시도 가짜이고 한숨도 걸치레라고.

정말로 이 한가지 일에 있어서는 당신의 농담대로 단지 걸치레뿐이고 사랑의 미친 열병 따위는 존재하지 않으면 좋을 텐데요! 그러나 말할 필요도 없이 장기간에 걸쳐서 겉모양을 유지하기 위해서는 누구라도 상당한 노력을 필요로 합니다. 게다가 미치광이처럼 보일 정도로 대가없는 노력을 하는 것은 그야말로 미친 짓의 극치라고 불릴 만 한 것입니다. 게다가 건강하면서 신체의 움직임으로 아픈 척 할 수는 있어도 창백한 척 할 수는 없습니다. 나의 창백한 얼굴, 나의 고뇌는 당신도 알고 있습니다. 그렇기 때문에 나는 더욱 더 두렵습니다. 당신이 그 소크라테스식의 재치에 의해서 나의 병을 가지고 놀고 있는 것은 아닐까하고. 실제로 아이러니라고 불리는 이 재치에 관해서는 당신은 소크라테스에게도 뒤지지 않습니다.

하지만 기다려 주세요. 이 상처도 시간과 함께 나이를 거듭해 가겠지요. 그리고 내 안에서도 "시간이 상처를 입히고, 시간이 상처를 고친다"는 키케로의 말이 진실이 될 것입니다. 그리고 당신이 말하는 이

겉모양의 라우라에 대해서는 아마 그 겉모양의 아우구스티누스도 나에게 도움이 되어 줄 것입니다. 어쩌면 그의 심오한 책을 많이 읽고, 성찰에 성찰을 거듭하는 동안 나는 늙음에 이르겠지요.

하지만 당신의 농담은 도대체 어디까지 가야 끝날까요? 글쎄, 당신 말씀으로는 내가 그곳으로 가서 당신을 다시 만나고 싶다는 강한 소망을 품고 있는 척 했으니까, 당신도 저의 꾸며 낸 이야기에 현혹되어 거의 속아 넘어갔고, 아니 완전히 속아서 로마에서 나를 오래 기다리셨다고 하더군요. 그리고 마침내 사기꾼의 속임수에 대해 날카로운 관찰력을 가진 관객이 잘 하듯, 당신은 눈을 부릅뜨고 나의 속셈을 간파했기 때문에 내 계략은 완전히 드러났다고 하더군요.

오오, 무슨 일일까요? 당신의 중상모략에 걸리면 나는 완전히 마술사가 되어버립니다. 스스로도 마술의 발명자 조로아스터나 그 제자의 한 사람인 것처럼 생각되기 시작하고 있습니다. 뭣하면 제가 달다노스나 다미게론이나 아폴론이어도 좋고 마술로 유명한 인물 중 누구라도 괜찮습니다. 말 하나로 마술사를 만들어내다니, 대단한 마술이 아닌가요?

하지만 농담은 이제 충분합니다. 부디 진지하게 대답해 주십시오. 당신을 만나고 싶다는 열망에 나는 이미 4년 동안 가까스로 버티어 가며 '자, 내일은 그분이 보이겠지. 자, 다음 날은 네가 떠날 거야.'라고 생각하고 있지만 이 열망은 그만이라고 합시다. 인간적으로는 당신에게 흉금을 털어놓고 싶은 마음의 고민이 많이 있습니다만, 이 고민도 사라진다고 합시다. 당신의 유명한 아버님, 고매한 형제, 정결한 자매를 뵙고 친한 친구들도 꼭 만나고 싶다는 이 갈망도 가라앉는다고 합시다. 그래도 아직 내가 도읍지 로마의 시벽(市壁)이나 언덕들을, 또 베르길리우스의 말처럼,

> 에트루리아의 테베레강의 물결이나
> 도읍지 로마의 궁전을

(『농사시집』 제1권 499)

얼마나 보고 싶어 하고 있다고 생각하십니까? 지금은 황폐하여 옛날 로마의 단순히 닮은 모습일 뿐이지만 아직 보지 못한 이 도시를 내가 얼마나 보고

싶어 하는지 도저히 믿어지지

않을 정도입니다. 내가 이 도읍지를 아직 보지 못
한 것은 어쩔 수 없는 사정이기 때문이 아니라 태만
하기 때문이라고 한다면 나는 나의 태만을 탓하겠습
니다.

그 세네카도 다름아닌 스키피오 대(大)아프리카누
스의 별장에서 루킬리우스에게 편지를 보내면서 기
쁨에 겨운 듯하고, 이 위인(偉人)이 망명하여 지낸 장
소, 조국(祖國)에는 거부한 그 뼈를 남긴 장소를 본
것을 대단한 일로 여기고 있습니다(『루킬리우스 앞 서간
집』 86.1).

스페인 태생의 세네카조차 이렇다면, 이탈리아인
인 내가 리테르눔의 별장이나 대(大)스키피오의 분묘
가 아닌, 바로 도읍지 로마에 대해서 어떤 감회를
느낀다고 생각하십니까? 바로 거기 로마에서 스키
피오는 태어나 성장하여 승리자로서도 피고로서도
똑같이 영광에 싸여 개선한 것입니다. 거기서 산 사
람은 스키피오뿐이 아닙니다. 영원히 명성을 날릴
만한 인물이 무수히 살았던 것입니다. 이 도시 로마
와 비교할 수 있는 도시는 일찍이 하나도 없었고
앞으로도 결코 없을 것입니다. 그것은 적으로부터

조차 왕들의 도시라고 불리며 그 주민에 대해서는 이렇게 쓰여 있습니다. "로마 인민의 운명은 위대하고 그 이름은 위대하고 두려워 할 만한 것." 그리고 이 도시의 이제껏 없었던 위대함, 미래와 현재에 있어서 비길 데 없는 세계 통치는 신(神)과 같은 시인들의 찬송의 대상이 된 것입니다.

하지만 나는 지금 로마 찬미를 계속할 생각은 없습니다. 어수선하게 논하기에는 문제가 너무 큽니다. 그러나 도읍지 중의 도읍지 로마의 모습을 보는 것에 제가 얼마나 관심을 가지고 있는지를 이해해 주셨으면 해서 서둘러 이제까지 언급을 했을 뿐입니다. 이 도시에 대해서 나는 특히 많은 것을 읽었습니다. 나도 이미 많은 것을 써 왔습니다. 이 계획이 뜻밖의 죽음으로 인해 그 발단에서 끊어져 버리거나 하지 않으면 아마 더 많은 것을 쓸 것입니다.

만약, 이것들이 전혀 내 마음을 움직이지 않았다고 칩시다. 그래도 지상에 있어서의 천상의 대리 수도, 순교자들의 성스러운 살과 뼈로 굳어지고 진리의 증인들의 고귀한 피로 씻긴 도읍지를 보고 모든 사람들이 흠숭해야 할 구세주의 모습을 우러러 보고 그리고 반석위에 모든 민족에 의해 영원히 숭배해야 할 구세주의 발자취가 새겨져 있는 것을 받드는 일은, 그리스도인들의 영혼에게는 얼마나 감미로운 일일까요. 그 성스러운 발자취에서는 그 이사야의 말이 문자 그대로 햇빛보다도 뚜렷하게 성취되었다는 것을 알 수 있습니다. "당신을 비하한 자들의 아이들은 몸을 굽혀 당신 곁으로 오고, 당신을 업신여긴 자들은 모두 당신의 발자취를 우러러볼 것이다.(『이사야서』 60장 14절)"[8] 그 위에 현재 삶의 헛된 번뇌를 마르세이유의 기슭에 버리고 더 나은 관심을 가지고 성자들의 분묘를 순례하고 사도들의 사원(寺院)을 순회하는 것은 얼마나 감미로운 일이겠습니까!

이런 까닭에 나의 여정은 다른 사람의 뜻에 달려 있다는 것을 아는데, 왜 나를 나태하다고 취급하는 것일까요.

나는 당신에게 비록 하찮지만 나 자신을 평생의 선물로 바쳤습니다. 그런데도 당신은 제가 당신이 아닌 제삼자를 섬길 것을 원합니다(당신과는 마치 일심동체인 형님을 제삼자라고 말할 수 있다면 말입

---

8) 너를 억누르던 자들의 자손들이 몸을 굽혀 너에게 오고 너를 멸시하던 자들이 모두 너의 발아래 엎드려 너를 '주님의 도성' '이스라엘의 거룩하신 분의 시온'이라 부르리라.

니다만). 이 점에서는 저는 조금도 꺼림칙함을 느끼지 않습니다. 만약 죄가 있다면, 그 용서를 구해야 할 사람은 당신 자신이나 형님 쪽일 것입니다.

편지를 마치는 데 있어서 당신은 그 재치 있는 농담으로 나의 감정을 상하게 한건 아닌지 두려워서일까요? – 실로 사자는 아무리 좋은 의도로 가볍게 닿더라도 작은 동물은 잘 짓눌려 지기 때문에 – 저를 상처 입혔다고 생각되는 곳에 그윽하고 달콤한 향유 한 방울을 발라 감미로운 초대를 하시고 계십니다. 나도 당신을 사랑하도록, 아니 오히려 당신의 사랑에 보답하라고.

저는 어떻게 말씀드려야 할까요? 슬픔 못지않게 기쁨도 말을 많이 하는 것을 방해하는 법입니다. 하지만 내가 잠자코 있어도 이 일만은 아실 것입니다. 즉 나는, 이처럼 고매하고 당연한 사랑에로 재촉 받지 않으면 안 될 정도로 그다지 목석은 아닙니다. 오히려, 사랑을 억제하기보다 북돋우는 것을 더 필요로 하는 것 같았으면 좋았을 텐데요!

그렇게 하면 나는 분명, 청춘을 더 평온하게 보낼 수 있었을 것이고, 장년은 더욱 더 평온하게 지낼

수 있을 것입니다. 제발 적어도 내가 이런 척을 하고
있다고는 생각조차 하지 말아 주십시오. 안녕히 계
십시오.

12월21일, 아비뇽에서.

(『친근서간집』 제2권 9)

〈해설〉

볼로냐 유학에서 아비뇽으로 돌아간 페트라르카
는, 이윽고 로마의 권문(權門) 콜론나 가문의 자코모와
서로 알게 된다. 자코모·콜론나는 1301년경 태어나
페트라르카보다 세살 정도 위였다. 그러나 1341년 페
스트로 사망한다.

자코모·콜론나도 볼로냐 대학 법학부에서 공부했
는데 교회 법을 전공하고 1328년 5월에는 주교가 된
다. 그 역시도 이탈리아어로 시를 썼다. 그와 페트라르
카와의 교우는 공통된 문학열에 힘입은 바가 적지 않
았던 것 같다.

그러나 두 사람의 관계는 친구관계인 동시에 주
종관계이기도 했다. 페트라르카는 자코모를 "나의
첫 번째 주인"이라고 부른다. 페트라르카가 자코모
를 섬긴 것은 자코모가 가스코뉴 지방의 마을 롱베
의 주교직을 맡은 1328년 이후의 일이었을 것이다.
그리고 1330년 가을부터는 자코모의 추천으로 그의
형 조반니 콜론나 추기경을 섬긴다. 같은 가문의 성
당 담당사제가 된 것이다. 또한 조반니는 1300년 경
에 태어났고 1327년에는 이십대의 젊은 나이에 추

기경이 된 인물이다. 조반니 콜론나 추기경은 1348년에 페스트로 사망한다.

그런데 1333년 프란체스코 페트라르카는 자코모 주교의 로마 행 계획을 알고 동행을 약속받는다. 고전 라틴문학을 열렬히 사랑하여 고대 로마에 심취해 있던 페트라르카에게 있어서, 로마는 동경의 땅이었던 것이다. 그런데, 그 여름 페트라르카가 북프랑스, 플랑드르, 독일을 여행하고 있는 사이에 자코모는 갑자기 로마로 떠난다. 로마의 양대 세력 콜론나 가문과 오르시니 가문의 오랜 적대관계가 격화되면서 자코모는 그 출발을 서두른 것이다. 로마행의 호기를 놓친 페트라르카의 낙담은 컸다.

그리고 삼년 이상 지난 1336년 12월 페트라르카는 자코모에게 '장난 편지'를 받는다. 이 편지는 페트라르카의 로마 행 소망을 겉치레뿐인 것 같다고 야유하고, 그의 출발을 촉구하고 있었다. 이 편지에의 회신이 여기에 번역하는 서한이다. 이것을 쓰고 나서 얼마 되지 않아 페트라르카는 실제로 로마로 여행한다.

그러나 이 서간은 로마에의 동경외에도 몇 개의 중요한 문제를 담고 있다. 여기에서는 다음의 몇가지 점만을 지적해 두고 싶다.

페트라르카는 1333년경부터 아우구스티누스에 깊이 심취하지만 여전히 이교(異教)의 고전 문학을 열애하고 있었다. 이를 모순으로 지적하는 자코모에 대해 페트라르카는 고전문학이 그리스도교에 반하는 것이 아님을 강조하며 고전문학을 옹호한다. 그리고 그리스도교와 고전문화의 통일이라는 자신의 기본입장을 선언하여 밝힌다.

또한 자코모는 라우라에게 기울이는 페트라르카의 사랑의 진실성에도 의문을 던지고 있다. 페트라르카의 친구 사이에서조차 라우라라는 한 여성의 실재나 시인의 사랑의 진실성이 의문시되었다는 사실은 흥미롭다. 연인 라우라의 실재를 의심할 수는 없다고 해도 자코모의 지적 역시 일면의 진리를 담고 있는 것 같다.

페트라르카의 대화편 『나의 비밀』은 공개의 의도 없이 저자 자신을 위해 쓰여진 작품이지만 그 제3권은 라우라에 대한 사랑과 명예욕을 주제로 자기 분석이나 내성(內省)을 취급하고 있다. 그에 따르면 시인이 라우라를 사랑한 것은 '그 육체의 아름다움보다 이름에 더 매료'되었기 때문이었다. 즉 그가 열망하는 '시인의 계관'과 같은 이름 때문이기도 했다. 라우라에 대한 사랑과 문학적 영광에의 동경은 젊은 시인에게는 나누기 어려운 일체이었던 것이다. 물론 라우라는 시인에게 있어서 모든 지상적 감미로움의 집약적 표현으로써 동경되는 이상적인 존재였다. 그러나 모든 지상적 감미로움 속에서 그가 가장 열망했던 것이 명성과 명예였다. 그것도 일시적인 것이 아니라 시인의 죽음 이후에도 계속 살아 있는 불멸의 것이어야 했다. 그리고 그것은 불후의 저작(著作)에 의해서만 획득될 수 있었다. 거기서 페트라르카의 문학적 영광에 대한 열망이 생겨나 문학적 영광의 구체적 형상인 '시인의 계관'에 대한 열렬한 동경이 생긴다. 게다가 그에 의하면 불멸의 가치를 가지는 뛰어난 저작(著作)은 라틴 고전문학을 철저히 연구해 양식(糧食)으로 해야만 만들어질 수 있었다.

라틴 고전문학은 모든 문학의 정점에 위치해 문학의 완성형태를 보이는 것으로 여겨졌기 때문이다.

이러한 이유로 페트라르카에서 보이는 고전 문학열, 고대 로마에 대한 동경, 저작 활동에 대한 열정, 명예욕, 라우라에의 사랑은 그의 내면에서는 나누기 어렵게 결부되어 있었다. 요컨대 로마에 대한 동경과 라우라에 대한 동경, 사실 하나의 두 가지 일면일 뿐이었던 것이다.

도읍지(수도) 로마에서

조반니·콜론나 추기경님께

　이미 산에서 그렇게 많은 소식을 받았는데 로마로부터 무엇을 기대하시는 걸까요? 당신은 제가 로마에 도착하면 뭔가 위대한 것을 쓸 거라고 생각하고 계셨습니다. 아마 앞으로 써야 할 많은 소재는 주어진 것입니다. 하지만 현재로서는 너무나 많은 경탄해야 할 것에 압도되어 망연자실하고 어느 것부터 손을 대야 할지조차 모르겠습니다.

　단지, 이것만은 잠자코 있고 싶지 않습니다만, 염려하셨던 것과는 정반대의 일이 생겼습니다. 잊지도 않지만 당신은 항상 내가 여기에 오는 것을 말리려고 하셨습니다. 폐허가 된 이 도시의 경관은 도무지 그 명성에 걸맞지 않고, 제가 독서에 의해 키운 로마관(觀)에도 반하기 때문에 제가 열렬히 심취하고 있는 그 마음도 식어버리지는 않을까 하는 것이 가장 큰 구실이었습니다.

그리고 저도 또, 소망에 불타고 있으면서도 일부러 출발을 미루고 있었습니다. 현실이라는 것은 항상 명성의 적이기 때문에, 한번 로마의 현실을 보자마자 마음속으로 그리던 것이 시들어 버리지나 않을까 두려웠습니다. 그런데 현실은 이상하게도 아무것도 줄이지 않고 모든 것을 증대시켰습니다. 정말로 제가 생각했던 것보다 로마는 더 위대하고 그 유적도 더욱 거대합니다. 지금 내가 놀란 것은 세계가 이 도시에 지배되었다는 것이 아닙니다. 단지 내가 너무 늦게 로마의 지배를 받게 되었다는 것입니다. 안녕히 계십시오.

3월 15일, 로마 카피톨리움 언덕에서.

(『친근서간집』 제2권 14)

　1336년말 자코모·콜론나에 대한 답장을 쓰고 페트라르카는 곧 아비뇽을 떠나 로마로 향했다. 그는 마르세유에서 뱃길을 잡고 로마에 가까운 치비타베키아에 상륙한다. 그러나 로마로 가는 길은 오르시니가(家)의 지배하에 있어서 그는 위험을 피해서 로마의 북서쪽 약 60킬로미터의 카프라니카로 향했다.

　이곳에서 콜론나 가문 일족의 성에 머물던 중 1337년 1월 26일 자코모가 큰형 스테파노와 함께 백기(百騎)에 가까운 무장 병력을 데리고 도착했다. 페트라르카가 기마대의 호위로 수도 로마로 간 것은 다음 달 2월일 것이다.

　페트라르카의 로마 체재는 수개월에 이르렀다. 그가 고대 로마의 유적을 찾아다닌 것은 말할 필요도 없다. 처음 보는 '폐허화된 이 도시'의 장대한 경관은 그에게 강렬한 인상을 심어주며 깊은 감동을 불러일으켰다. 그 감동을 그는 아비뇽의 콜론나 추기경에게 쓰고 있다. 여기에 번역하는 서간이 그것이다.

　서간은 짧다. 하지만 이 짧음은 오히려 감동의 크

기를 말해준다. 감동의 내용을 하나하나 구체적으로 밝힐 수는 없는 것이다. 게다가 그 감동은 단지 로마 유적의 물리적 거대함에 의해서만 일어난 것이 아니다. 로마의 유적을 본 적이 있거나 날마다 보고 있는 사람은 당시에도 수없이 있었지만 그 사람들 대부분은 페트라르카의 감동과는 무관했다.

페트라르카의 고대 로마 심취는 고대 로마 세계와 그 문화에 대한 풍부한 지식과 깊은 이해를 바탕으로 하고 있었다. 그러한 그의 주체적 조건이야말로 로마의 폐허를 보았을 때의 감동의 진정한 원천이었다. 그가 폐허의 여기저기에 멈춰 서서 이것저것 유적을 볼 때 그의 마음은 그것들을 통해 고대 로마세계에 살고 있었다. 그리고 고대 로마 사람들과 이야기하며 고대 로마의 여러 사건에 관여하고 있었던 것이다. 그러니까 로마의 폐허에 서있는 페트라르카에 있어서는 그 폐허도, 폐허를 구성하는 하나 하나의 물체도 단순한 사물은 아니었다. 이들 모두 고대 로마의 역사가 살아 숨쉬고 고대 로마의 정신이 살아 숨쉬고 있었던 것이다. 거기에는 하나의 발견이 있었다. 고대 로마의 재발견이다.

또한, 서간의 첫머리는 '이미 산에서……'라고 되

어 있는데 이것은 카프라니카에서 추기경 앞으로
보낸 편지를 말한다. '산(山)'에서의 두 통 역시『친근
서간집』에 수록되어 있다.(제2권 12 및 13)

<서간문 19>

호민관 콜라와 로마 인민에게

오, 고매한 분이여. 이 정도의 위업을 달성한 영예를 기려 먼저 그대에게 축사를 드려야 할지, 아니면 그대에 의해 해방된 시민에게 축사를 하고 시민을 위해 한 그대의 공적과 자유의 회복에 성공한 행운을 함께 축복해야 할지 난 결정하기 어렵습니다. 오히려, 다 같이 양측에 축의를 나타내고, 양측에 동시에 이야기하기로 하겠습니다. 위업 그 자체에 의해서 하나가 되어 있는 사람들을 말로 구별하는 것은 그만합시다.

그러나 이렇게 갑작스런 기쁨에 직면해 어떤 말을 사용하면 좋을까요. 어떤 소원을 담아 기뻐 날뛰는 마음의 감동을 표현하면 좋을까요. 평범한 표현은 어울리지 않으며 새로운 표현을 시도하기도 망설여집니다. 나는 잠시 내 일에서 떨어져 - 하지만 시간이 없기 때문에 서둘러서 – 호메로스풍의 문체에 적합하다고 생각된다는 것을 이 편지에 담습니다.

자유는 이제서야 여러분 곁으로 돌아왔습니다. 자유가 얼마나 달콤한지 얼마나 바람직한지는 그것을 잃어봐야 알 수 있습니다. 오랜 경험으로 자유의 귀중함을 몸으로 알게 된 그대들이여, 이제 자유를 누리십시오. 즐겁게, 진지하게, 겸손하게, 평온하게 누리십시오. 그리고 하느님에게 감사를 드리십시오. 이만한 선물을 주신 하느님께. 참으로 주님은 자신의 거룩한 도읍지를 아직도 잊지 않으시고, 세계 통치의 자리로 정해진 이 도시가 더 이상 노예처럼 복종하는 상태에 있는 것을 볼 수 없었습니다.

그러므로 용감하고도 강한 사람들이여, 지난날 강한 사람들의 후계자인 사람들이여, 자유와 함께 지금 건전한 정신도 되살아났다면 여러분 한 사람 한 사람이 목숨을 걸고 자유를 지킬 결의를 다져주십시오. 자유없는 인생은 일장 익살극에 불과합니다. 지난날의 노예와 같은 복종을 늘 눈앞에 떠올리십시오. 정말로, 나의 착각이 아니라면, 이제 여러분에게는 삶보다 자유가 훨씬 소중할 것입니다. 그러니까 만약 그 중 하나를 포기해야만 한다면 누구나 수치스런 복종 속에서 사는 것보다는 죽는 것을 택할 것입니다. 로마의 피를 조금이라도 이어 받은 사람이라면 더더욱 그렇습니다. 낚시바늘에서 벗어난 물고기는 물 속에 움직이는 무엇을 발견해도 무서워하는 법입니다. 늑대의 이빨을 본적이 있는 양은 먼 곳에 회색 개의 그림자를 얼핏 보더라도 부들부들 떨고, 새를 잡는 끈끈이에서 달아난 작은 새는 안전한 나무 숲에도 겁이 나기 마련입니다.

어러분도 또한, 거짓 희망이라는 좋은 미끼로 속삭이는 낚싯바늘에 포위되고 못된 습관의 새잡이 끈끈이나 굶주린 늑대떼에 에워싸여 있는 것입니다. 아무쪼록 경계를 게을리하지 않고, 여러분의 생각, 행동 하나하나가 자유의 수호와 향유이기를 바랍니다! 여러분의 관심도 노력도 오로지 자유를 지향하며 각자의 행위도 모두 자유를 목적으로 해야 합니다. 그 이외의 어떠한 행위도, 돌이킬 수 없는 시간의 낭비, 위험한 착오로 간주해주십시오! 아마도 오랜 습관에 의해 여러분이 폭군들에게 품었던 그릇된 존경심, 부끄러운 친밀감의 기억, 그것들은 모조리 여러분의 마음속에서 사라져 없어지는 것이 좋습니다. 노예도 어쩔 수 없이 거만한 주인을 받들고 새장

속의 작은 새도 모이를 주는 주인과 재잘거리지만, 노예는 가능하면 쇠사슬을 끊고 작은 새도 출구가 발견되면 기뻐하며 날아가는 것입니다.

참으로 고귀한 시민 여러분! 이전에는 모든 민족이 여러분을 섬기는 것을 습관으로 해서 왕들도 두려워 엎드리고 있었는데, 그 여러분이 이제 복종하여 소수자의 부끄러운 폭정 아래에서 납작 엎드려 있었습니다. 게다가, 고통과 치욕의 극치라고 해야 할 것은 도읍지 로마와 연고가 없는 다른 나라 사람을 주군으로 삼았던 것입니다. 여러분의 명예와 보물을 강탈하고 자유를 파괴한 이 일당들을 열거하고 각각의 출신을 살펴보십시오. 어떤 사람은 스폴레토 계곡 출신, 어떤 사람은 라인이나 론강 유역, 혹은 이름도 없는 어느 변두리 출신입니다. 그 옛날 뒷짐에 결박당하여 개선식으로 끌려 다니던 그 사람이 어느 날 갑자기 포로로부터 시민이 된 것입니다. 아니, 시민은커녕 폭군이 된 것입니다. 그러니까, 이러한 일당들이 더욱더 그 고국을 생각해 과거의 예종의 치욕이나 고국의 산야에 흘린 동족의 피를 생각할 때 로마를 미워하고 그 영광과 자유를 미워하며, 요컨대 여러분의 혈통을 미워하는 것도 결코 놀랄 일이 아닙니다.

　제가 놀라는 건 오히려 다음 일입니다. 여러분은 로마인이고 게다가 무장하고 있는데 왜 그토록 오랫동안 참고 따르는 일을 거듭해왔는가. 일당들의 이렇게까지 참기 어려운 오만은 무엇에서 비롯된 것인가. 이렇게 득의양양한 것을 보면 뭔가 특별히 뛰어난 것이라도 갖추고 있는가. 결코 일당만큼 인간으로서 가난한 사람은 없는데, 그들은 어떤 거짓 명성 때문에 오만하게 굴고 있는가. 혹은 남아돌 정도의 재력 때문일까. 하지만 그들은 사기나 약탈을 하지 않고서는 굶주림을 견딜 수 없을 것입니다. 혹은 막강한 권력 때문에 오만한 것인가. 하지만 그 권력은 여러분이 한번 용기를 가지기 시작하면, 금방 헛되게 될 것입니다. 혹은 귀족의 집안과 혈통이나 일당들이 불법 취득한 이상한 로마 거주권을 자랑할 수 있는 것일까요? 무엇을 근거로 로마의 피를 이어받는 사람이라고 우쭐거릴까요? 하지만 그들은 아무런 부끄러움도 없이 그렇게 합니다. 그리고 오랫동안 거짓말을 하여 로마인이라고 자칭해 왔기 때문에 마치 거짓으로 규정을 정한 것처럼 이미 로마인이라고 굳게 믿고 있는 것입니다. 아니, 그것뿐이 아닙니다. 웃어야 할지 슬퍼해야 할 일인지는 모르겠습니다만, 이미 로마 시민의 명칭마저 더럽혀지기에 이르게 되었습니다. 실제로, 일당들은 스스로를 로마 시민이 아닌 로마의 제일인자(프린켑스, Princeps)로 부르고 있습니다.

그러나 이것은 도저히 아직, 그다지 분개할 만한 것은 아닙니다.

하물며 일당은 인간성까지도 잊기에 이르렀습니다. 참으로 그 미친 태도는 이미 도를 넘어 '인간'이 아닌 '주군(主君)'으로 불리기를 바라고 있습니다. 무슨 미친 짓! 과거 로마에서 세계의 통치자로서 모든 왕국의 지배자인 신과 같은 아우구스투스 황제조차 자신이 주군으로 불리는 것을 포고로 금했습니다만 (수에토니우스 『황제전』 제2권 53), 그와 같은 도시에서 이제는 굶주린 늑대와 같은 거지 도적들이 주군이라 불리지 않으면 몹시 모욕 받았다고 생각하기에 이르렀습니다. 오오, 운명의 비참한 역전, 전대미문의 세상 형편의 변화! 바라 건데 이 암흑은 쫓겨나고 오류는 물리치고 진리의 빛에 이르기를.

이성이 부족한 그들이 '인간'인지 어떤지는 사물의 정의를 연구하려고 하는 사람들의 판단에 맡깁시다. 그러나 그들이 '주군'인지 어떤지의 판단은 오로지 여러분에게 달려 있습니다. 같은 도시 로마에서 동시에 일당들이 주군이며 여러분이 자유로울 수는 없기 때문입니다. 그리고 제가 판단해야 할 것은 단하나, 그들은 확실히 로마인이 아니라는 것입니다.

귀족의 거짓이름을 뽐내고 있는 이 패거리 중에는 타국인이 아닌 사람은 한 명도 없었습니다. 그들이 어디에서 왔든, 어떤 불행한 운명의 바람에 실려왔든, 어떤 야만의 땅 출신이든, 그리고 얼마나 여러분의 광장을 배회했다 해도, 아무리 호위의 군대에 앞뒤를 에워싸고 카피톨리움에 올랐다고 해도, 아무리 그 오만한 발밑에 위대한 로마인들의 유해를 능욕했다 해도 그 사람들 중에는 다른 나라 사람이 아닌 사람은 한 명도 없었습니다. 그리고 풍자작가 유베날리스도 말하듯 [바로 노예로서],

방금 이 마을로 흰색 낙인이 찍힌 발로 온 남자.

(『풍자시집』 제1곡 111)

게다가 시인 루카누스의 말도 현실이 된 것입니다.

로마는 엄청난 악에 대한 유일한 위안을 잃었다.
국왕이라는 것을 인정하지 않고, 자기의 시민을 섬긴
다고 하는 위안을.

(『파르살리아』 제8권 354~356)

여러분의 불행에 대해서도 이러한 위안이 주어졌더라면 그나마 좋았을 것입니다. 시민이든 왕이든 한사람을 섬겨, 다른 나라 사람으로서 도적이 된 여러사람을 섬긴 것은 아니다라는 위안이.

그러나 그 옛날, 그 유명한 로마인의 적 한니발이 말했다고 전해지는 것은 진리입니다.

지나간 일은 바로잡는 것보다 비난하는 편이 쉽다.

(리비우스 『로마사』 제30권 30장)

그러니까 여러분의 과거에 대해 더 이상 추궁하거나 비난하지 않기 위해서 아니, 오히려 제군의 치욕심을 달래기 위해서 말씀드리자면 여러분의 조상들도 또한 왕들을 모셨습니다. 게다가 그 왕이란 것이, 반드시 로마인이 아니라 때로는 사비니인 때로는 코린토인이고 그 중에는 노예 출신도 있었다고 전해집니다.

그러나 순조로운 환경뿐만 아니라 역경(逆境)에도 끝장이 찾아오는 것입니다. 이렇게 조상들에게도 여러분에게도 뜻밖의 자유의 옹호자가 출현했습니다. 그리고 고대도 현시대도 각각의 브루투스를 만났습니다. 지금까지 벌써 세 명의 브루투스가 차례로 용감한 이름을 떨쳤습니다. 첫 번째의 브루투스는 교만왕(驕慢王)(스페르부스) 타르퀴니우스를 추방한 인물. 두 번째는 율리우스·카이사르의 살해자. 그리고 세 번째는 현시대의 폭군들에게 추방이나 죽음의 징벌을 가하고 있는 이 사람입니다.

이 사람은 두 사람의 선배를 동시에 방불케 합니다. 결국 이 사람은 두 사람의 선배들이 서로 나누어 가지고 있던 두 겹의 칭찬할 만한 것을 모두 한 몸에 모으고 있기 때문입니다. 그렇다고는 해도 자신의 행동력이나 본심을 숨기어 감추는 것에 능한 점에서는 첫 번째의 브루투스와 한층 닮았습니다. 어느 것이나.

"젊은 브루투스는 그 겉모습과는 사뭇 다른 정신을 갖추고 있었습니다. 이러한 가면(假面) 아래에서, 로마 인민의 해방자는 은인자중(隱忍自重) 본심을 밝힐 기회를 엿보고 있었습니다."

(리비우스 『로마사』 제2권 56장)

고대의 브루투스에 대해서는 역사의 일인자 리비우스가 증인입니다만, 이 현시대의 브루투스에 대해서는 여러분의 경험이 증인입니다. 고대 브루투스는 왕들의, 이 브루투스는 폭군들의, 처음에는 경멸을 당하고 나중에는 공포의 대상이 되었습니다. 전자에 대해서는 책으로 읽히고, 후자가 폭군들의 무례한 처사를 받은 것은 여러분들이 본 대로입니다. 이 폭군들에게는 공정한 법 아래 시민들과 함께 사는 것은 노예와 같은 복종의 극치이며 오직 부정과 횡포만이 위대한 것으로 여겨집니다. 그 일당들을 우리가 브루투스의 겸손함을 경멸하고 짓밟고 있었습니다만, 이 겸손 속에 사실은 위대한 정신이 깊이 숨겨져 있었습니다. 단언하지는 않지만, 이 사람은 마침내 지금 실현에 이른 이 계획을 항상 마음에 품고 있었습니다. 단지 시기의 도래를 기다리고 있었을 뿐입니다. 그리고 때가 되자, 그 첫 번째 브루투스보다 더한 공포의 대상이 되었습니다. 그 브루투스가 정녀(貞女) 루클레티아의 가슴에서 뽑아낸 단검을 휘두르며 시민동포에게 자유를 되찾아 주었을 때보다도 용감했고, 이 브루투스는 이제 여러분들을 위해 자유를 탈환해주었던 것입니다.

다만 차이도 있습니다. 고대 브루투스들의 인내는 단 하나의 범죄에 대한 분노로 인해 깨졌지만, 여러분의 인내는 수없이 파렴치한 행위와 참을 수 없는 부정으로 인해 깨졌습니다. 이 폭군들을 위해 여러분은 끊임없이 피를 흘리고 여러분의 땀과 자산으로 그 일당들을 양육하고 국가사회의 빈곤화를 대가로 그들을 사적으로 부유하게 한 것입니다. 게다가 그 들은 여러분을 자유로워야 할 백성으로 보지 않고, 공화국의 유산을 갈기갈기 찢어 약탈하고 계속하여 자신들의 끔찍한 소굴의 깊숙한 곳으로 옮겨 모았던 것입니다. 자신들의 나쁜 짓이 국외에까지 알려져도 치욕이라고는 생각하지 않고 조국의 비참함에도 일말의 괴로움도 느끼지 않고 불경하게도 주님의 신전을 약탈하고 성채를 점거해, 공공의 재화, 로마의 시가지 구획, 시정의 직책을 서로 나누어 훔치는 것을 꺼려하지 않았습니다. 그 밖의 생활에서는 사사건건 당쟁을 일삼고 생각하는 것 모두 반목항쟁을 되풀이하면서, 단지 이 일에 있어서는 도리에 어긋난 굳은 약속 아래 놀라운 단합을 나타낸 것입니다. 그리고 교량이나 시벽(市壁)이나 무고한 묘비까지 황폐하게 만들었습니다. 그리고 마침내 노후되고 그들의 폭력으로 무너진 궁전, 그 옛날 위인들이 살고 있던 궁궐을 헐어버리고 심지어는 그들의 선조들의 패배를 기념하여 지어진 개선문을 어지럽히고 비열하게도 고대 로마와 자신들의 냉혹·야만을 잘라 팔며 더러운 이득을 얻으면서도 부끄러워하지 않았던 것입니다. 이렇게 해서 이제 이 무슨 슬픔이며, 무슨 치욕인가!

로마 시민 여러분의 대리석 열주, 어제까지 전 세계에서 경건하게도 순례의 무리가 모여든 신전의 문, 여러분 조상들의 존경해야 할 유해가 잠들어 있던 분묘 조각상, 그것들이 지금 단 하나의 예를 들더라도 게으른 나폴리를 꾸미는 데 사용되고 있습니다.

이렇게 조금씩 유적 자체도 사라져 고대인의 위대함을 말해주는 웅장한 증거도 없어지게 됩니다. 그러나 여러분은 수천 명의 대장부이면서도, 얼마

안 되는 도적이 스스로 정복자인 듯 로마시에서 갖은 횡포를 다하는 것을 앞에 두고, 노예와 같다고는 할 수 없지만 어린 양처럼 침묵하며, 모두의 어머니의 지체가 잘게 잘려지는 것을 바라보고만 있어 왔습니다.

실로 폭군들은 여러분의 운명을 손에 쥐고 각각 마음대로 여러분 한사람 한사람을 붙잡고 있었습니다. 저 아테네는 그 영광의 모든 것을 박탈당하고 서른명 참주(僭主)9)의 마음대로 되었다는 것을 읽을 때 이것이 연약한 아테네에서 생긴 일임에도 놀라움과 분노가 일어났음을 기억합니다. 똑같은 불행은 로마에서도 발생했습니다. 세계의 통치자로서 모든 도시나 나라의 주인이며 지금껏 숭고하게도 제국의 수도로 삼아 교황의 자리여야 할 수도 로마가 아마 서른 명을 별로 넘지 않는 폭군들, 아니 그보다 적은 폭군들의 제멋대로의 생각과 행동에 굴종을 감수한 것입니다. 게다가 오늘에 이르기까지 이 사태에 마음속으로부터 분노하는 사람은 한 명도 나타나지

---

9) 고대 그리스의 여러 폴리스에서, 비합법적 수단으로 지배자가 된 사람. 대개 귀족 출신으로 평민들의 불만을 이용하여 지지를 얻어 정권을 장악하였음.

않았습니다.

대체 이 폭군들 중 누가 과거 여러분의 노예 같은 헌신에 만족했던 것인가요? 그것이 천한 헌신이 아니라면 말입니다. 노예라도 어느 정도 온순한 사람은 – 아니 가축조차도 – 소중히 여기는 것이 보통입니다. 그들에게 대한 애정때문이 아니라고 해도 적어도 손실을 우려하기 때문입니다. 하지만 폭군들 중 누가, 여러분을 소중히 했던가요? 여러분 중 누가, 겨울이 한창이거나 한밤중에, 호우와 천둥 속에서 사랑스런 아내의 품에서 떨어져 사지로 향하게 되지 않았을까요? 혹은 눈 덮인 산지나 질퍽한 늪지를 천한 노예처럼 끌려 다니지 않았을까요?

지금쯤 여러분은 아주 무거운 잠에서 깨어난 것 같습니다. 그러니까 이전의 굴욕을 부끄러워하고 후회하는 마음이 있었다면 어떠한 새로운 사태에도 대처할 수 있도록 예의주시해 주십시오. 여러분의 축사에서 쫓겨난 늑대 떼는 아직도 끊임없이 축사 주변에서 계속 으르렁거리며 슬픈 듯한 억지소리를 내거나 여러가지 환심을 사려는 태도를 보이고 있습니다. 그들이 우격다짐으로 쫓겨난 그 축사에 그들 중 한 마리라도 모략으로 침입하지 않도록 해주십시오.

그것을 위한 주의를 게을리하면 어떻게 될까요? 아아, 그런 일은 조짐마저도 바람에 날려버리는 것이 좋습니다. 그런 일은 볼 것도 없고 단지 생각만 해도 전율이 납니다. 그들이 축사에서 쫓겨났을 때의 굶주림을 그대로 가지고 돌아올 것이라는 말은 믿지 마십시오. 그 굶주림은 시간이 지나 훨씬 흉포하고, 격렬하게 될 것입니다. 그들은 양떼의 피에도 목자의 피에도 메말라 있습니다. 그리고 여러분의 자유와 여러분 해방자의 명예를 자신들의 비참함과 불명예로 여기고 있습니다. 이 적에 대해 자신 있게 일어서 주십시오. 여러분이 일치단결만 하면, 일당들은 세력이 적어서 하찮을 것입니다.

하지만 저는 여러분에 대한 사랑이 크기 때문에 그만큼 위기감도 큽니다. 그리고 같은 이유에서 또, 지극히 대담해집니다. 사랑은 겁쟁이에게도 자신감을 주기 때문입니다.

앞에서 언급한 고대 공화국의 동란의 시기에도 전 시민의 자유에 적대하여 소수자의 압제정치에 가담하는 사람들이 있었습니다. 이 잘못을 저지른 것은 비천한 젊은이들이 아니라 명문가의 젊은이들입니다.

더구나 자유의 회복자 브루투스[첫 번째 브루투스], 그 사람의 아들들도 가담하고 있었습니다. 진한 핏줄, 오랜 친분, 너무나 친밀한 교분 때문에 그들은 마(魔)가 끼어 자신을 잊었던 것입니다. 하지만 아버지는 당연히 죽음으로 그들을 벌했습니다. 조국의 자유를 빼앗는 것보다 자신의 아들들의 목숨을 빼앗는 것이 더 숭고하다고 여겼기 때문입니다. 이 아버지는 자식을 잃고 불행하였지만 그 정신의 덕성 때문에 더없이 행복했다고 생각합니다.

바로 이 사건과 같은 일을 나는, 이 현시대의 동란기에도 일어날까 두려워합니다. 현시대인의 정신은 보다 허약하고 절개와 지조가 없는 만큼 나는 더욱 두려운 것입니다. 혹은 폭군들과 혈연관계로 맺어지고, 혹은 비참하게도 노예 같은 복종이 습성이 되어, 몸을 굽히고 술과 음식의 향응에 기대는 것이 청렴한 자유보다 매력적이라고 생각하는 무리가 얼마나 많을까요! 이 무리들은 사람들 앞에서 인사를 하거나, 여기저기 초대받거나, 미덥잖은 명령 그대로 바쁘게 뛰어다녀서 지치거나, 불명예롭고 천한 기생충으로서 폭군들의 꺼림칙한 식탁옆에 시중들고서는 다른 사람이 포식한 후의 얼마 안 되는 나머지를 게걸스럽게 꽉 채워넣고서 뭔가 대단한 일을 하고 있는 것처럼 생각합니다. 바로 이것이, 다른 것이 아닌 이것이, 이 불쌍한 무리들의 즐거움이고 무리들의 엄청난 범죄나 노력의 보수입니다.

하지만 그대는 씩씩한 용사, 그 경건한 양어깨에 위태로운 공화국의 거대한 짐을 떠맡은 것입니다. 부디 이런 종류의 시민에 대해서는, 잔인한 적에 대한 때보다 전의를 불태우고, 경계를 게을리 하지 마십시오! 오오, 현시대의 브루투스여, 고대 브루투스의 모습을 항상 눈앞에 떠올려 보세요.

그는 집정관이었지만 그대는 호민관입니다. 이 두 개의 요직을 비교해 보면 알 수 있듯이, 집정관들은 로마의 평민에 대해 종종 과격한 언사를 쓰면서 종종 냉혹한 처사를 했지만 호민관들은 항상 단연코 평민의 비호자였습니다. 그런 집정관 브루투스가 자유를 사랑하는 나머지 한 두 아들을 사형에 처했다면 호민관인 그대가 그런 종류의 시민들에게 어떤 태도로 임해야 하는지는 알 것입니다. 부디 충심으로부터의 충고를 거절하지 말아주세요. 혈연이나 정에 사로잡히는 것은 금물입니다. 그대 자신이 자유의 적으로 판단하는 자, 그 자는 그대의 친구일 수도 그 사람 자신의 친구일 수도 없습니다. 가장 귀중한 것을 양자(兩者)로부터 빼앗아가려는 자이기 때문입니다.

저 살루스티우스의 말은, 도읍지 로마에 대해서 들은 것입니다.

"이 정도의 대도시에서는 사람의 기질도 가지가지다."

『카틸리나 전기(戰記)』 51.35)

그렇다 치더라도 얼마 안되는 보수 때문에 쉽게 자기 자신도 나라를 팔고, 하느님의 정의나 인간의 정의까지도 다 팔아치우려는 자가 오늘은 얼마나 많은 걸까요? 인민의 대다수가 목적을 하나로 하여, 종래의 두려움과 나약함을 떨쳐 없애버린다면 그건 바랄 나위 없는 행운입니다. 로마의 인민은 비록 억압받고 있다 해도 그 이름은 위대하고 두려워해야 합니다. 현명하게 통치만 하면 그 힘은 거대하고 방비는 견고합니다. 마음을 하나로 묶기를 바라기만 하면 그 자신으로 강대할 수 있습니다. 그리고 이제 그것을 원하기 시작했습니다. 아니, 이미 원하고 있습니다. 단결을 거역하는 자들은 인민의 동료가 아닌 그 적으로 간주해야 합니다. 독액(毒液)과 같은 이 일당에게서 공화국을 해방시켜야 합니다. 이렇게 순화되면 공화국은 그만큼 활발하고 강해질 것입니다.

부디 조심하시고 용감하세요. 그렇게 하면 반드시 충분히 힘을 기르고 단지 자유를 지킬 수 있을 뿐만 아니라 제국을 회복하는 것조차 꿈은 아닐 것입니다. 그러나 또 고대 로마의 기억도, 세계의 존경과 사랑을 모은 그 이름에 걸맞은 위엄도, 얼마나 도움이 될까요. 로마가 그 권리를 갱신할 때, 그러한 로마의 번영을 도대체 누가 원하지 않을까요. 이처럼 정당한 요구는 하느님도 사람도 당연히 이것을 지지할 것입니다. 이탈리아는 그 수도가 쇠약했기 때문에 병약해 있었습니다만, 지금 몸을 일으키려고 팔꿈치를 세웠습니다.

여러분이 만약 그 계획을 지속적으로 추진하고 낭보에 낭보가 잇따른다면 이탈리아는 즉시 쾌유하여 기분 좋게 일어설 것입니다. 좋은 사람들은 모두 가능한 한 도움을 아끼지 않을 것입니다. 그렇지 못한 자도 최소한 서약이나 기원으로 지원을 보낼 것입니다.

이에 반하여 조국의 배신자들은 이 세상에서는 복수자의 칼에 죽임을 당하고 저승에서는 당연한 벌을 받을 것입니다. 그들에 대한 가공할 벌은 근대의 석학뿐만 아니라 고대 시인들에 의해서도 그려지고 있습니다. 참으로 베르길리우스가 가혹한 형벌의 우리에 감금한 것은 이 패거리입니다.

> 이 사람은 돈을 위해 조국을 팔고 참주(僭主)를 모셨다.
> 돈을 위해 법을 포고하고 법을 폐지했다.
>
> 『아이네이스』 제6권 621~622)

이러한 종류의 인간, 혹은 오히려 짐승에 대해서는 준엄함은 인간적이며, 연민은 비인간적입니다. 이것이 솔직한 저의 개인 의견입니다.

오오, 고매한 분이여. 그대는 이제 불멸의 명성에 이르는 길을 멋지게 개척한 것입니다. 목적에 도달하고자 한다면 일관되게 이 길을 가야 합니다.

아니면 처음이 찬란했던 만큼 결말은 그만큼 불명예가 될 것입니다. 게다가, 이 길을 오르는 사람은 많은 위험과 난처함과 쓰라린 고생에 직면할 것입니다. 그러나 덕(德)은 험한 일을 좋아하고 인내는 고난을 기뻐하는 법입니다. 우리는 명예로운 노고 때문에 태어난 것입니다. 왜 아무 일도 하지 않고 편안함을 바라는 것입니까. 뿐만 아니라, 처음 도전했을 때는 곤란하다고 생각되었던 일도 나아가면서 점점 더 쉬워지는 것이 자주 있습니다.

그러나 우리는 친구들에게 많은 빚을 지고 부모님에게는 더 많은 것을 그리고 조국에 모든 것을 지고 있는데, 왜 내가 이런 것을 논할 필요가 있을까요. 그러니까 그대도 창을 휘둘러 무도한 적과 격돌하지 않으면 안 되더라도, 그 집정관 브루투스 그 사람을 본받아 과감히 맞서주십시오. 그는 전장에서 교만왕의 아들과 마주 대하여 이를 토벌했지만 자신도 상처를 입고 목숨을 잃었습니다. 이렇게 해서 그는 자신이 도읍지 로마에서 몰아낸 이 적을 저승까지 추격해 마지않았습니다.

하지만 그대는 적의 세력이 파멸하는 중에 상처를 입지 않은 승자로 개가를 올리게 될 것입니다. 만약 쓰러져 조국에 목숨을 돌려주지 않으면 안된다고 해도, 적은 지옥으로 떨어지는데 당신은 천국에 이르고 이 세상에 불멸의 이름을 남길 것입니다. 당신의 용기와 시민동포에 대한 사랑이 그대의 앞에 천국으로 가는 길을 열어 놓았습니다. 더 이상의 무엇을 바랄 수 있을까요?

로물루스는 로마 마을을 창설했습니다. 제가 자주 밝힌 그 브루투스는 자유를 회복했고, 카밀루스는 로마와 자유를 함께 회복했습니다. 그래서, 오오, 높은 덕성을 가진 분이여. 이 사람들과 그대 사이에 어떤 차이가 있다는 것입니까? 다만, 로물루스는 작은 마을을 약한 방벽으로 둘러쌓았지만, 그대는 고금의 마을 중에서도 최대의 마을로 견고한 성벽을 두른 것입니다. 브루투스는 단지 한 명의 폭군에 의한 횡령으로부터 자유를 회복했는데, 그대는 많은 폭군에 의한 횡령으로부터 그것을 회복한 것입니다. 카밀루스는 괴멸하는 도시 로마를, 아직 타다 남은 불 기운의 연기가 피어오르는 새로운 폐허 속에서 회복했는데, 그대는 그것을 이미 오래되어 한 조각의 희망도 없는 낡은 폐허 속에서 회복하는 것입니다. 오오, 우리가 카밀루스! 우리가 브루투스, 우리가 로물루스! 원하신다면 그 밖에 어떤 명칭을 바쳐도 좋을 것입니다. 오오, 로마 자유의 아버지여! 로마 평화의 아버지, 로마 평안의 아버지여! 그대 덕분

에 현시대 사람들은 자유롭게 죽을 수 있고 후세인
들은 자유로울 때 태어날 수 있는 것입니다.

오오, 영광스러운 사람이여. 그대에게 나는 두 가
지를 특별히 요망하려고 마음먹고 있었습니다. 어
느것이나 말하기는 쉽고, 하지만 매우 효과적인 일
입니다. 그 하나는 그대가 저에게 앞서 자발적으로
실행하고 있기 때문에 저는 또 다른 일을 요청하면
충분합니다. 사실, 전해 들은 바에 의하면, 그대는
공화국의 지도자의 지위에 오른 후에는 반드시 매
일, 공사(公私)의 일을 하기에 앞서 새벽과 함께 경건
하게 성체 배령의 성사를 하고 상세하게 고해를 하
고 계신다고 합니다. 이것은 지당한 일입니다. 우리
가 신체의 덧없음을 알고 인생의 무상함을 느끼고
우리를 사방에서 위협하는 다양한 위험을 직시하기
위해서는 이것은 빠뜨릴 수 없는 일입니다. 로마의
지도자 가운데서도 탁월한 지도자인 대(大)스키피오
가 만약 현시대에 되살아났다면, 생각건대 이 습관
을 지켰을 것입니다. 사실 그는 천상의 빛이 없어
암흑에 빠져있던 시대에도 가능한 한 이와 유사한
습관을 지켰습니다.

자, 그대에게 요청하고 싶은 또 하나의 일을 말합

시다. 당신이 가끔 잠자리에 들거나 누운 채로 잠이 오지 않거나 그 외 어떻게 해서든지 몸을 쉬거나 가끔 얼마간이라도 자유로운 시간을 발견할 수 있을 때는, 항상 정신의 양육을 소홀히 하지 마십시오. 한가할 때는 읽으십시오. 독서가 불편할 때는 다른 사람이 낭독해 주면 좋을 것입니다. 이 면에서도 모범으로 삼기에 적합한 지도자는 아우구스투스황제입니다. 그에 대해서는 이렇게 기록되어 있습니다.

> "침대로 옮겨도 많아도 7시간 이상은 자지 않았다. 그 7시간조차 잠을 잔 것은 아니다. 그 시간 안에 세 번이나 네 번은 눈을 뜨는 것이었다. 그리고 잠을 중단한 채 잠을 못 자기도 했지만, 그럴 때는 낭독자나 이야기꾼을 불러들이기로 했다."
>
> (수에토니우스 『황제전』 제2권 78)

이 아우구스투스 황제에 대해서는 다음과 같은 것도 전해지고 있습니다. 그는 시간의 절약에는 세심한 주의를 기울여 머리카락을 자르고 수염을 깎게 하는 동안에도, 읽기도 하고 쓰기도 했다고 합니다. (수에토니우스 『황제전』 제2권 79) 그러나 그대가 지금 놓여져 있는 현 상태에서 그대가 읽고 낭독하게 하기에 적합한 것으로는 우리 조상들의 위업이나 조국(祖國) 이 제공하는 모든 아름답고 갸륵한 덕행의 범례보다 나은 것은 없을 것입니다. 게다가 로마만큼 관계되 는 범례가 많은 도시는 없습니다. 그 감찰관·대(大)카 토의 로마사 『기원론(起源論)』에 의하면 [고대 로마인은 연회석에서] 피리소리에 맞추어 위인들의 아름다운 덕 행을 기리고 노래하는 것이 관례였습니다.(키케로 『투 스크룸 논의』 제1권 2) 이 또한 때로는 정신을 고무하고 모방욕을 북돋우겠지만, 제가 바라는 것은 이것이 아닙니다. 그대의 면전에서 로마의 역사서나 연대 기가 자주 낭독된다면 그것으로 충분합니다.

　이것으로, 그대에게 보내는 이야기는 끝내겠습 니다.

　로마 시민 여러분! 이제 비로소 진정한 시민이 된 여러분이여, 믿어주십시오. 이 사람은 바로 하늘에 서 여러분에게 파견되었습니다. 이 사람을 받들어 주십시오. 말하자면 하느님의 귀한 선물로. 여러분 의 몸과 마음을 바치고, 이 사람을 보호하고 도와주 십시오.

이 사람도 또, 다른 사람들과 함께 노예같은 복종 속에서 살아 어쩌면 위대한 인민이 자발적으로 받았던 속박을 감수하는 길을 선택할 수도 있었을 것입니다. 혹은, 그것이 견디기 어렵다고 생각되었다면, 로마 도읍의 참상을 눈앞에 보는 것을 피해 재빨리 달아나서, 적잖은 사람들의 예에서 볼 수 있듯이, 자발적 망명으로 굴욕을 면할 수도 있었을 것입니다. 단지 조국을 사랑하는 마음이 이 사람을 붙잡은 것입니다. 참으로 이 사람은 조국을 그런 상태로 내버려 두는 것을 모욕으로 여기고 여러분의 처지에 연민을 느껴 조국 안에 살아 조국을 위해 죽을 것을 결의한 것입니다. 이 사람이 얼마나 위험한 지경에 있는지 아실 것입니다. 이 사람을 도와주십시오! 못 본체 하지 말아주십시오!

로마 시민 여러분, 부디 생각해 보십시오.

여러분은 배은망덕하고 교만한 폭군들 때문에 죽음의 위험을 몇 번이나, 무릅쓴 적이 있는지를. 여러분 자신을 위해서가 아니라 그들의 이익을 위해서 무기를 들고 싸운 것인지를. 즉, 여러분 위에 누구보다 자유를 속박하는 정치를 하는 자, 누구보다 거리낌없이 함부로 여러분을 약탈하고 괴롭히고, 꾸짖고, 살륙하는 자를 위해서! 여러분은 비열한 독재자들을 위해 굴욕스런 복종의 치욕을 위해서조차 굳이 이 정도의 일을 했다면, 이제 여러분 자신을 위해서 여러분의 자유를 위해서 어지간한 노력을 하는 것은 당연합니다. 게다가 그 자유를 위해서 지금 드디어 한 사람의 인물이 출현해, 왕들에게서는 수도 로마를 탈환하고 황제들에게는 치명상을 안겨주었으니 말할 것도 없습니다.

로마 시민 여러분, 들려주십시오. 여러분은 로마 왕이나 황제들의 횡포는 용납하지 않았음에도 불구하고 야만족 출신 약탈자들의 오랜 잔인함과 난폭함이나 질리지 않는 탐욕에는 견딜 수 있다고 말하는 것인가요? 좋은 사람들의 경건한 소원이 이처럼 하느님의 뜻에 반한다고는 생각하지 않습니다. 그들 밑에서 사는 것은 그들 없이 죽는 것보다 더 비참합니다. 게다가 여러분의 아이들을 위해, 아내를 위해, 늙은 부모를 위해, 조상의 분묘를 위해서도 얼마간은 용기를 발휘하지 않으면 안 됩니다. 그리고 마지막으로, 공화국을 위해서는 모든 것을 희생해도 다 해야 합니다. 바로 공화국에 대한 애국심에서 데키우스 부자(父子)는 흔쾌히 목숨을 내던졌습니다.

　마르쿠스·쿠루티우스는 갑옷투구에 몸을 단단히 감싸고 기마와 함께 무서운 대지의 균열 속에 돌입했습니다. 호라티우스·코클레스는 테베레강을 등에 두고서 갑옷과 투구로 몸을 감싸고 방벽처럼 에트루리아군의 전면에 서서, (아군으로 하여금) 다리(橋)를 부수게 하고 나서는 갑옷투구의 모습 그대로 용솟음치는 흐름 속으로 몸을 날리게 한 것입니다. 같은 애국심에서 가이우스·무키우스·스카이볼라는 실패를 저지른 그 오른손을 스스로 불태워 처벌하여 적군도 감탄 속에 떨게 했습니다. [카르타고의 포로가 된 패장] 아틸리우스·레굴루스는 조국에 안전하게 머무를 기회가 주어졌음에도 불구하고 자진해서 적국에 들어가 격앙된 형리의 고문에 몸을 내맡겼습니다. 스키피오 가문의 두 형제도 에스파니아의 전장에서 중상을 입자 어쩔 수 없이 목숨을 내던져 카르타고군의 진격을 막아냈습니다. 그들의 아들 중 한 명 대(大)스키피오는 약간이라도 인민의 자유를 해치는 것보다는 오히려 은거지에서 가난하고 영예 없이 생애를 마감하는 것을 선택했습니다. 그리고 스키피오·나시카는 개인으로서 이기는 하지만 목숨을 걸고 티베리우스·그라쿠스의 책동을 분쇄했습니다. 반역의 시민들에 대해 같은 수단을 취한 사람은 그 밖에도 많이 있습니다. 마지막으로 소(小)카토의 예를 들자면, 사망한 곳의 도시명에서 우티카의 카토라고 불리는 이 사람은 전제자를 섬겨 조국의 노예와 같은 복종을 눈앞에서 보기보다는 스스로 죽는 것을 선택했습니다. 이 전제자 카이사르도 비길 데 없는 걸물이었지만, 이런 사례를 일일이 거론하다가는 한이 없습니다. 정말로, 같은 핏줄로 연결되는 개개인은 물론, 명문 집안의 온 가족 모두가 한 마음으로 같은 목적을 위해서 결속해 일어서는 모습도 볼 수 있었습니다. 그것을 증명하는 것은 크레메라 강입니다. 그 강가에서의 파비우스 집안 일족 306명의 찬란하고도 비참한 최후입니다. 아니, 일문일족뿐만이 아닙니다. 종종 대부대가, 군단이 한 덩어리가 되어 일어서서 조국을 위해서 기꺼이 전멸을 감수했습니다.

이런 일은 카피톨리움에서도 꼭 낭독되어야 한다고 생각합니다. 바로 그 카피톨리움 언덕의 정상에서 일찍이 맹장 만리우스는 거꾸로 떨어졌습니다. 그는 그 직전까지 카피톨리움 방위의 임무를 맡아 자유를 위해서 싸우고 있었지만 그 자유에 대한 음모의 혐의를 받고 반역을 기획하고 있는 것은 아닌지 의심받았기 때문입니다. 이렇게 해서 같은 암벽이 찬양과 엄벌의 기념비가 되어 이러한 일을 두 번 다시 저지르지 말라고 경고하는 불멸의 범례가 된 것입니다.

그러나 로마 시민 여러분! 자유를 지키고 지금까지 버려져 있던 공화국을 위해서 기꺼이 싸우는 것은 남을 위해 일한다고는, 결코 생각하지 마십시오. 그것은 자기 자신을 위해 일하는 것입니다. 내 모든 것이 오로지 공화국에 달려 있다는 것을 누구나 알아야 합니다. 공화국 안에서만 상인은 안전을 찾을 수 있고, 병사는 명예를, 농부는 풍작을 찾아낼 수 있습니다. 공화국 안에서만 성직자는 제사를, 학자는 한가로움을, 노인은 쉼터를, 소년은 면학을, 소녀는 결혼을, 주부는 정절을 찾아 만인이 기쁨을 찾을 수 있습니다.

로마 시민 여러분! 공사(公私)에 걸쳐서 매우 이로운 이 일에 모두 참가해 모든 노력을 기울여 주십시오. 이 일을 모든 것에 우선 시켜주십시오. 이 일을 소홀히 하면 다른 어떤 일을 해도 아무것도 하지 않는 것과 같습니다. 이 일에 몰두하면 비록 아무것도 하고 있지 않은 것처럼 보이더라도 사실은 시민으로서 인간으로서 그 의무를 온전히 다하고 있는 것입니다. 시민간의 불화·다툼은 여러분 사이에서 흔적도 없이 사라졌으면 하는 것입니다. 폭군들에게 선동되어 여러분 속에 타오르고 있던 증오의 불길은 여러분의 해방자의 경고와 여러분 상호간의 동포애에 의해 사라졌으면 하는 것입니다. 여러분끼리 경쟁해야 할 일은 하나입니다. 다른 사람보다 강력해지는 것이 아니라 보다 선량하고 너그러운, 보다 조국애가 강한 시민이 되는 것입니다. 이웃에 대해서는 보다 겸손하고 양보하며, 폭군에게는 보다 준엄한 것입니다.

호민관인 그 사람과도 경쟁하십시오. 통치에 있어서 이 사람의 현명함과 복종하는 여러분의 성실함과 어느 것이 더 나은가를 겨루어 주십시오. 정신적 단결을 다지는 데 있어서 사랑하는 것만큼 유효한 것은 없습니다만, 만약 사랑의 힘이 충분하지 않다면 적어도 공통의 이익을 생각해 주십시오. 이 유대로 인해 서로 굳고 평화롭게 이어졌으면 좋겠습니다. 그리고 여러분의 조상들로부터 받은 무기를 공공의 적에게만 향하지 마십시오. 이 패거리들을 추방하고 난처하도록 하여 처벌함으로써 조상들의 영혼을 위한 최고의 제물로 삼으십시오! 이것을 선조들의 영혼이 만약 눈앞에서 본다면 기뻐 펄쩍 뛸 것입니다. 만약 그것을 예견했더라면 더 편안히 숨을 거두었을 것입니다.

하지만, 벌써 여러분을 너무나도 오래 말리는 것은 아닌지 걱정됩니다. 오히려 행동을 필요로 하는 이 시기인 만큼, 더욱 그것을 두려워합니다. 하지만, 저의 천직도 신분도 행동에는 적합하지 않기 때문에 제가 유일하게 가지고 있는 지원 수단에 호소하여, 말(언어)을 보내는 것입니다.

사실 저는 처음에 찬란한 낭보에 흥분하여 여러분의 영광을 부러워했고, 현재의 이처럼 큰 기쁨에 참가할 수 없는 저의 운명을 이러쿵저러쿵 한탄했습니다. 하지만 이 기쁨과 전혀 무관하지 않도록, 여러 경로로 저에게도 기쁨의 개인적 몫이 주어졌습니다. 그래서 저는 서둘러 펜을 잡은 것입니다. 로마 인민의 드높은 자유의 대합창 속에 내 목소리가, 적어도 멀리서나마 들리길 바랍니다. 이렇게 로마 시민으로서의 나의 의무를 다하고 싶습니다. 이것이 나의 소원입니다.

그런데 오늘 산문(散文)으로 말했는데, 나는 아마 언젠가 운문(韻文)으로 노래하게 될 것입니다. 그러기 위해서라도 여러분은 제 희망과 열망에 어긋나지 않도록 영광스러운 처음의 뜻을 단호히 관철하여 주십시오. 그때야말로 나는 계관을 머리에 이고, 지금은 전혀 인기척이 없는 헬리콘 산의 높은 곳에 오를 것입니다. 그리고 그곳, 카스탈리아의 샘가에서 시신(詩神)을 망명에서 불러들여 여러분의 명예를 영원히 기념하고 노래할 것입니다. 저 멀리까지 들릴 수 있는 드높은 가락에 올려놓고서 말입니다.

씩씩한 용사여, 안녕히 계십시오!

훌륭한 시민 여러분이여, 안녕히 계십시오!

일곱 개의 언덕에 안긴 영광의 도시여, 안녕히!

(『잡문서간집』 48)

〈해설〉

  1343년, 페트라르카는 아비뇽에서 로마 시민 콜라·디·리엔초와 만나 알게된다. 이 때 콜라는 로마 시민 사절단 대표로서 교황에게 진정을 하기 위해 아비뇽에 와 있었던 것이다. 1313년경 로마에 태어난 그는 공증인을 직업으로 하는 유능하고 연설이 뛰어난 젊은 지식인이었다. 모든 고대 문학에 능통했지만 특히 고대 로마 역사에 깊은 관심을 가지고 있었다. 뿐만 아니라 로마의 비참한 현상을 타개해 고대의 영광을 되찾고 싶다는 생각을 가지고 있었다. 그러한 콜라와 페트라르카는 같은 고대 로마 열기로 의기투합한다. 이 때 콜라는 개인적으로 교황의 호의를 받아 로마정청의 서기관으로 임명된다. 여기에는 페트라르카가 힘을 써 준 것이 아닐까 생각된다. 로마로 돌아간 콜라는 행정과 재정의 중추적인 부서에서의 근무라는 유리한 지위를 이용해 주도면밀하게 정치 개혁의 준비를 진행하고 차츰 동지를 늘려나간다. 그리고 마침내 1347년 5월 19일부터 다음날에 걸쳐 전부터의 계획을 실행에 옮긴다.

  콜라는 새 정권 수립에 성공하고 스스로는 호민관

칭호를 받아 독재적 권한을 장악한다. 그리고 일련의 법제개혁을 통해 시민의 열광적 지지를 받아 귀족들을 굴복시킨다. 귀족들의 횡포와 파벌간의 쟁투는 오랫동안 로마의 암적인 존재가 되고 있었다.

콜라 혁명은 분명히 고대 공화정 로마의 재흥을 꿈꾼 것이었다. 콜라의 목적은 귀족들의 횡포를 누르고 로마의 참상에 종지부를 찍어 로마에 자유와 평화를 가져다주는 것, 그리고 이탈리아에서 로마의 지도적 지위를 회복하는 동시에 로마의 지도하에 로마와 이탈리아의 일체화를 도모하는 것이었다.

1347년 6월 초에 콜라 혁명 소식에 접하자 페트라르카는 몹시 기뻐하였고, 바로 콜라와 로마 인민에게 긴 격려의 편지를 보내어 열렬한 지지를 표명한다. 여기에 번역하는 서간이 그것이다. 이는 변론가 페트라르카의 면모를 가장 잘 보여주는 작품 중 하나일 것이다.

이것에 이어, 그는 다시 콜라 앞으로 잇달아 서한을 보내 격려와 충고를 되풀이한다. 이것은 그로서는 용기가 필요한 일이었다. 그의 주인집에 해당하는 콜론나 가문은 혁명으로 인해 피해를 보는 처지였고 철저히 혁명의 적이었기 때문이다.

그러나 아비뇽 교황청의 공기는 콜라 혁명에 호의적이었다. 콜라가 로마 귀족들을 굴복시키고 그들의 횡포를 누른 것은 교황청으로서도 환영할 만한 일이었다. 그런데, 혁명의 성공에 기분이 좋아진 콜라는 점점 신파조의 태도를 취하기 시작한다.

황금을 박은 흰옷을 입고 백마에 걸터 앉은 행진. 예스러운 두 개의 화려한 의식의 거행. 즉, 기사를 열병시키기 위한 의식과 호민관으로서의 대관을 위한 의식. 그리고 한편에서는 로마 인민이 고대의 주권과 권한을 모두 회복한다는 취지의 포고.[10] 게다가 혁명의 당초부터 콜라와 함께 공동의 로마시(市) 수장으로 되어있던 교황 대리의 해임. 이들은 모두 7월 하순부터 8월 중순까지에 걸쳐 일어났다.

이러한 사실이 아비뇽에 전해지면서 교황청의 공기는 확 달라진다. 그럼에도 불구하고 페트라르카는 콜라를 계속 지지해 콜라 변호를 위해서 최선을 다한다. 하지만 콜라와 교황청과의 대립은 적대관계로까지 치닫고 이것에 용기를 얻은 로마의 귀족들

---

10) 그것에 따르면 로마는 '세계의 수도'이며 이탈리아의 도시와 인민은 모두 자유롭게 로마 시민권을 가지며 로마 황제 선출의 권리는 로마 인민에 속한다.

도 반격에 나선다. 이렇게 해서 콜라 혁명은 점차 전망이 어두워져, 페트라르카의 불안이나 고뇌도 깊어진다.

그런 상황에서 11월 20일 페트라르카는 아비뇽을 뒤로 하고 이탈리아로 향한다. 그것은 아비뇽으로 부터의 도망이기도 했다. 콜라 혁명 과정에서 아비뇽 교황청은 페트라르카에게 점점 혐오스러운 것이 되어 갔고, 여기에 콜론나 추기경과의 불편한 관계도 생기고 있었다. 그러나 이 도망은 교황청과의 관계 단절을 의미하는 것은 아니었다. 사실, 이때 페트라르카는 교황사절의 임무를 가지고 이탈리아로 향했던 것이다.

실은 그의 이탈리아 행의 의향을 알게 된 교황이 베로나 영주 마스티노 델라 스칼라에게 보내는 서한을 시인에게 부탁했던 것이다.

아비뇽을 떠난 페트라르카를 뒤쫓아가듯이 로마에서 친구 라엘리우스의 편지가 배달되었다. 라엘리우스는 로마출신으로 일찍부터 콜론나 집안과 강한 인연을 맺은 인물이다. 페트라르카는 1330년경 아비뇽의 콜론나의 저택에서 그를 알게 된 이후 변함없는 우정을 지니고 있었다. 그 라엘리우스의 편지에는 콜라에 관한 1통의 편지 사본도 동봉되어 있었다. 이 2통의 편지는 여전히 남아 있던 콜라에의 기대를 완전하게 깨어부순다.

페트라르카가 아비뇽을 떠났을 때 그는 여전히 로마로 가서 콜라 혁명에 합류하고 싶다는 생각을 버리지는 않았을 것으로 보이지만, 라엘리우스의 편지를 접하고 이 생각을 완전히 버린다. 그리고 9일 후에 제노바에서 콜라에게 보낸 편지는 결과적으로 콜라에게의 결별장이 되었다. 여기에 번역하는 또 하나의 서간이 그것이다. 콜라가 실각한 것은 이로부터 거의 보름 후인 12월 5일의 일이다.

콜라는 로마를 떠나 망명한 후, 곧 황제를 의지해 프라하로 향하지만 붙잡힌다. 그리고 1352년 여름, 아비뇽 교황청에 호송되어 투옥된다. 이때 페트라르카는 콜라 석방을 위해 노력한다. 그리고 로마시민에게도 편지를 쓰면서 콜라 석방을 위해 힘쓸 것을 촉구한다.(『무명서간집』 4) 콜라는 다음 1353년 석방되어 1354년 여름에는 교황의 뜻을 지니고 로마로 간다. 이번에는 교황의 한명의 관리로서 로마의 질서 회복에 힘써 한때 성공을 거두지만, 전횡을 휘두른 것이 시민의 반감을 사고, 곧 반란이 일어나 처형

된다.

콜라가 아비뇽에 투옥되어 있을 때 페트라르카는 석방을 위한 노력은 했지만 더 이상 콜라를 만나려고는 하지 않았다. 콜라를 행동면에서 용서할 수 없었던 것이다. 다만, 콜라의 의도와 기획 자체는 높게 평가하고 그 후에도 일관되게 변호하고 있다.

도읍지 로마의 호민관 콜라에게

그 명성의 실추를 개탄하고 충고를 보내며

솔직히 말씀드려서 그대 덕분에 요즘 나는 자주 키케로의 작품 중에서 스키피오가 하는 말을 기쁜 마음으로 되뇌곤 했습니다.

도대체 이건 무슨 울림일까.
내 귀 가득히 들려오는 이처럼 웅장하고 감미로운 울림은.

(키케로 『국가론』 제6권 18장)

실제로, 그대의 명성이 이렇게도 큰 빛에 비추어져, 그대의 위대한 업적에 대한 이렇게도 자주 기쁜 소식에 접하고, 이보다 더 어울리는 것을 어떻게 말할 수 있었을까요? 내가 얼마나 열렬히 말했는지는 그대에게 보낸 한통의 격려 편지에서도 분명합니다.

그대에 대한 격려와 칭찬으로 가득 찬 그 편지 한통에서도 말입니다. 아무쪼록 잘못이 없기를 바라며 나에게 이번에는 이런 말을 하게 하지 마십시오.

"도대체 이건 무슨 소음일까? 내 귀를 상하게 하는 이처럼 거대한 슬픈 소음은."

그대 명성의 단아한 체면을 부디 스스로 손상시키지 마십시오. 그대 말고는 아무도 그대가 이룬 위대한 업적의 토대를 무너뜨릴 수 없습니다. 그대라면 그대가 건설한 것을 파괴할 수 있습니다. 무릇 자신의 건조물의 가장 좋은 파괴자는 건축가 자신입니다.

그대는 자신이 어떤 경로를 밟아 영광의 높은 곳에 올랐는지 알고 있습니다. 거기서 되돌리면 길은 내리막이 됩니다. 그리고 당연히 내리막 쪽이 쉽고 길은 훨씬 넓어집니다.

저승으로 내려가는 것은 쉽다.

(베르길리우스 『아이네이스』 제6권 126)

라고 하는 시인의 말은 단지 저승에 들어맞는 것만이 아닙니다.

다만, 저승의 절망적인 비참함과는 달리 현세의 삶에는 변화가 있습니다. 저승에서 돌아오는 것은 전혀 불가능하지만, 이 세상에 있는 한 우리는 쓰러져서는 다시 일어나고, 내려와서는 다시 올라갑니다. 그렇다고는 해도, 확실히 서 있을 수도 있는데 다시 일어날 수 있다고 믿고 쓰러지고 만다면 이토록 어리석은 일이 있을 수 있을까요. 더군다나 높은 곳에서 추락하는 만큼 위험합니다. 그런데 덕과 명예보다도 더 높은 것이 대체 무엇이란 말입니까?

그 높은 곳, 이 현시대에서는 다가가기 힘든 그 높은 곳에 그대는 확실히 자리를 차지하고 있는 것입니다. 그대는 아주 이례적인 길을 걸어 단숨에 정상에 올랐기 때문에 그대가 만약 추락한다면 비교할 수 없이 무서운 일이 될 것입니다.

제발 땅에 발을 단단히 붙이십시오. 그렇게 확고하게 서서, 적에게는 웃음거리가 되고 아군에게는 비탄할 만한 광경을 제공하지 마십시오. 빛나는 명성은 간단히 얻거나 계속 유지할 수 없습니다.

위대한 명성을 지키는 것에는 많은 수고를 필요로 한다.

(페트라르카 『운문서간집』 제2권 15·273)

자신의 시구를 여기에 이용하는 것을 허락해 주
십시오. 이 시구는 나 스스로도 아주 마음에 들었기
때문에 나는 이것을 개인편지에서 뽑아내 서사시
『아프리카』에 써넣는 것조차 부끄럽지 않을 정도입
니다.(제 7권 292) 이 펜이 증인입니다만, 나는 이미 그
대를 기리는 서정시 작성에 열중하고 있었습니다.
이 시가 비참하게도 풍자시로 끝나지 않도록, 제발
이 곤경에서 나를 해방시켜 주십시오.

내가 변덕스럽게 이런 말을 하고 있는 것이다, 근
거도 없는 말을 하고 있는 것이다, 라고 생각하지
마십시오. 교황청을 떠난 나를 뒤따라오듯이 친구
들의 편지가 도착한 것입니다.

그러한 편지에는 그대의 언동에 대해서 이전과는
전연 다른 평판이 쓰여 있었습니다. 그대는 예전처
럼 인민을 사랑하는 것이 아니라, 가장 나쁜 사람을
사랑하고 이를 따르고 이에 아부하며 이를 칭송하고
있다는 것입니다. 그 옛날 키케로 앞으로 브루투스
가 써 보낸 말을 두고 내게 무엇을 말할 수 있을까요?

나는 이런 경우나 처지를 부끄럽게 생각합니다.

(키케로 『브루투스 앞 서간집』 제1권 16·1)

그렇다면 우리는 그대가 착한 사람들의 지도자에서 악당들의 하수인으로 굴러 떨어지는 것을 보아야 하는 것일까요? 이렇게 해서, 우리 운명의 별은 갑자기 혼란스럽게 되고 하늘은 분노를 나타낸 것일까요. 그대의 그 좋은 수호신은 지금 어디에 있는 것일까요? 좀 더 평범한 말로, 옳은 일을 상담하는 저 성령은 도대체 어디에 있는 걸까요. 그대는 이 성령과 끊임없이 말을 주고 받는 것 같았습니다. 아니면 한 인간이 그 정도의 위대한 업적을 이룰 수 있을 것 같지는 않았습니다.

하지만 내가 왜 고통 받을 수가 있겠어요? 사태는 영원한 법이 정한 대로 움직일 겁니다. 내가 사태를 바꿀 수는 없습니다. 거기서 벗어날 수 있을 뿐입니다. 그러니까, 그대는 나를 많은 수고로부터 해방시켜 준 것입니다.

나는 힘차게 귀군의 곁으로 서두르고 있었습니다만, 길을 바꾸겠습니다. 이렇게도 변해버린 당신은 만나고 싶지 않습니다. 그리고 로마여, 그대에게도 영원한 이별을 고하노라. 이 소식이 정말이라면 나는 오히려 인도인이나 아프리카인 곁으로 가고 싶노라.

하지만, 이 소식은 정말이란 말인가. 오오, 당초와는 너무 동떨어진 이 결말! 너무나도 섬세한 나의 귀여! 웅장하고 화려한 울림에 익숙해져 있었기 때문에, 이런 소음에는 참지 못하는 것이다.

하지만 내가 말하고 있는 것은 거짓 정보일지도 모릅니다. 제발 거짓정보이기를 바랍니다. 나는 이 정도로 내가 잘못했으면 좋겠다고 생각한 적이 없습니다. 나는 확실히 그 편지를 쓴 사람에게 많은 신뢰를 가지고 있습니다. 그렇다고는 해도 나는, 그 사람의 마음속에 뭔가 질투가 있는 것은 아닌가 하는 강한 의심도 들고 있습니다. 이 질투가 바른 품성에서 나온 것이든 나쁜 뜻에서 나온 것이든 어쨌든 다양한 낌새에 의해 인정됩니다.

그러니까 나는 슬픔에 빠져 많은 이야기를 하고 싶은데 그 충동을 억누르겠습니다. 간신히 그것을 할 수 있는 것도 내 안에서 믿지 않으려는 마음이, 걱정과 근심에 대한 위로가 되기 때문입니다. 부디 하느님의 도우심으로 사태는 순조롭게 나아지고, 일의 참된 모습은 그 소식보다 행복한 것이기를 바랍니다!

나는 친구 중 한 사람의 파렴치한 배신행위 때문에 상처받기 보다는, 또 다른 친구의 거짓말로 상처를 입는 게 낫습니다. 오늘날에는 나쁜 습관에 의해 거짓말은 이제 일상생활에 가깝고 흔한 죄가 되고 있습니다만, 조국의 배신자에 대해서는 어떠한 오만한 태도도, 어떠한 악습도, 어떠한 범죄의 자유도 변호를 해 줄 수 없기 때문입니다.

그러니까, 그대가 조국을 배신함으로써 내가 평생 슬퍼하는 것보다 그 사람의 거짓말로 며칠 슬퍼하는 편이 낫겠습니다. 그 사람이 말로 죄를 지었다면 말로 속죄할 수 있을 것입니다. 하지만 그대의 범죄는 – 제발 오보였으면 하는 것입니다만, 만약 정말이라면 – 도대체 어떤 보상으로 지워질 수 있을까요. 영예(榮譽)는 불멸이고, 오명(汚名)도 불멸입니다. 그러니까, 그대가 만약 – 나에게는 도저히 믿을 수 없는 일이지만 – 자신의 명성을 돌보지 않는다면 적어도 내 이름에 대해 마음을 써 주십시오. 아시다시피 얼마만큼의 폭풍우가 나 가까이에 다가오고 있는 것일까요? 만약 그대가 굴러 떨어지기 시작이라도 한다면 얼마나 많은 비난이 나의 머리 위로

쏟아질까요. 테렌티우스의 작품 중 저 젊은이가 말하듯,

그러니 제 시간에 잘 생각해 보세요.

(테렌티우스 『거세노예(환관Eunuchus)』 제1막 56)

부디 그대가 하고 있는 일을 차분히 생각해 보십시오. 그대 자신을 날카롭게 음미해 주십시오. 그대가 누구인지, 누구였는지를 말입니다. 어디서 와서 어디로 가는지를. 자유를 손상하지 않고 어디까지 나아갈 수 있는지를. 어떤 역할을 맡아 어떤 칭호를 얻었는지를. 어떤 희망을 품게 하고 어떤 약속을 했는지를. 이러한 것들을, 스스로 깊이 생각해서, 틀림없게 하여 주십시오. 그러면 그대는 자신이 공화국의 주인이 아니라 종이라는 것을 깨닫게 될 것입니다.

11월 29일, 제노바에서.

(『친근서간집』 제7권 7)

5

고대문화 관련 서간문들

〈서간문 21〉

마르쿠스·툴리우스·키케로에게

친애하는 키케로여, 프란체스코가 인사를 보냅니다. 오랫동안 계속 찾아온 당신의 서간집을 생각지도 않은 곳에서 발견하고는 정말 미친 듯이 빠져서 읽었습니다. 그리고 당신이 이야기도 많이 하고, 매우 한탄해 마지않는 바를, 게다가 생각까지 빙빙 돌려 바꾸어가면서 하는 것을 직접 들을 수 있었습니다.

나는 이미 이전부터 당신이 타인에 대해서는 어떠한 교사(教師)인지 알고 있었지만 지금 드디어, 당신 자신에게 있어서는 어떠한 교사인지를 이해했습니다.

거기서 키케로여, 지금 어디에 계셔도 이번에는 당신 쪽에서 진정한 애정으로 하는 제 말을 들어주세요. 그건 이제 충고가 아니라 한탄입니다. 당신에게 심취해 있는 후세의 한 사람이 눈물을 흘리면서 토로하는 한탄입니다.

아아, 언제나 침착하지 못한 불안한 사람이여. 혹은, 당신 자신의 말을 생각해내면 '아아, 경술하고 소견이 얕은 불행한 노인이여.' 도대체 무엇을 바라보며 이렇게 많은 말다툼이나 무익한 항쟁의 와중에 몸을 던졌을까요? 당신의 나이나 일이나 지위에 어울리는 자유로운 한가함을 어디에 던져버린 것일까요? 어떤 거짓의 영광에 눈이 멀어서 당신은 노인의 몸으로 청장년의 쟁투에 휘말려 온갖 운명의 장난에 농락당하고 도무지 철학자답지 않은 죽음으로 끌려갔던 것일까요? 아아, 형제의 충고도 잊어버리고 당신 자신의 유익한 교훈들도 잊고 마치 어둠 속에 밝은 불을 들고 가는 밤의 나그네처럼 당신은 뒤를 따르는 사람들에게 길을 가리키면서 자기자신은 비참하게도 그 길에 걸려 넘어진 것입니다.

디오니시우스에 대해서는 말하지 않을 것입니다. 당신 동생이나 조카의 일에도 잠자코 있겠습니다. 원하신다면 사위 드라벳라에 대해서도 입을 다물겠습니다. 이 사람들을 당신은 때로는 하늘까지도 높이 칭찬하는가 하면, 때로는 갑자기 매도해 상처를 입히는 것입니다. 이러한 일도 아마 아직 참을 수 있을 겁니다. 율리우스·카이사르의 일에도 눈을 감 겠습니다. 카이사르의 관대함은 보증되어 적대자에 게도 피난처가 되었습니다. 게다가 대 폼페이우스 의 일도 묵과하겠습니다. 당신은 그 사람과 특히 친 분이 있어서 어떤 일을 해도 용서받을 수 있을 것 같았습니다.

하지만 안토니우스를 공격하다니 무슨 미친 행태 인가요? 분명 공화국에 대한 사랑때문일 것입니다. 사실 당신은 공화국이 이미 근본토대로부터 붕괴되 었음을 인정하고 있었습니다. 그럼 순수한 신념에 이 끌려 자유에 대한 사랑으로 움직였다면 왜 아우구스 투스와 그렇게 친했을까요? 친구 브루투스에게 어떻 게 대답할 생각인가요? 그 브루투스는 말했습니다.

"만약 옥타비우스[아우구스투스]가 당신의 마음에 든 다면, 당신은 독재자를 물리친 것이 아니라 더 마음에 드는 독재자를 구한 것입니다."

(키케로 『브루투스 앞 서간집』 제1권 16.7)

아아, 불행한 사람이여. 아직 있습니다. 그리고 이 것이 마지막입니다. 키케로여, 당신은 자기가 칭송

한 그 사람을 매도했습니다. 게다가 그 사람 아우구
스투스는 당신에게 위해를 가한 것이 아니라 위해를
가하려는 사람들에게 반대하지 않았을 뿐입니다.

친구여, 저는 당신의 운명을 슬퍼합니다. 당신의
잘못을 부끄러워하고 불쌍히 여깁니다. 그리고 그
브루투스와 함께 저도 이제

> "당신이 환하게 알고 있는 그 학문과 예능의 그 어떤
> 가치도 인정하지 않습니다."
>
> (키케로 『브루투스 앞 서간집』 제1권 17·5)

당신이 사람들에게 가르쳐 설명하며 언제나 미덕
에 대하여 아름다운 언어로 말한다고 해도 당신 자
신이 자신에게 귀를 기울이지 않는다면 도대체 그것
이 무슨 소용일까요?

당신 자신도 어느 곳에서 쓴 것처럼 "덧없는 이
세상 일이 아니라 영원한 저 세상을 떠올리면서" 조
용한 시골에서 노년을 보내고 어떤 벼슬에도 나가지
않고 어떤 승리의 영예도 바라지 않으며 카틸리나
같은 인물을 탄핵해 우쭐해하는 일도 하지 않는 편

이, 특히 철학자에게는 얼마나 걸맞은 일이었을까
요. 하지만 이제는 모두 별 수 없는 일입니다. 나의
키케로여, 영원히 안녕.

> 살아있는 자의 세계로부터,
> 포강의 북쪽 이탈리아는
> 베로나 도시의 아디제강 오른쪽 기슭에 있고,
> 당신이 알지 못했던 구세주의 강생으로부터
> 1345년 6월 10일.

(『친근서간집』 제24권 3)

〈해설〉

　페트라르카의 고전 연구는 일면에서 보면 과거의
죽은 사람들과의 생생한 대화이며 교제였다. 이를
증거하는 것 중 하나는 그가 고대인들에게 보낸 열
통의 서신일 것이다. 그것들은 모두『친근서간집』의
마지막 권에 수록되어 있다. 이러한 서간은 마치 살
아 있는 사람에게 보내는 것처럼 친근하게 고대인에
게 이야기하고 있다. 한 사람에게 한 통씩 보냈지만
키케로에게만은 두 통을 보냈고 게다가 맨 먼저 쓰
여 있다. 이 일 하나에도 페트라르카의 키케로에 대
한 심취가 얼마나 깊은 것이었는지 알 수 있을 것이
다. 1343년의 여름도 끝나가는 무렵 페트라르카는
교황 사절로 아비뇽에서 나폴리 궁궐로 향한다. 그
리고 그 해 12월에 귀로에 오른다. 그러나 도중에
파르마에 머물며 다음 1344년에는 거기에 집을 사서
수리시킨다. 파르마에 영주할 생각이었던 것이다.
그런데 그 해에 전쟁이 발발하여 12월에는 밀라노와
만토바 군대가 파르마를 포위한다. 다음 해 1345년
의 밤 페트라르카는 위험을 무릅쓰고 파르마를 탈출
하여 볼로냐로 달아났다. 이윽고 베로나로 피신한

시인은 그해 여름 대성당의 서고에서 키케로의 서간집을 담은 많은 사본을 발견한다. 이 발견에 그는 몹시 미친 듯이 기뻐하고 자신이 전부 필사한다.

이 발견에 따라 페트라르카는 키케로라는 인간의 미지의 일면을 알 수 있었다. 키케로의 철학서나 변론(연설)으로부터는 엿볼 수 없는 약점이나 모순을 갖춘 하나의 인간의 모습이 나타났던 것이다. 특히 정치에 있어서의 키케로의 일관성 없는 행동은 연민의 정을 자아낼 정도였다. 이렇게 지금까지의 이상화된 키케로상은 무너진다. 하지만 그 때문에 페트라르카의 키케로에 대한 사모와 심취가 약해진 것은 아니다. 오히려 키케로는 보다 친근한 존재가 된다. 그것은 또한 키케로의 절대적 권위로부터의 해방이기도 했다. 즉 키케로는 '변론가' 키케로나 '도덕철학자' 키케로라는 추상적 권위를 버리고, 기원전 1세기의 로마 사회에 살았던 일개 구체적 인간으로 되살아난다. 장점도 단점을 갖춘 구체적 인간으로서. 그런 키케로가 이제는 깊은 경애와 함께 호된 비판에도 노출된다. 여기에 번역하는 두개의 서간은 그것을 웅변적으로 말해준다.

키케로의 서간집의 발견은 페트라르카에게 있어

서 매우 중요한 것이었다. 이것이 계기가 되어, 그는 키케로 앞으로 편지를 쓰게 되고 자신의 서간집(『친근서간집』)의 편찬을 계획하기에 이르렀다. 또 키케로에게 보내는 편지를 시작으로, 8통의 편지가 더욱 더 고대인에게 쓰이는 것이다. 그 고대인은 다음 여덟 사람이다. 세네카, 바로, 퀸틸리아누스, 리비우스, 폴리오, 호라티우스, 베르길리우스, 호메로스.

같은 키케로에게

친애하는 키케로여, 프란체스코가 인사를 보냅니다. 앞의 편지는 당신의 감정을 상하게 했을지도 모릅니다. 실제로 당신 자신도 잘 기술하고 있듯이 당신이 애독한 테렌티우스의 희곡 『안드로스의 딸』에서 말하는 것은 진리입니다.

아부는 친구를 낳고, 진실은 적을 낳는다.

(제1막 68)

하지만 이번 편지는 당신의 상처받은 마음을 어느 정도 누그러뜨릴 수 있을 것입니다. 진실은 항상 싫다고는 할 수 없는 것입니다, 사실 우리는 정곡을 찌르는 비난에 화가 나듯 진실의 칭찬을 기뻐하는 것입니다.

오오, 키케로여, 솔직히 말하도록 합시다. 당신은 확실히 인간으로서 살고, 변론가로서 이야기하고, 철학자로서 저술했습니다. 그리고 제가 비난한 것은 당신의 삶이지 타고난 재능도 변론도 아닙니다. 아니, 저는 당신의 재능에 찬탄하고 변론에 경탄합니다.

　제가 당신의 삶에 요구하는 것은 오직 일관성입니다. 그리고 철학의 일에 걸맞게 평안을 열망하는 것, 자유가 죽어 없어지고 매장되어 공화국이 참상을 겪고 있을 때 내전(內戰)에서 물러나는 것입니다.

　보시다시피, 당신에게 대한 나의 태도는 에피쿠로스에 대한 당신의 태도와는 다릅니다. 당신은 자주 자신의 저서 중, 특히 『최선(最善)과 최악(最惡)에 관하여 (De finibus bonorum et malorum)』에서 에피쿠로스의 삶을 찬양하고 사상을 비웃고 있습니다. 난 조금도 당신의 일에 대해 비웃지 않습니다. 반복하지만 당신의 삶을 불쌍히 여길 뿐입니다. 그리고 재능과 웅변에는 감사를 아끼지 않습니다.

　오오, 로마 웅변의 최고의 아버지여. 나뿐만 아니라 라틴의 아름다운 말이나 문장으로 자기자신을 꾸밀 정도의 자들은 모두 당신에게 감사를 드리는

것입니다. 게다가 우리는 당신의 샘물에 의해 우리
들의 목장을 적시고, 그리고 무엇을 숨기겠습니까,
당신의 지도에 의해 인도되고 당신의 찬동에 의해
격려되며 당신의 빛에 의해 비추어지고 있는 것입니
다. 요컨대, 우리가 조금이라도 쓸 수 있는 능력을
습득하고 원하는 목적에 도달했다면 그것은 당신의
지원 덕분이라고 말하고 싶습니다.

그 위에 또 한 사람, 시가(詩歌)의 지도자도 가세했
습니다.

참으로 산문과 운문 각각에 있어서 따라야 할 선
배, 존경해야 할 변론가와 시인을 우리는 필요로 하
고 있었습니다. 솔직히 말하자면 여러분들 어느 쪽
도 혼자서는 두 가지 분야에 충분하다고는 말할 수
없기 때문입니다. 그는 당신의 문체의 활달함에는
미치지 못하고 당신은 그의 섬세함에는 미치지 못합
니다.

이런 것을 나는, 비록 확신하고 있지만, 다른 사람
에게 먼저 말할 생각은 없습니다. 사실 그 위대한
인물 코르도바 태생의 안나에우스 세네카가 저보다
먼저 이렇게 말하고 있는 것입니다. 혹은, 다른 사람
들이 그런 말을 적어두고 있는 것입니다. 그 세네카

는, 그 자신도 한탄하고 있듯이, 나이에 의해서가
아니라 내전의 폭풍 때문에 당신을 빼앗겼습니다.
그는 당신을 만날 수도 있었지만 결국 만나지는 못
했습니다. 그러나 세네카는 당신의 작품도 또 다른
인물도 크게 칭찬했습니다. 즉 세네카에 의하면 당
신네들은 각각 자기 분야에서 웅변이 뛰어나고, 타
분야에서는 동료의 아래에 서야 하는 것입니다.

하지만 당신은 답답해하고 있을 겁니다. 도대체
그 지도자가 누구냐고 하시겠죠. 당신은 그 사람을
알고 있습니다. 이름을 기억하시기만 하면 됩니다.
만토바 시민 푸블리우스·베르길리우스·마로야말로
그 사람입니다. 이 사람에 대하여 당신은 적절히 예
언했습니다. 실제 그 방면의 책에 의하면 당신은 베
르길리우스의 젊은 시절의 어떤 소품(小品)에 감탄하
고 작가는 누구일까 하고 찾았습니다. 그리고 이미
노령인 당신은 이 젊은이를 만났고, 그가 마음에 들
었습니다. 그리고 당신의 아무리 퍼내어도 끝이 없
는 웅변의 샘물에서 - 자랑의 뜻을 담으면서도 -
그에 대한 멋진 진실의 증언을 만들어낸 것입니다.

당신은 말했습니다.

대(大)로마의 두번째 희망.

　당신에게서 이 말을 듣고 그는 매우 기뻐했고 이 것을 기억에 새겼습니다. 이렇게 그는 그로부터 이 십년 후, 당신은 이미 타계하고 없었지만, 하늘이 내린 작품이라고 할 수 있는 그 걸작에 이 말을 그대 로 적어 넣은 것입니다.(『아이네이스』 제12권 168) 당신이 이 작품을 볼 수 있었다면 그 싱싱한 재능의 꽃이 이런 열매를 맺을 것을 정확히 예견한 것이겠지요. 그리고 또 라틴의 시신(詩神)에게 축의를 표했겠지요. 게다가 이제 라틴의 시신(詩神)에 의해 자부심이 높은 그리스의 시신(詩神)도 승리의 영예를 위협받거나 또 는 확실히 빼앗긴 것입니다.

　사실, 이 어느 쪽의 견해를 편드는가에 따라 작가 들은 갈리고 있습니다. 저는 당신과 생활한 것처럼 당신의 마음을 알 것 같습니다만, 당신의 저술대로 라면 당신은 틀림없이 두번째 견해를 따르겠지요. 그리고 수사·변론에 있어서 승리의 영광스런 관을 로마에 준 것처럼 시(詩)에 있어도 그것을 로마에 주 어 『일리아스』는 『아에네이스』에 뒤떨어진다고 주 장했을 것임에 틀림없습니다. 사실 프로펠티우스도

베르길리우스가 그 서사시에 착수했을 때부터 이미 이렇게 주장해 마지않았습니다. 실제로 그는 시의 기본을 논한 부분에서 이 두 작품에 대한 자신의 견해나 기대를 다음과 같은 시구에서 명백하게 말하고 있습니다.

로마의 시인이여 길을 양보하라.
그리스 시인이여 양보하라.
『일리아스』보다 뛰어난 작품이 탄생한다.

(프로펠티우스『노래모음』제2권 34, 65~66)

라틴의 웅변의 또 다른 지도자, 대 로마의 두 번째의 희망에 대해서는 이제 충분할 것입니다.

이제는 당신 일로 돌아가겠습니다.

당신의 삶과 재능에 대해서 제 생각을 들려드렸습니다. 당신의 작품에 대해서도 듣고 싶으신가요? 그것들은 도대체 어떤 운명을 맞았는지, 대중의 평가는 어떠한지, 식자(識者)들의 평가는 어떠한가를 말입니다.

당신의 뛰어난 작품은 확실히 많이 남아 있습니다. 다 읽지 못하기는커녕 셀 수 없을 정도입니다.

당신이 하는 일은 세간의 평이 매우 높고 그 명성은 크고 널리 퍼져 있습니다. 그러나 그것을 연구하는 사람들은 극히 드뭅니다. 시대 자체의 불운 때문이거나 재능의 우둔함과 빈약함 때문이겠죠. 혹은 오히려 다른 것에 마음을 기울이는 탐욕 때문일 겁니다. 이렇게 해서 당신의 작품은 그 중 몇 개가 없어져버렸습니다. 돌이킬 수 없게 될지 어떨지는 물론 모르겠습니다만, 지금 살아 있는 우리에게는 아마 사라져 버린 것입니다. 저에게는 큰 슬픔이며 현시대에 있어서는 큰 치욕, 후세에 대해서는 매우 옳지 못한 일입니다. 사실 우리가 재능을 소홀히 하여 아무런 유익한 것을 후세에 전해주지 않는 것만으로는 아직 충분히 치욕이라고는 생각하지 않는 것처럼, 우리들은 정말로 잔인하고 용서할 수 없는 태만으로 인해 당신들의 노고의 성과를 무참히 손상해버렸습니다. 실제로 내가 당신의 작품에 있어서 개탄하는 이유가 다른 뛰어난 사람들의 많은 작품에서도 생겨났습니다.

그런데 지금 문제 삼고 있는 당신의 작품 중 특히 심한 손실을 입은 것은 다음과 같은 책이름을 가지는 것들입니다. 국가론(De republica), 친구에게 보내는 서간집(De re familiari), 군사론(De re militari), 철학의 추천 (De laude philosophie), 위로(De consolatione), 명예론(De gloria).

이 마지막 여러 저서에 대하여서는, 그 발견이 아주 절망적이라는 것도 아닙니다만 별로 희망은 가질 수 없습니다. 더군다나 당신의 남아 있는 작품도 많은 결손이 있습니다. 그 때문에 우리는, 말하자면 망각이나 태만과의 거대한 전투를 이겨내고도, 우리의 전사한 지도자들을 애도할 뿐만 아니라 중상으로 불구가 된 지도자들에 대해서도 한탄하지 않을 수 없습니다. 실제로 이러한 손실을 우리는 많은 저서에서 보고 있습니다. 특히 당신의 수사학 책도 그렇고, 또한 아카데미아 학파에 관한 책이나 법을 논한 저서에 있어서도 손실이 있습니다. 이 책들은 너무나 상처받고 추한 모습으로 남아 있어서 차라리 닳아 없어지는 편이 나을 정도입니다.

당신은 또한 도읍지 로마나 로마 공화국의 현상에 대해서도 묻고 싶겠지요. 조국의 모습은 어떤가. 통치를 하고 있는 시민들의 단합은 어떨까. 어떠한 수완, 어느 정도의 생각에 의해서 제국의 통치는 행하여지고 있는가. 우리 국경은 도나우강인가, 갠지스강인가, 에브로강인가, 나일강인가, 돈강인가. 그리

고 당신의 친구인 만토바 태생의 시인이 말하듯이,

국경을 대양에까지 펴서 넓히고
명성을 하늘에까지 떨치다.

『아이네이스』 제1권 287)

혹은 또,

인도인이나 리비아인도 통치하에 둔다.

『아이네이스』 제6권 794~795)

그런 인물이 누가 나타났던가.

이런 것을 당신은 듣고 싶어 견딜 수 없을 거라고
생각합니다. 당신의 조국에 대한 사랑, 당신의 파멸
의 원인이 되었을 정도의 애국심으로 미루어, 나는
그렇게 생각합니다. 하지만 나는 가만히 있는 게 낫
겠지요.

오오 키케로여, 믿어주세요. 조국의 현재상황에
관해 물어보신다면, 지금 천국과 지옥 중 어느 곳에
있더라도 눈물을 흘리지 않을 수 없을 것입니다. 영
원히 안녕히.

살아있는 사람의 세계로부터.
알프스 저편의 프랑스는
론강 왼쪽 기슭에 있고,
1345년 12월 19일.

(『친근서간집』 제24권 4)

서적의 탐색을 의뢰하여

조반니·델린치자에게

지금까지 깜빡 잊거나 게으름 때문에 자주 잠자코 지내온 적이 있습니다만, 그것을 지금 이야기할 까요. 당신이라면 자랑을 해도 용서받을 것이기 때문에 자랑해도 무난한 것을 하나만 자랑하도록 하겠습니다. 하느님의 자비로 나는 이미 모든 인간적 욕망의 불길에서 거의 해방되었습니다. 비록 완전하다고는 할 수 없지만 대부분은 그렇습니다.

이것이 나의 타고난 선한 마음으로 그렇게 된 것이든 나이 탓이든 오로지 주님 덕분입니다. 왜냐하면, 내가 견문을 넓히고 성찰을 깊게 함으로써 겨우 이해하기에 이르렀지만 인간의 마음에 활활 타오르는 이러한 욕망은 정말로 뿌리 깊기 때문입니다.

그렇다고 하지만 나는 인간의 모든 죄를 면하고 있는 것은 아니고, 하나의 끝없는 욕망의 포로가 되어 있습니다.

이 욕망을 저는 지금까지 억누를 수 없었고 억누르려고도 하지 않았습니다. 고상한 것에 대한 욕망은 부끄러운 것이 아니라는 생각에 만족하고 있는 것입니다.

어떤 병인지 알고 싶으신가요? 나는 책에 싫증이 나지 않는 것입니다. 게다가 나는 아마도 필요 이상으로 많은 책을 가지고 있습니다. 그런데 다른 사물에 있어서도 비슷한 일이 책에 있어서도 생기는 것입니다. 즉, 욕구의 충족은 한층 더 탐욕을 돋우는 것입니다. 그뿐만 아니라 책에는 뭔가 특별한 것이 있습니다. 금은보화, 호화로운 의복, 대리석의 저택, 훌륭한 경작지, 그림, 화려하게 꾸민 말(馬), 그 외 이런 종류의 물건들이 주는 것은 말할 필요도 없는 표면적 쾌락입니다. 그런데, 책은 우리를 마음속으로부터 즐겁게 해주고 대화하고 조언하며 생생한 친밀함으로 우리와 연결됩니다. 게다가 책은 각각이 독자의 마음속에 들어가 있을 뿐만 아니라 다른 서적의 이름도 숨어들게 하여 서로 욕망을 자아내게 합니다.

구체적인 예를 들어봅시다. 나는 키케로의 책『아

카데미아파(派)』로 인하여 마르쿠스 바로(Marcus Terentius Varro)를 좋아하게 되었습니다.

같은 키케로의 『의무론(義務論)』에 의해 엔니우스의 이름을 알고 『투스쿨룸 논의(論議)』를 읽고 나서 테렌티우스를 좋아하게 되었습니다. 『노년론(老年論)』에 의해 대(大)카토의 로마사 『기원론(起源論)』이나 크세노폰의 『가정론(家政論)』을 알게 되었고, 이 『가정론』을 키케로가 번역한 것도 『의무론』에 의해 알았습니다. 마찬가지로 플라톤의 『티마이오스』는 솔론의 예지를 칭찬하고 소(小)카토의 죽음은 플라톤의 『파이돈』을 추천해 주었습니다. 프톨레마이오스 왕의 금령(禁令)은 키레네의 헤게시아스를 가르쳐 주었습니다. 그리고 키케로의 서간집에 대해서는 자신의 눈으로 확인하기도 전에 세네카의 말을 믿은 것입니다. 그 세네카의 책 『미신비판(迷信批判)』을 내가 찾기 시작한 것은 아우구스티누스의 교시 때문이고, 아폴로니우스의 서사시 『아르고나우티카』에 대한 관심을 불러일으킨 것은 세르비우스 때문입니다. 키케로의 『국가론』에 대한 욕망을 키워준 작가는 많이 있지만 특히 락탄티우스입니다. 그리고 역사가 수에토니우스는 저에게 대(大)플리니우스의 로마사를 찾게 했고 게리우스는 파보리누스의 웅변에의 관심을 불러일으켰으며 플로루스의 유명한 글『로마사개요』는 리비우스가 남긴 여러 책들을 수집하도록 몰고갔습니다.

널리 알려진 유명한 저서에 관해서는 언급하지 않겠습니다. 그것들은 증언을 필요로 하지 않습니다. 그렇다고는 해도, 뛰어난 증인에 의해서 칭찬받으면 한층 더 깊게 마음에 새겨지게 되는 법입니다.

예를 들어 다음과 같은 경우입니다.

변론가 세네카의『변론연습』에 있어서는 키케로가 웅변의 왕자로 칭송되어 그 재능이 의외로 칭찬되고 있습니다. 또 마크로비우스의 대화편『사투르누스 축제』에서는 베르길리우스의 다채로운 표현력이 대화자 에우세비우스에 의해 확실히 밝혀지고 있습니다. 또 시인 스타티우스는 베르길리우스의 서사시『아이네이스』에 대해 겸손하게 존경의 찬사를 바치고 있습니다. 그리고 자신의 서사시『테바이 이야기』를 세상에 알리는 데 있어 자신의 저서에게 충고하며 끝까지『아이네이스』의 발자취를 더듬어 이것을 닮으라고 하고 있습니다. 또 시(詩)의 왕자 호메로스에 대해서는 호라티우스가, 아니, 누구나 이구동성으로 찬사를 보내고 있습니다.

나는 필요 이상으로 사례를 들어왔습니다. 실제로, 내가 일찍이 젊은 시절 문법학자 프리스키아누스를 읽고, 나중에는 대(大)플리니우스를 읽고, 또 최근에는 노니우스 마르켈루스를 읽고 얼마나 많은 알지 못하던 책 이름을 알게 되고 얼마나 자주 군침을 흘렸던가. 그것을 하나하나 떠올리다가는 끝이 없을 겁니다. 그래서 이야기를 처음으로 되돌리면 그러한 책들이 격렬하게 마음을 움직여 욕망을 자아내는 것도 전혀 이상하지 않습니다. 그 책들은 그 자체로 각각의 매력을 드러내 놓고 있지만 더구나 다른 책들의 매력을 남몰래 간직하고 있어서 양자가 서로 증폭되는 것입니다.

그래서 창피하긴 하지만, 솔직하게 고백해야 합니다. 그리고 사실을 인정해야 합니다. 우리 위정자의 욕망보다 아테네의 독재자나 이집트 왕의 욕망이 보다 고매하다고는 할 수 없을지라도 내가 보기엔 보다 용납될 수 있는 것으로 간주됩니다. 페이시스트라토스나 프톨레마이오스 필라델포스가 책에 품는 열정이 크라수스의 황금에 대한 열정보다 약간 더 고귀합니다. 다만 모방자의 숫자는 크라수스 쪽이 단연 많습니다.

그러나 우리 로마가 아테네나 알렉산드리아에 업신여겨져, 이탈리아가 그리스나 이집트에 웃음거리가 되지 않을까 하는 염려는 할 필요가 없습니다. 우리도 또한 학문과 예술을 사랑하는 군주를 만났습니다. 게다가 그 수의 엄청난 것, 너무 많아 일일이 셀 수 없을 정도입니다. 제국 자체보다 철학을 더 사랑한 사람도 있을 정도입니다. 게다가 그들은 책 자체라기보다 그 내용을 사랑했던 것입니다. 그런데 책을 이용하고 싶어서가 아니라 단지 소유욕 때문에 다른 물품처럼 책을 모으는 사람들도 있는 것입니다. 게다가 정신의 성채라기보다는 방을 장식하기 위해서입니다.

다른 사람은 제쳐두고 카이사르나 아우구스투스 같이 뛰어난 황제는 로마의 도서관에 보호 장려의 손길을 내밀었습니다. 카이사르가 이렇게 중요한 사업을 맡긴 인물이 마르쿠스 바로입니다. 같은 사업으로 인해 이집트인들 사이에서 명성을 얻은 것은 팔레론의 데메트리오스이지만 바로도 그에 못지않습니다. 이렇게 말한다고 해서 데메트리오스의 불명예는 되지 않을 겁니다. 게다가 아우구스투스황제가 이러한 사업에 임명한 것은 폼페이우스·마케르로서 이 또한 드물게 학식이 많은 사람입니다. 뛰어난 변론가 아시니우스 폴리오도 그리스·라틴의 도서를 몹시 사랑했습니다. 로마에서 도서를 일반에 공개한 것은 그가 처음이라고 합니다. 왜냐하면, 대(大)카토나 키케로의 책을 사랑하는 사람 행세는 개인적인 것에 지나지 않기 때문입니다. 카토의 탐욕이라 해도 될 정도의 책을 사랑하는 모습은 키케로의 증언이고 키케로 자신의 서적 수집열은 친구 아티쿠스에게 보낸 엄청난 편지가 증명하는 바입니다. 키케로는 아티쿠스에게, 지금 내가 당신에게 하고 있는 것처럼, 열심히 수집의 업무를 의뢰하고 끊임없이 열띤 간청을 반복하고 있습니다. 풍부한 재능을 가진 사람조차 서적의 도움을 청한다면 재능이 부족한 사람은 어떻게 될까요? 게다가 나는 이 면에서 사상 최고라고 생각하는 것에 관해서는 아직 말하지 않았습니다.

그것은 석학의 오랜 노력과 황제들의 사랑어린 돌봄에 의해 비로소 가능하게 되었던 것으로, 아니면 거의 믿기 어려운 일입니다. 아모니쿠스 세레누스는 6만 2천권의 장서를 가지고 있었다고 합니다.

그리고 죽기 전에 당시 황제로서 애제자였던 소(小)고르디아누스에게 모든 것을 증여했습니다. 이것은 적지 않게 제국의 명예가 되었을 뿐만 아니라 세레누스 자신의 명예가 되기도 했습니다.

이러한 말을 하고 싶었던 것도 나의 수집욕의 변명을 위해서 또, 이렇게 많은 훌륭한 동료들을 위로하기 위해서입니다. 그래서 호의에 기대어 부탁드리고 싶은데, 누군가 문학에 정통한 신뢰할 수 있는 사람들에게 부탁을 해주시겠습니까? 토스카나 안을 찾아 헤치고 수도원이나 학자의 서가를 찾아 나의 갈증을 해소해 주는 것, 혹은 오히려 자극할 만한 것을 찾아내 달라고. 그런데 내가 평소 어떤 호수에서 물고기를 잡고 어떤 숲에서 사냥을 하는지 알고 있다고는 하지만 당신이 실수하지 않도록 내가 특별히 원하는 것을 나열해서 동봉합니다. 당신의 열정을 더욱 북돋우고 싶어서 알립니다만, 나는 영국이나 프랑스나 스페인 친구들에게도 같은 부탁을 했습니다. 성의와 열의에 있어서 그들에게 뒤지지 않도록, 부디 힘써 주십시오.

안녕히 계십시오.

『친근서간집』 제3권 18)

페트라르카는 평생을 통해 고전 수집에 열정을
불태웠다. 그에게 있어서 고전작품은 '뛰어난 천재
들의 불면의 노고에 의해 만들어진 감미롭기 짝이
없는 풍부한 문학적 성과, 아마도 이 땅에서 가장
귀중한 것'이었다. (『친근서간집』 제18권 12) 왜냐하면 고
전 작품은 고전 고대의 뛰어난 인간성과 문화를 그
풍요로움에서 가장 잘 표현하고 있다고 여겼기 때문
이다.

그러나 페트라르카는 이미 세상에 유포된 작품의
수집만으로는 만족하지 못했다. 고대세계와 그 문화
에 대한 조예가 깊어져감에 따라, 수많은 고전작품
이 흩어져 없어진 것과 잊어버린 것을 매우 한스러
운 마음으로 확인해나가게 되었기 때문이다. 그것은
키케로에게 보낸 두 번째 서한에도 잘 나타난다. 따
라서 페트라르카의 고전 수집은 '잃어버린' 작품의
재발견이라는 노력도 해야 했다. 뿐만 아니라 또 불
완전한 형태로 남아있는 작품을 원래 모습으로 복원
하려는 노력도 자주 하게 되었다. 이십대 중반의 페
트라르카가 작성한 리비우스 사본(대영 박물관 소장)은

그런 복원 노력을 보여주는 기념비적 작품이다.

이러한 재발견이나 복원 노력을 수반하는 고전 수집. 이것에 의해 페트라르카가 목표로 하고 있던 것은 고전 고대의 인간성이나 문화를 현재에 생생하게 되살리는 것이었다. 그리고 고대 문화를 우리 자신의 삶의 양식으로 삼아 새로운 창조의 에너지원으로 삼는 것이었다. 요컨대 고대 문화의 '재생'이다. 이러한 의미의 재생에 의해서만 과거의 문화는 살아 있는 진정한 전통이 될 수 있는 것이다.

이러한 '재생'을 위해 페트라르카가 고대 문화와 관련된 그 기본적 태도와 방법은 고전작품과의 대화이며, 이것과 한 몸인 고대인과의 대화이다. 여기에 번역하는 서간도 페트라르카에 의한 고전 수집 노력이나 책과의 대화를 전하는 알맞은 기록의 하나이다. 서간의 작성 시기는 명확하지 않지만, 아마 1346년경일 것이다. 서간이 전해진 조반니 데린치자는 태어난 해, 죽은 해 모두 알 수 없다. 신학 교수로 피렌체의 산 마르코 수도원장이 된 인물이다. 페트라르카의 아버지와 동향으로 인치자 출신. 시인과는 혈연관계와 우정으로 연결되어 있었다.

작품 해설

1. 여행을 사랑했던 시인

르네상스 시인 프란체스코·페트라르카는 자신의 출생에 대해 이렇게 말했다.

"나는 망명 중에 잉태되고 망명 중에 태어났습니다. 그때 어머니는 심한 고통과 위험에 처해 산파들뿐만 아니라 의사들도 한동안 어머니께서 돌아가셨다고 생각했을 정도입니다. 이렇게 해서 나는 아직 태어나기 전부터 위험을 무릅쓰기 시작했고 죽음의 징조와 함께 인생의 입구에 다가섰던 것입니다."

(『친근서간집』 제1권 1)

위 서술에는 물론 그의 자의식(自意識)과 경험이 반영되어 있다. 사실, 계속되는 전란, 도적의 날뜀, 반복적으로 습격하는 무서운 페스트가 휩쓸었던 시대를 살아간 페트라르카의 생애는 위험과 고난에 가득 차 있었다. 게다가 그의 삶은, 여행에서 여행으로 이어지는 방랑의 연속이기도 했다.

피렌체 출신의 아버지 페트라코가 망명중에 페트라르카는 중부 이탈리아의 아레초에서 태어났다. 1304년 7월 20일 새벽이었다. 그리고 생후 일곱 달 정도에 어머니 손에 이끌려 친할아버지를 의지하여 인치자로 이주한다. 그러나, 페트라르카가 일곱 살이 된 1311년에, 아버지 페트라코는 가족을 데리고 피사로 옮기고, 다음 1312년에는 피사를 떠나 프랑스 남부 프로방스의 아비뇽으로 간다. 그곳은 1309년부터 새 교황청의 땅이 되어 활기가 있는 마을이 되고 있었다. 이탈리아에서 뜻을 이루지 못했던 페트라코는 거기서 신천지를 바랐던 것이다. 아비뇽에 도착하고 머지않아 소년 페트라르카는 세살 터울의 동생 게라르도와 함께 어머니를 따라 아비뇽의 북동쪽 약 22킬로 떨어진 작은 마을 카르펭트라스에 이주한다. 거기서 4년을 보낸 뒤 1316년 가을에는 몽펠리에 대학에 입학하여 시민법을 공부하기 시작한다. 그리고 1320년 가을부터는 법학 연구의 중심지 볼로냐로 옮긴다. 그러한 그가 아버지의 부고에 접하고 이 교육도시를 떠나는 것은 1326년 봄의 일이다. 그래서 그는 거의 5년 반동안 볼로냐 대학에서 공부한 것처럼 보이지만 실질적으로는 3년이었다. 도중에 두 번 아비뇽으로 돌아가서, 꽤 오래 체류하고 있었기 때문이다.

1326년 봄 아비뇽으로 돌아간 페트라르카는 거의 11년을 그곳에서 산다. 한 곳에서의 거주로는 그의 생애에서 가장 길다. 그러나 이 아비뇽 거주 기간 중에도 그는 자주 여행을 하고 있다.

그리고 1337년에는 아비뇽에서 그리 멀지 않은 조용한 시골인 보클뤼즈에 틀어박힌다. 그곳은 1353년에 이탈리아로 귀국하기까지 그의 생활의 근거지가 되지만 그는 항상 거기에 살았던 것은 아니다. 세 번에 걸쳐서 이탈리아, 특히 파르마에 머물며 합계 6년 이상 보클뤼즈를 떠나 있었다. 1353년 최종적인 귀국 후에도, 밀라노에서 파도바로, 베네치아로 다시 파도바로 차례로 생활의 본거지를 옮긴다. 마침내 1370년, 육십대 중반을 넘기면서 파도바에 가까운 아르콰의 산장을 생애를 마칠 집으로 정한다. 그리고 4년 후, 1374년 7월 18일 한밤중이 지나고 숨을 거두었다. 책상을 향해 책에 엎드린 채였다고 한다.

이처럼 페트라르카는 이리저리 다니며 거처를

옮기고 여행하며 생애를 보냈다. 그의 거주지 변경은 유소년기의 그것과 같이 자신의 의지와는 무관하게 외적인 강제에 의해서 행해진 경우도 적지 않다. 혹은 전쟁을 벗어나거나 페스트를 피해 거주지를 바꾼 경우도 있다. 그러나 그의 거주지 변경이나 여행이 자주 내적 요구에 이끌려 자발적으로 이루어진 것도 사실이다. 1337년 보클뤼즈 '은둔(隱遁)'은 그 본보기이다. 그는 또 자주 견문욕(見聞欲)에 사로잡혀 여행을 떠난다. 그리고 이 견문욕은 고전 작품의 발견이나 수집에 대한 소망과도 연결되어 있다.

그러나 페트라르카의 거주지 변경이나 여행에는 또 다른 내적 요구도 작용하고 있었다. 그는 장소를 바꿔 마음의 피로나 권태를 풀려고 한 것이다.

이와 같이 페트라르카의 거주지 변경이나 여행에는 다양한 동기가 작용하고 있었다. 그러나 그의 생활과 행동을 일관되게 깊이 규정한 것은 문학에 대한 열정이다. 저작가로서 문학 연구에 매달리는 것이야말로 그의 생애를 이어가는 근원적 열정이었다. 그의 견문욕도 문학 연구에 대한 열정과 결부되어 있었고, 보클뤼즈 '은둔'과 함께 시작하는

'고독한 삶' 또한 문학 연구와 연결되어 있었다. 그는 '고독' 속에 자유와 한가함을 누리며 문학 연구에 몰두하려 했던 것이다.

2. 운명적 만남 : 키케로, 라우라, 아우구스티누스

　문학자 페트라르카의 생애는 세 개의 만남에 의해 결정적 영향을 받고 있다. 소년시절의 키케로와의 만남. 청년시절의 연인 라우라와의 만남, 그리고 교부 아우구스티누스와의 만남이다. 이 세 가지 만남은 페트라르카에게 확실히 운명적인 무게를 지워주었다.

　소년 페트라르카는 카르펭트라스에서 본격적인 라틴어 학습을 시작하지만, 곧 키케로에 심취한다. 아직 키케로 문장의 의미와 내용도 잘 모르는 채, 그 울림이 좋은 것에 완전히 매료되어 버리는 것이다. 이 키케로에의 심취와 함께 그는 열심히 고전학습을 시작한다. 물론 그의 고전문학열은 키케로에게만 국한되는 것이 아니었다. 베르길리우스나 호라티우스, 세네카와 리비우스로 한없이 확장되어간다. 그러나 그의 고전문학열의 중심에는 항상 키케로와 베르길리우스, 그 중에서도 키케로가 있었다.

그의 키케로 심취는 그의 고전문학열을 집약적으로 나타내고 있다고 할 수 있다.

아버지의 죽음과 함께 볼로냐 유학을 중단하고 아비뇽으로 돌아간 페트라르카 형제에게 있어서 당분간 경제적인 걱정은 없었다. 공증인으로서의 일에 성공한 아버지 페트라코의 유산은 형제가 당분간 살아가기에는 충분할 정도로 풍요로웠기 때문이다. 이렇게 해서 페트라르카는 생계를 위한 고생을 모르고 좋아하는 문학 연구에 몰두해 주로 고전 연구와 시작(詩作)에 열정을 쏟는다. 그런 문학청년 페트라르카는 이윽고 1327년 4월 6일 아침, 아비뇽의 생 클레르 성당에서 젊은 유부녀 라우라를 만난다. 그리스도 '수난의 날'이었던 그날은 시인에게도 '운명의 날'이 된다. 이때부터 시인은 라우라에 대한 보답받지 못한 사랑에 얽매인다.

라우라는 1348년에 페스트로 세상을 떠나지만, 사후에도 여전히 시인의 마음을 붙잡고 놓지 않는다. 이렇게 라우라는, 그리고 라우라에 대한 사랑은 시인에게 평생 기쁨의 원천이었고 또한 그를 괴롭히고 마음의 평안을 교란시키는 재앙의 원천이기도 했다. 이와 같이 라우라는 아무리 퍼올려도 끝이 없는 시적 영감의 샘이 된다. 이리하여 페트라르카는 시정신(詩精神)을 고양시켜 아름다운 연애시를 끊임없이 창작한다.

그러나 페트라르카는 얼마 지나지 않아 경제적 이유로 생계 수단으로서의 직업을 가져야만 하는 절박한 상황에 처한다. 그에게 가장 적합한 선택은 수년간 공부한 시민법에 관련된 세속적 직업을 갖는 것이었을 것이다. 이 때 동생 게라르도가 어떻게 되었는지는 불분명하지만 페트라르카는 법률 직업에 종사하기를 꺼리며 성직자의 길을 택한다. 이 선택은 문학 연구에 자신의 사명을 찾고 있던 그의 자각적 결의에 바탕을 둔 것이라고 생각된다. 즉 그는 자신의 문학 활동에 필요한 자유와 한가함을 위한 경제적 기반을 성직(聖職)의 녹봉에 둔 것이다. 그렇기 때문에 그는 평생 동안 스스로, 종교적 사무의 제약이 적은 성직의 급여만 받는다. 사실 수입은 많아도 자유와 한가함을 해칠 우려가 있는 지위나 성직에 대한 보수는 설령 제공되더라도 모두 사퇴했다. 예를 들어 교황 비서의 요직을 여러 번 고사했으며 주교직도 사퇴했다.

그런 그가 좋아한 것은 오히려 주교좌 성당 참사

위원직이었다. 이것을 그는 각지에 요청하고 게다가
자신은 임지에 가지 않고 현지 대리인에게 녹봉을
받게 한다. 그러나 그가 맡은 최초의 성직자로서의
급여는 이탈리아 추기경 조반니 콜론나를 모시며 맡
겨진 이 가문의 성당의 사제직이었다. 1330년 가을
의 일이다. 그리고 1335년 1월에는 콜론나 추기경의
배려로 피레네 산기슭의 마을 롬베즈의 주교좌 성당
참사 위원직을 맡게 된다. 이후 성직에 대한 녹봉을
받은 것도 적지 않게 추기경이 배려해준 것이다.

　페트라르카가 성직자가 된 뒤에도 그의 생활 기
조는 변하지 않았다. 그는 여전히 세속문학 연구에
몰두했고, 주로 시(詩)로 불멸의 명성을 얻으려 했다.
요컨대 사랑과 시와 명성을 중심적 관심사로 하는
생활에 몰두하고 있었던 것이다. 그런 페트라르카
는 이윽고 1333년경 아우구스티노 수도회의 석학
디오니지·다·보르고 산 세폴크로를 알게 되고, 아우
구스티누스의 『고백록』을 받는다. 그 책을 읽은 시
인은 강한 충격을 받는다. 그리고 지금까지의 자신
의 삶의 방식에 의문을 품고 생활의 기조를 바꾸고
싶다고 진지하게 생각하기 시작한다.

　『고백록』의 아우구스티누스와의 만남에 의해 페

트라르카는, 말하자면 진정한 그리스도교로 인도된다. 그리고 점차 종교의식을 깊게 가지고 널리 종교 문학에도 눈을 뜬다. 그러면서 그는 어떻게 살 것인가의 문제를 진지하게 추구하는 철학적 태도를 몸에 익혀 간다. 물론, 그는 이미 키케로나 세네카의 철학적 저서도 애독하고 있었지만 이제 그리스도교 철학자 아우구스티누스에게 인도되어 그 철학적 태도를 한층 더 깊게 해가는 것이다. 키케로, 라우라, 아우구스티누스. 이 세 사람과의 만남에 대한 간단한 지적에서도 엿볼 수 있듯이, 페트라르카는 풍부한 고전적 교양을 갖춘 유연하고 명석한 지성인이었다. 게다가 활기찬 감정과 섬세하고 예민한 자기의식을 갖춘 시인일 뿐만 아니라 항상 자기 자신의 삶의 방법을 물어가면서 철학하는 모럴리스트이기도 했다.

3. 모럴리즘(도덕주의) 문학

페트라르카는 일반적으로 르네상스 시대의 위대
한 시인으로 알려져 있다. 특히 서정시인 페트라르
카의 이름은 서사시인(叙事詩人) 단테, 산문가(散文家) 보
카치오와 나란히 이탈리아 문학을 대표하는 3대문
인 중 하나이다. 그러나 그의 서정시인으로서의 비
중은 그의 작품 전체의 일부일 뿐이다.

사실 그는 여러 분야에서 당대 일류, 혹은 일류가
운데서도 가장 으뜸의 일을 하고 있다.

서정시인, 서사시인, 고전학자, 역사가, 변론가,
철학자, 종교작가, 지리학자, 그리고 작가로서의 페
트라르카는 이 모든 것이었고 또 그 이상이었다.

페트라르카는 라틴어와 속어(俗語:이탈리아어)로 저
술 활동을 했다. 속어 작품으로는 2 작품이 있는데
그 하나는 『Rerum vulgarium fragmenta 속어 단편
시모음』과 다른 하나는 서사시 『I Trionfi 개선』이다.
전자 『속어 단편 시모음』은 일반적으로 『칸초니에
레(시집)』의 이름으로 알려진 것이고 애인 라우라에

대한 사랑을 중심 주제로 하여 366편의 시로 이루어진 서정시집이다. 일반적으로 페트라르카의 예술적 재능이 가장 잘 발휘된 작품으로 평가받는다.『칸초니에레(시집)』에 수록된 시의 대부분은 그의 예술적 천재성과 탁월한 고전적 교양에 의해 닦여지고 시적 표현의 극한을 나타내는 동시에 완전히 새로운 시적 매력을 만들어내고 있다. 이 시집이 이후의 유럽시(詩)에 미친 영향은 수세기 동안 절대적이었다.

그러나 페트라르카는 속어 작품 못지않게 라틴어 작품에 열정을 쏟았다. 아니, 그의 작품의 대부분은 라틴어로 쓰여져 있다. 라틴어의 운문 작품에는 서사시『아프리카』이외에 세 묶음의 시집이 있으며 나머지는 모두 산문으로 쓰여 있다.

페트라르카가 작가로서 가장 힘을 쏟은 분야는 시와 역사와 철학으로, 그 중에서도 시와 철학이었다. 그러나 그가 사랑했던 철학은 오늘날 일반적으로 생각하고 있는 철학과는 상당히 다르다. 뿐만 아니라, 당시의 철학 주류를 이루고 있던 스콜라 철학과도 다르다.

그는 다음과 같이 말하고 있다.

"나는 무엇보다도 철학을 사랑합니다. 하지만 내가 사랑하는 것은, 우리 학자들이 우스꽝스럽게도 자랑으로 삼고 있는 그 스콜라류의 공허한 수다의 철학이 아니라 진정한 철학입니다. 다만 책 속에서뿐만 아니라 영혼속에 살고 있는 철학, 말이 아니라 사실에 근거하고 있는 철학입니다."

(『친근서간집』 제12권 3)

이 말에서 보듯이, 페트라르카에 따르면 철학은 영혼의 뒷바라지와 삶의 형성을 주요 임무로 하고 있으며 이 면에서 실제로 도움이 되어야 한다. 따라서 철학의 정통은 도덕철학(윤리학)이어야 하며 철학자는 뛰어난 도덕적 철학자이어야 한다. 그러나 페트라르카는 일반론적인 윤리학적 고찰에는 비교적 관심이 부족하다. 오히려 개개의 현실적 상황 속에서 자타가 직면하는 구체적 여러 문제와의 관련에 있어서 인간을 고찰해 그 삶이나 삶의 방법을 논하려고 한다. 즉, 구체적인 개별적 인간(특히 자기 자신)이나 구체적인 문제의 고찰을 통해 보편적 인식에 이르려고 한다. 이것은 예를 들어 몽테뉴를 비롯한 이른바 프랑스의 모럴리스트에게서도 보이는 경향이다.

그 탐구 방법은 개별에 있어 보편을 표현하려고 하는 시나 소설의 수법에 통하는 곳이 있을 것이다. 이상과 같은 의미로, 페트라르카는 모럴리스트이다. 그리고 자신도 자각적으로 이러한 의미의 모럴리스트일 것이라고 했다. 그 자신의 말을 사용하자면 '모럴의 철학자', 즉 '도덕철학자(Philosophus moralis)'이다.

작가 페트라르카의 관심의 핵심을 이루고 있던 것은 일관되게 이러한 모럴리스트의 그것이다. 페트라르카 문학은 전체적으로 모럴리즘(도덕주의) 문학으로 특징지어질 수 있을 것이다. 물론, 여기서 말하는 문학은 협의의 문학이 아니라 광의의 그것이다. 페트라르카 문학은 시·역사·도덕철학·수사학을 주요 내용으로 하고 나아가 종교문학을 포함하고 있다. 이처럼 다양한 내용으로 이루어진 페트라르카 문학이 전체적으로 모럴리스트적 관심에 의해 꿰뚫어지고 있는 것이다. 라우라에 대한 보답받지 못하는 사랑을 중심 주제로 하는『칸초니에레』도 전체적으로 궁극적 자기구제의 시도가 되고 있다.

페트라르카의 모럴리스트적 관심이 특히 강하게 나오는 작품으로는 우선 대화편『나의 비밀』이 있다. 이것은 집요한 자기분석과 반성의 책이다. 그

밖에 『고독한 삶』, 『행운과 불운에 대처하는 법』, 『자타(自他)의 무지(無知)』라는 작품이 있지만, 이것들 못지않게 중요한 것은 서간집일 것이다. 서간집 중에서도 『친근서간집』과 그 속편이라고 할 수 있는 『노년서간집』은 특히 중요하다. 이 방대한 분량의 두 작품은, 페트라르카의 20대부터 죽음에 이르는 삶의 궤적 그 자체라고 해도 과언이 아니다. 그런 의미에서 그것은 연인 라우라의 사랑을 평생에 걸쳐 계속 노래한 『칸초니에레』와 함께 그의 저술 활동의 전 과정을 뚫고 흐르는 양대동맥을 이루고 있다.

4. 서간 문학

그러나 페트라르카의 서간집을 단지 사상적 관심에서만 읽으려고 하는 것은, 물론 너무나도 한쪽 면으로 치우친 일일 것이다. 실제로 그의 서간집은 역사적 관심으로 보아도 귀중한 증언으로 가득 차 있다. 또 그의 생애를 정리하기 위한 자료로서 전기적 가치도 매우 높다. 예술적 관심으로 보아도 아름다운 작품으로 되어 있는 서간이 적지 않다. 게다가 페트라르카 그를 알기 위해서도, 그의 다른 작품을 이해하는 데 있어서도 그의 서간집은 귀중한 정보의 보물창고이다. 요컨대, 그것을 접하는 우리의 관심에 따라 그것은 여러 가지로 풍요로운 세계를 분명히 보여 주는 것이다.

그렇다고는 해도, 내용적으로는 다양 그 자체의 서간집 전체를 관통하고 있는 기본적인 관심이나 태도가 모럴리스트의 그것이라는 것도 부정할 수 없다. 페트라르카는 서간체 속에서 자신의 철학적 탐구에 가장 적합한 형식 중 하나를 찾아냈다고도 할 수 있다. 그에게 있어서 '진정한 철학'은 이론적 차원의 일반론적 고찰에 머물러서는 안 되고 항상 인간의 삶과 밀착되어 있어야 하며 삶의 문제를 그 구체적 장면에서 추구해야 했기 때문이다. 이렇게 해서 철학적 탐구는 삶 그 자체와 일체를 이루어, 그 때마다 현실적 상황에서의 '친근한' 문제를 둘러 싸고 혹은 자기와의 대화가 되고, 혹은 다른 사람과의 대화나 교제가 점점 깊어지게 된다. 페트라르카 스스로 편찬한 『친근서간집』이 정확히는 「친근한 사물의 형편에 대한 책」이라고 명명된 것은 의미심장하다. 이 제목은 이 서간집뿐 아니라 그의 서간문학 전체의 정신을 단적으로 표현하고 있다.

이 서간집에서 페트라르카는 '친근한 방법으로 친근한 사연에 대해' 말하려고 한다.(제1권 1) '친근한 방법으로(familiariter)'라는 말은 이 서간집의 말투, 혹은 문체를 나타낼 것이다. 이 말에는 두개의 측면이 있다고 생각한다.

페트라르카에 의하면, 이 서간집은 극히 드물게 '다듬어지고 꾸며진 방법으로(exquisite)' 쓰여 있으며 대부분은 '친근한 방법으로' 쓰여져 있다. 따라서 '친근한 방법'이라는 말은 수사학적·심미적 관점에서 이용되고 있다. 즉, '수사학적으로 다듬어지고 꾸며진 문체에 의해서'가 아니라, '꾸밈이 적은 솔직한 문체에 의해서'라는 의미일 것이다. 그렇다고는 해도, 서간집의 페트라르카도 실제로는 '다듬어 꾸며진' 문체를 추구한다. 인위적임을 느끼게 하지 않고 '다듬어 꾸민다'라는 것도 가능하다. 거기에 사실은 인위적인 것이 도달할 수 있는 최고의 경지가 있다고도 말할 수 있을 것이다. 그러나 '친근한 방법'이라고 하는 말은 또 '꾸밈없는 솔직한 태도로 친밀감을 담아'라고 하는, 말하자면 윤리적·인격적 측면도 포함한다.

이상과 같은 두겹의 의미로 공(公)과 사(私)의 '친근한 일(res familiares)'에 대해 '친근한 방식으로' 말하는 것, 바로 이것이 서간문학에 있어서 페트라르카가 의도한 바이다. 이렇게 해서 서간집의 페트라르카는 그때마다 자신과 그 삶을 솔직하게 피력하거나 혹은 상대의 문제에 대해 친지에게 말한다. 이러한 화법으로 쓰여진 방대한 서간집은, 일면에서는, 그때마다의 구체적 문제를 둘러싸고 친근하게 친구나 지인들에게 이야기하면서 이루어진 성실한 철학적 실천의 기록이라고도 말할 수 있다.

페트라르카의 서간은 네 묶음의 산문서간집과 한 묶음의 운문서간집에 담겨 있다. 그가 먼저 『친근서간집』의 편찬을 떠올린 것은, 아마도 1345년이고 베로나에서 키케로 서간집의 발견이 그 계기가 된 것으로 생각된다. 그리고 늦어도 1350년까지는 이 서간집의 편찬에 착수하고 있다. 『친근서간집』은 저자의 20대 말부터 60살이 넘기까지의 서간을 거두어, 전 24권 35통으로 구성된다. 『무명서간집』은 소위 『친근서간집』편찬의 부산물로 태어난 것으로, 1347년경부터 1358년까지 쓰인 서간 19통을 거두고 있다. 모두 아비뇽의 교황청이나 교회 안에 있는 사람들의 타락에 대해 신랄한 공격을 한 서적이므로 페트라르카는 『친근서간집』에 담는 것을 꺼리고 다른 서간집으로써 독립시킨 것이다. 그때, 서간이 전해진 친구의 신변안전을 고려해 받는 사람의 이름을 모두 삭제했다. 『노년서간집』은 1361년에 기획되어 죽기 직전까지 고치고 가다듬었다. 전 18권 12통 정도의 서간으로 이루어진다.

이상의 서간집에 보관되지 않은 서간에서, 수취인이나 수집가들에 의해 보존된 것은 『잡문서간집』에 수록되어 있다. 6,000여통에 이르지만 자신이 편찬한 서간집과 중복되는 것을 제외하면 59통의 서간으로 이루어져 있다. 그 밖에도 20통 정도의 현존 서간이 확인되고 있다.

『친근서간집』과 그 속편이라고 할 수 있는『노년서간집』은 하나의 거대한 산맥을 이루며 연속하고 있고,『무명서간집』과『잡문서간집』은 실질적으로 이 산맥의 일부를 이루고 있다.

그리고 이 산맥과 나란히『운문서간집』이 독립된 작은 산맥으로써 존재한다. 청년기부터 1355년 무렵까지 쓴 운문서간을 거두어 전 3권 66편으로 구성한다. 이것의 편찬이 기획된 것은 1350년 무렵일 것이다.

페트라르카의 서간집에서는 대체로 쓰인 순서대로 배열되고 있다. 하지만 예외도 많다. 첫째, 그의 서간도, 서간집도 문학작품으로써 쓰여 있기 때문이다. 즉, 그는 각 서간집의 전체적 구성이나 각권의 구성에도 신경을 쓴다. 그래서 시간적 순서보다 내용상의 관련성을 중시하여 서간을 배열하는 경우도 적지 않다. 같은 문학적 요구 때문에 서간에 대폭적인 손질을 하는 일도 종종 있다. 또, 편지왕래의 당사자 밖에 알 수 없는 글은 나중에 고치고 바꾸어 서간에 보편성을 부여하려 하였다.

　페트라르카가 서간을 문학작품으로써 글을 쓰는 습관은 서간집의 편찬을 계획했던 아주 오래 전부터의 일이다. 일반적으로 당시의 지식인에게 있어서 훌륭한 서간을 쓸 수 있는 능력을 몸에 익히는 것은 매우 중요했다. 첫째로는, 당시의 공문서는 대개 서간체를 취하고 있었기 때문이다. 따라서, 지식인으로서 교회나 세속의 여러 사람에게 관련된 일에 종사하기 위해서도 서간 작성 능력의 양성은 없어서는 안되는 중요한 것이었다. 젊은 페트라르카에게 있어서도 서간 작성은 중요한 문학적 자기 훈련의 하나였을 것이다. 그래서 편지를 써서 보낼 때는 그 사본을 떠서 보존하고, 그 후에도 계속 고치고 다듬는 습관은 꽤 젊었을 때까지로 거슬러 올라갈 것이다.

　이런 이유로 페트라르카의 서간은 많든 적든 예술성을 지향하며 때로는 창작과 구별할 수 없다. 이는 그러나 그것들이 진실로부터 멀다는 것을 의미하는 것은 아니다. 아니, 뛰어난 창작은 종종, 생생한 사실의 나열보다 훨씬 더 잘 진실을 전달할 수 있다. 게다가, 자기의식이 강하고 꾸준히 자신의 독자성이나 명성에 집착하는 페트라르카는 자신의 내적·

외적 생활을 상세하게 문장에 정착시켜서 후세에
전하고 싶다고 하는 끈질긴 소망을 가지고 있었다.
말하자면, 자기 자신과 그 삶을 자세한 부분에 이르
기까지 영원화하고 싶다는 것이다. 그렇기 때문에
또, 적절한 표현을 위한 노력을 게을리하지 않았다.

5. 휴머니즘의 아버지

페트라르카는 생전에 이미 문학 활동에 의해 큰 성공을 거두었다. 그는 겨우 서른여섯 살의 나이에 계관 시인의 영광에 빛나고, 그의 이름은 나이와 더불어 아름다운 빛을 더한다. 유럽의 왕과 제후들은 경쟁적으로 시인을 자국으로 초대하려 했고 지식인들도 그와 교우하기를 열망했다.

그의 문학적 성공은 물론 작품의 매력에 의한 것이었지만, 벗을 사귀는 일 또한 적지 않은 역할을 했다. 그와 교우를 맺은 지식인의 대부분은 그가 추진하는 문학 운동에 참가해 격려하여 용기를 북돋워 주거나 협력을 하였기 때문이다.

페트라르카만큼 우정을 소중히 여기고 우애에 바탕을 둔 교제를 사랑한 사람은 드물 것이다. 그만큼 좋은 벗을 많이 만난 사람도 적을 것이다. 확실히 그는 '고독한 삶'을 사랑하고 이를 계속 실천했다. 그러나 그가 바라는 '고독한 삶'은 사람들과의 교제를 거부하고 독선적인 고고함으로 물러나는 것은 아니었다. 아니, 세상의 인간관계에 숨어 있는 남을 속이려는 성질을 거부하고, 정말로 '인간적인' 교제를 바라는 것이었다. 게다가 일상 생활 속에서 빠지기 쉬운 자기 망각을 거부하고 자기 자신에게 돌아가, 자신에게 본질적인 독자적인 활동에 전념하는 것 밖에 없었다. 즉, 페트라르카는 창조적인 '고독한 삶'을 통해 보다 높은 차원에서 사람들에게 도움이 된다고 생각했다. 그의 '고독' 사랑은 '인간적' 교제에 대한 열망의 역설적 표현과 다름없었던 것이다. 그의 일생을 한 번 언뜻 보는 것만으로도 그의 교우의 지속성과 다양성에 놀랄 것이다. 황제나 교황이나 왕과 제후, 교회와 세속의 고관이나 저명한 학자, 지식인으로부터 일개 시민이나 가난한 교사나 수도회 수사에 이르기까지, 사회적 계층이나 직종의 구별 없이 그는 계속 친교를 다졌다. 그의 방대한 서간집도 그것을 증거로 내세우고 남음이 있다.

페트라르카를 중심으로 하는 문학운동은 오늘날 르네상스 휴머니즘(인문주의)으로 불리는 것이다. 결과적으로 문학자 페트라르카의 생애는 휴머니즘의 형성·성립의 과정이었다고 해도 과언이 아닐

것이다. 물론, 휴머니즘은 하루아침에 성립된 것이
아니라, 원초(原初: Proto) 휴머니즘이라고 불리는 선
구적인 움직임은 이미 13세기 말부터 이탈리아 북
부·중부의 여러 도시에서 볼 수 있었다. 그러나 휴
머니즘이 14세기 중엽에서 15세기 초에 걸쳐 확립
되는 과정에서 페트라르카가 이룬 역할은 절대적
이었다. 휴머니즘 운동은 바로 그의 활동에 의해
비약적 진전을 이루고 견고한 기초를 놓는다. 그가
일반적으로 휴머니즘의 진정한 아버지로 간주되
어 모든 휴머니스트의 진정한 본바탕이라고 불리
는 것도 결코 이유가 없는 것은 아니다.

이처럼 페트라르카의 생애는 휴머니즘의 성립
과정과 거의 중첩되어 있다. 그의 생애는 휴머니즘
탄생의 진통기라고 할 수 있다. 그것은 바로 고난
의 생애였다. 문학 연구의 '장(場)'으로써의 '고독한
삶'을 구축하기 위해서도 그는 거대한 노력을 강요
당했다. 이 노력은 서구에 있어서 처음으로 문인으
로서의 자립을 목표로 하여, 그것을 달성하려는 자
각적 노력이기도 했다. 그것을 가능하게 하는 사회
적 조건의 성숙이 전혀 없던 시대에 있어서 그는
굳이 그것을 추구해 현시대에서 뛰어난 문학 작품

을 많이 써서 알려진 사람에게만 허용될 수 있는 생활 형태를 절반정도 실현할 수 있었던 것이다. 그러나 그의 고난은 문학 연구를 위한 여건 만들기 때문만은 아니었다. 무엇보다도 그의 정신이, 그 자신이 고뇌에 빠져 있었다. 결과적으로 보면 그것은 중세말이라는 격동의 시대를 성실하게 살고, 게다가 새로운 문화의 창조라는 수고를 자진해서 떠맡은 그가 당연히 짊어져야 할 십자가였다. 그의 내면에서는 다양한 소망이 서로 충돌하여 그를 괴롭힌다. 그러한 충돌은 궁극적으로는 안에 있는 "두 개의 의지", "두 명의 인간" 사이 싸움으로써 자각된다. 이 안에 있는 모순·충돌이야말로, 그를 깊게 사로잡았던 불행을 의식하는 뿌리였었다. 그리고 참으로 불행한 자기에 대한 연민의 정, 내면 싸움에 지쳐 "휴식의 항구" 찾기를 그치지 않는 끈질긴 소망, 거기에 그의 시정(詩情)의 가장 깊은 본바탕이 있었다. 그의 시는 기본적으로 비가(悲歌)가 될 수밖에 없었던 것이다. 언제나 "휴식의 항구"를 바라면서 끝내 그곳에 도달하지 못한 시인은 『칸초니에레』의 마지막 시 하나에서도 하느님에게 기도하면서 노래하고 있다.

싸움과 폭풍우 속에서 산 나를.

평안과 항구 안에서 죽게 하소서.

(『칸초니에레』 소네트 365)

　보기에 따라서는 페트라르카는 모순을 가진 사람이다. 이것은 정치사상이나 정치적 행동에 대해서도 자주 지적되어 왔다. 그러나 고전, 고대의 재생에 의한 이탈리아의 재생과 구원을 항상 열망하며, 고대 로마의 위인들을 모범으로 하여서 행동하는 것을 이탈리아인에게 권해 마지않는다. 고전 고대로의 회귀와 현재적 혁신을 하나로 파악하는 생각은 항상 일관되어 있다. 마찬가지로 고전 문학으로의 회귀도 새로운 문학의 창조와 떨어질 수 없는 한 몸을 이루고 있었다. 요컨대 그곳에서는 고대 문화의 재생, 중세 문화에 대한 공격, 새로운 문화의 창조와 같은 여러 운동이 밑바탕에 있어서는 하나로 결합되어 있었다.

　그러한 운동의 위대한 추진자로서 페트라르카는 바로 휴머니즘의 진정한 아버지로 간주되어도 좋다. 뿐만 아니라 휴머니즘과 함께 시작되는 르네상스 운동 그것의 진정한 창시자로 불려도 좋을 것이다.

편역 자료

라틴어 원본 텍스트

Francesco Petrarca: Le Familiari, voll. 4, edizione critica per
cura di V. Rossi e U. Bosco,
Firenze: Casa Ed. le Lettere, 1997.

Francesco Petrarca: Res seniles, voll. 2, edizione critica per
cura di Silvia Rizzo con la collaborazione di Monica
Berte, Firenze: Le Lettere, 2006.

이탈리아어 자료

Epistole di Francesco Petrarca, a cura di U. Dotti, Torino:
UTET, 1978.

Francesco Petrarca: Prose, a cura di G. Martellotti, P. G.
Ricci, E. Carrara, E. Bianchi, Milano Napoli:
Editore Ricciardi, 1955.

Francesco Petrarca: Rime, Trionfi e poesie latine, a cura
di F. Neri, G. Martellotti, E. Bianchi, N. Sapegno,
Milano, Napoli: Editore Ricciardi, 1951.

Opere di Francesco Petrarca, a cura di E. Bigi, Milano:
Mursia, 1975.

영어 자료

Francesco Petrarca: Letters on familiar matters, v. 1, v. 2, v.3, translated by Aldo S. Bernardo, New York: Italica Press, c2005.

Francesco Petrarca: Letters of old age v.1, v. 2, translated by Aldo S. Bernardo, Saul Levin & Reta A. Bernardo, New York: Italica Press, c2005.

Francesco Petrarca: Selected Letters, v.1, v.2, translated by Elaine Fantham, Cambridge, Massachusetts: Harvard University Press, 2017.

Francesco Petrarca: Petrarch's Book without a name, translated by Norman P. Zacour, Toronto: The Ponticial Institute of Mediaeval Studies, 1973.

Francesco Petrarca: Petrarch at Vaucluse Letters in verse and Prose, translated by Ernest Hatch Wilkins, Chicago: The University of Chicago Press, 1958.

일본어 자료

近藤恒一, 『ペトラルカ ルネッサンス書簡集』, 東京, 岩波書店, 2019.